U0133085

延安大学博士科研项目（YD2007—34）资助

农业技术创新链循环研究

卢东宁 ⊙ 著

中国社会科学出版社

图书在版编目(CIP)数据

农业技术创新链循环研究/卢东宁著. —北京:中国社会
科学出版社,2008.12
ISBN 978-7-5004-7419-7

Ⅰ.农…　Ⅱ.卢…　Ⅲ.农业技术—技术革新—研究
Ⅳ.F303.2

中国版本图书馆 CIP 数据核字(2008)第 187836 号

责任编辑　周晓慧
责任校对　林福国
封面设计　毛国宣
技术编辑　李　建

出版发行　中国社会科学出版社
社　　址　北京鼓楼西大街甲 158 号　　邮　编　100720
电　　话　010—84029450(邮购)
网　　址　http://www.csspw.cn
经　　销　新华书店
印　　刷　北京新魏印刷厂　　　　　　装　订　丰华装订厂
版　　次　2008 年 12 月第 1 版　　　　印　次　2008 年 12 月第 1 次印刷
开　　本　880×1230　1/32
印　　张　9.25　　　　　　　　　　　插　页　2
字　　数　221 千字
定　　价　23.00 元

凡购买中国社会科学出版社图书,如有质量问题请与本社发行部联系调换
版权所有　侵权必究

目　录

序

　　农业是我国的基础产业、战略产业，发展农业、增加农民收入、繁荣农村经济是构建和谐社会、实现全面小康、建设生态文明型国家的重要保障。发展农业必须坚持科学发展观，坚持依靠农业技术的发展观。

　　中国共产党十六大报告指出：创新是一个民族的灵魂，是一个国家长盛不衰的不竭动力；要创新就需要不断地解放思想、与时俱进，需要提高自主创新能力，建设创新型国家。提高农业技术的自主创新能力，是建设创新型国家，提高综合国力的核心。农业技术创新是改变农业发展模式、调整和优化农业结构、形成农业发展新思路的前提；农村各项改革只有聚焦于农业技术创新，才能使农村各项工作有新的突破。

　　农业技术创新的出发点是农业技术发明，落脚点是将成熟农业技术植入农业生产系统，以发挥农业技术作为"第一生产力"的作用，从而不断开拓农户的收入源泉，实现农户收入增加，农业结构优化和升级，农业产业链的延伸，乃至农业与第二、三产业关系的日益协调，进而促进国民经济的持续、稳定、健康发展。整个农业技术创新过程包括农业技术发明、农业技术首次商业化使用和农业技术扩散三个环节。其中，农业技术发明主要是利用现有农业知识和技术，形成新的农业技术发明，农业技术首次商业化使用主要是将农业技术发明转化为成熟的农业技术，农业技术扩散是将成熟农业技术在农业生产系统中扩散使用。可见，农业技术创新过程是一个复杂的系统，需要用系统理论和系统分析方法来解决这一过程中的相关问题。近年来，我国学者围绕农业技术创新做了大量的研究工作，但大部分学者着眼于农业技术创新的某个环节中所存在问题的研究，并提出相应的对策或建议，这些研究成果对加速我国农业技术创新的步伐具有一定的指导意义，但由于缺乏系统性，它们的可操作性大打折扣。

卢东宁新作《农业技术创新链循环研究》，在创新理论、链理论和循环理论等基础上，运用自组织超循环，对农业技术创新链循环的机理、要素构件、机制、模式等进行系统的研究，并在实证分析的基础上，提出了促进我国农业技术创新链循环的可行性建议，使其对指导我国农业技术转化与创新具有了较强的可操作性。本书从某种程度上弥补了我国农业技术创新研究的空白，并形成以下特色：

1. 选题好，立意新。主要体现在：（1）根据农业技术创新发挥作用的过程，明确界定了农业技术创新和农业技术创新链的内涵，这在一定程度上有利于解决我国农业技术创新理论研究与实践的脱节问题。（2）引入技术创新的链环—回路模型，研究了农业技术创新过程的主要路径，并将其中的中心路径与反馈路径结合起来，构建了农业技术创新链循环的路径，在此基础上，对农业技术创新链循环进行了系统研究。这不仅为农业技术创新研究引入了新的理论，而且能在一定程度上推动技术创新的链环—回路模型自身的发展和完善。（3）以自组织超循环理论为主要分析工具，研究农业技术创新链循环的机理，既拓宽了自组织超循环理论的应用范围，又为研究农业技术创新问题引入了新的理论分析工具。

2. 研究思路与方法系统。从整体上看，作者从农业技术创新链循环的基础理论入手，分别对农业技术创新链循环的机理、要素构件、机制、模式等进行研究，构筑了严密的理论框架和逻辑体系。具体来看，作者不仅将农业技术创新链作为一个系统，而且将其三个基本构成环节作为子系统，通过研究各个子系统之间的关系，进而研究农业技术创新链循环；在农业技术创新链循环机理研究中，系统分析了农业技术创新链循环的反应循环、催化循环和超循环三个机理；在农业技术创新链循环的要素构件中，运用自组织条件研究农业技术创新链循环的主体要素优化问题；在农业技术创新链循环机制研究中，系统分析了农业技术创新链循环的几种机制及其相互关系，并系统分析了农业技术创新链各环节相应产出的价格制定问题等。

3. 具有较强的理论指导性。这部学术著作通过农业技术创新链循环的机理研究，从宏观上设计了农业技术创新链循环与国民经济发展良性互动的理想图景；通过农业技术创新链循环的要素构件研究，从微观的角度探索了农业技术创新链循环的要素作用过程和要素优化，探求了农业技术创新链循环的内在规律；通过农业技术创新链循环的机制研究，寻求了优化农业技术创新链循环的要素、实现农业技术创新链循环与国民经济发展良性互动理想图景的保障机制；通过农业技术创新链循环模式研究，分析了农业技术创新链循环与国民经济发展良性互动的有效运行模式；通过实证分析，探索了我国农业技术创新链循环效应不理想的主要原因；最后，根据实证分析的结论，提出了针对性的措施和建议，并建议我国农业技术创新链循环以发展循环农业为导向，具有很好的理论指导性。

4. 具有较强的可操作性和较高的实际应用价值。作者详细分析了我国农业技术创新链循环的各种模式，分析了它们的优缺点、适用范围等，并对它们进行了比较优选。此外，建议中的大部分措施具有一定的可操作性和实际应用价值。

总之，本书的研究具有开拓性、创新性、理论性和实践性，内容丰富，重点突出，对于促进我国农业技术创新链循环，充分发挥农业技术的"第一生产力"作用，具有较重要的理论价值和现实指导意义。

侯军岐

2008 年 5 月于北京

第 一 章

导　论

第一节　选题背景

一　实际背景

农业是我国的基础产业。发展农业既是经济问题，又是政治问题。首先，农业的发展决定着我国的粮食安全，粮食安全不仅是经济问题，而且是政治问题；其次，我国有60.9%的人居住在农村，以农业为主要收入来源，农业的发展决定着他们的收入水平，他们的收入水平不仅决定着农村乃至整个国家的安定，而且决定着内需的良性启动和国民经济的持续、稳定、健康发展。同时，农业的发展也关系到我国"五个统筹"的实现与和谐社会的构建。然而，我国农业发展却面临资源、市场和生态的刚性约束，从而使它成为国民经济发展的"瓶颈"产业。

（一）农业发展面临资源制约

农业发展所面临的资源制约主要体现在自然资源、人力资本和资金三个方面。

1. 自然资源制约。农业发展所面临的自然资源制约主要是耕地制约和水资源制约。就耕地资源来说，我国人均耕地不足$0.08hm^2$，不及世界人均水平的1/3，而且我国耕地质量退化问题严重，使得我国耕地中有将近 2/3 是中低产田①。就水资源而言，我国水资源占有量仅为世界平均水平的 1/4，且分布极不均匀，从而使水资源对我国农业发展的制约刚性化。

2. 人力资本制约。就农村劳动力的数量而言，据测算，现阶段我国农业部门大约有 4.67 亿的劳动人口，而农业部门所需合理的劳动力总量约为 2 亿左右，因而至少有 2.67 亿的沉淀人口需要转移②，就农村劳动力的质量而言，一是我国农村劳动力的受教育程度普遍较低。据统计，我国农村人口大多是初中及初中以下文化水平，其比重高达 87.8%，文盲或半文盲占劳动力总数的 7.4%，小学程度为 1.8%，初中程度为 49.3%，高中程度为 9.7%，中专程度为 1.8%，大专及以上程度的比重仅为 0.5%③。二是我国农民的技能素质与发达国家相比，差距也很大。根据有关统计资料，我国受过职业技术教育和培训的农业劳动力占全部农业劳动力的比重不足 20%，同发达国家相比有很大差距。荷兰 90% 的农民受过中等教育，12% 毕业于高等农业院校；前西德 35 岁以下的农民中，70% 以上受过农业职业教育，35 岁以上的农民受过农业职业教育的也高达 50%④。不仅如此，农村剩余劳动力转移的"骨髓"抽取效应⑤，使得农业劳动力的质量更是雪上加霜。

---

① 魏正果等：《农业经济学》，陕西科学技术出版社 1994 年版。

② 黄立军、张德强：《农村剩余劳动力良性转移的制度基础》，《农村经济》2005 年第 4 期。

③ 陈柳钦：《制约我国农村剩余劳动力转移的因素及化解措施》，《环渤海经济瞭望》2003 年第 4 期。

④ 纪韶：《中国农民工流动就业现状的实证研究》，《中国宏观经济信息网》2006 年第 6 期。

⑤ 由于实际转移的农村劳动力往往是农村的"精英"，如果把通过工农剪刀差抽取农业发展的资金比做抽血，那么，通过农村剩余劳动力转移抽取农村的"精英"就相当于抽取农业发展的"骨髓"。

3. 资金制约。农业发展的资金主要来源于农户和政府。就农户而言，由于农业的比较收益低、规模经济效益不明显，以及对自然气候的高度依赖性等原因，农民缺乏对农业投资的积极性。同时，由于农民的收入水平低，而且要兼顾生活消费和生产消费，他们的投资能力低下。就政府来说，由于农业生产投资的数量大，资金回收的时间比较长，政府资金也倾向于投向效益较高、资金回收较快的非农产业。虽然近几年投入总量有所改善，但投入量占财政支出的比例仍呈下降趋势。农业发展的两大投资主体的投资不足，使得农业发展所面临的资金制约问题十分突出。

（二）农业发展所面临的市场制约

我国农业发展所面临的市场制约主要体现在：一是准确了解农产品需求比较难。从经济学的角度看，某项支出占总支出的比重越小，其支出的随意性越强，计划性越差。根据恩格尔定律，随着居民收入水平的提高，其食品消费支出占总消费支出的比例将逐步下降。食品消费支出比例与其支出随意性之间的互动，使得城镇居民的食品消费需求难以把握。同时，由于农村交通、通讯等基础设施条件差，农户获取农产品市场需求信息的难度加大。二是农户的市场交易成本比较高。我国农户是小规模、分散经营，所以，农户在市场上无论是作为买方，还是卖方都存在较高的交易成本。三是农户的市场竞争力比较弱。一方面，我国农户习惯于根据自身对农产品的需求确定种植方案，然后将多余农产品作为商品销售，而城镇居民的食品消费结构已经升级，传统的农产品很难满足他们的需要；另一方面，我国农业结构不合理、农业产业化水平及农产品附加值都比较低，加上国外质优、价廉农产品的供给，使得我国农户的市场竞争力比较弱。

（三）农业发展所面临的生态制约

生态环境不仅是人们赖以生存的基本条件，而且是经济可持续发展和社会不断进步的基础。农业的生态如果遭到破坏，环境如果遭到污染，不但会严重影响到当代人的生存和发展，而且还将波及子孙后代。我国农业所面临的生态问题主要表现在：一是水土流失加剧；二是土地沙化面积扩大；三是湖泊水面缩小；四是土地污染严重；五是野生动植物资源减少；六是海洋生态环境变坏[①]。上述这六个方面的环境问题，不仅阻碍了农业发展和农村进步，而且还会危及子孙后代的生存和发展。改善农业生态环境，把经济发展与生态效益和社会效益统一起来，已成为我国迫在眉睫的一件大事。

二　理论背景

（一）农业技术创新的作用

从理论上讲，农业技术创新具有以下作用：

1. 农业技术创新是突破农业发展所面临的制约因素的关键。首先，农业技术创新能够改变农业生产要素的组合方式，引入新的农业生产函数，建立合理的农业资源配置机制，提高农业生产要素的利用率，从而在一定程度上突破资源对农业发展的制约；其次，农业技术创新有利于增加农产品的新品种，或者降低现有农产品的生产成本，从而突破市场对农业发展的制约；最后，农业技术创新有利于农业结构的调整和优化，有利于推进循环农业的发展，实现农业生产的生态化，从而突破生态环境对农业发展的制约。

我国"杂交水稻之父"袁隆平于1973年成功选育出三系配

---

① 刘斌、张兆刚等：《中国三农问题报告》，中国发展出版社2004年版。

套的水稻杂交种。1986年，袁隆平在三系杂交水稻选育成功的基础上不断进行农业科技创新，提出杂交水稻创新的新思路，把杂交水稻育种分为三个战略阶段：三系法的品种间杂交优势利用；两系法亚种间杂交优势利用；一系法远缘杂交优势利用。袁隆平的三系、二系杂交水稻问世后，由于其高产、增产取得了竞争优势，占领了国内及国际市场，农业劳动生产率大幅度提高，节约了土地资源，实现了增产、增效，这就是农业科技创新所带来的最直接的农业双赢效益。袁隆平用自己的行动证明：农业技术创新是突破农业发展所面临的制约因素的关键。

2. 农业技术创新是农业发展的动力源。现代经济增长理论表明，技术进步是促进经济增长的重要源泉之一，其贡献份额将占有越来越大的比重。而技术进步的核心是技术创新的形成，只有不断地产生技术创新才能促进技术进步速率的提高，进而促进经济增长。从实际的角度看，一是农业技术创新能够建立合理的资源配置机制，提高农业生产要素的生产力水平；二是农业技术创新可以相对提高农业的比较利益，诱导生产要素的投入取向，为农业的持续发展奠定基础；三是农业技术创新可促进农业生产结构的变革，有效推动农业发展；四是农业技术创新有利于制度创新的产生与形成，为农业发展建立起良好的软环境[①]。如根据樊胜根等的研究结果，在农业GDP增长的贡献中，每1元支出，教育、道路、通讯、灌溉、电力的回报率分别为3.71元、2.12元、1.91元、1.88元和0.54元，而科技的回报率则高达9.59元[②]。

---

① 夏恩君等：《构建我国农业技术创新的动力机制》，《农业经济问题》1995年第11期。

② 樊胜根、张林秀：《WTO和中国农村公共投资》，中国农业出版社2003年版。

3. 农业技术创新是建立增加农民收入长效机制的有效手段。"三农"问题是我国经济、社会协调发展所面临的突出问题，其核心是农民收入增长问题。农民收入主要来源于农业收入、牧渔业收入和工资性收入，建立增加农民收入的长效机制，关键是帮助农民建立不同收入来源之间的良性互动关系。农业技术创新不仅有利于农业、牧业和渔业的发展以及农村剩余劳动力的转移，而且有利于它们之间良性互动关系的形成。因此，农业技术创新是建立增加农民收入长效机制的有效手段。

（二）农业技术创新的潜力很大，但需要理论研究的突破

发达国家农业增长的科技贡献率和农业科技成果的转化率高达 70%—80%，而我国却仅为 35%—40%，且真正具有规模的转化率不到 20%①。由此可见，我国农业技术创新的潜力很大，其作用还远远没有开发出来。

如何提高我国农业增长的科技贡献率和农业科技成果的转化率，使农业技术真正成为"第一生产力"，并以此突破农业发展所面临的多重制约，实现农业增效、农民增收，是一个迫切需要解决的问题。

农业技术创新是通过将农业科学技术渗透到其他农业生产要素中，并将其植入农业经济系统而发挥作用的。农业技术创新链是由农业技术发明、农业技术的首次商业化使用和农业技术扩散等环节衔接而成的功能链。它是农业技术创新的过程表现形态，也是农业技术创新的价值增值链。农业技术创新链的各个构成环节之间不断地进行技术、物质、资金和信息的传递，并实现动态转化，从而推动农业技术创新链循环。农业技术创新链循环能够

---

① 兰徐民、赵冬缓：《我国农业科技进步障碍因素分析与对策探讨》，《农业技术经济》2002 年第 3 期。

不断提升农业技术层次，优化农业技术结构，并能将农业技术成功地植入农业生产系统，使农业增长的科技贡献率和农业科研成果的转化率逐步提高，农业技术的作用得以充分释放，进而推动国民经济的持续、稳定、健康发展。

然而，我国理论界尚未明确地根据农业技术发挥作用的过程界定其内涵，并将农业技术发明、农业技术首次商业化使用和农业技术扩散作为农业技术创新链的有机组成部分，对农业技术创新链循环进行系统的研究。这在很大程度上造成我国农业技术的供求脱节、农业增长的科技贡献率和农业科技成果的转化率都远远低于发达国家的现状。

因此，根据农业技术发挥作用的过程界定其内涵，在此基础上，对农业技术创新链循环进行系统的研究，具有很强的理论和现实意义。

第二节　研究目的和意义

一　研究目的

探求农业技术创新链循环与国民经济发展良性互动的规律是本书研究的主要目的，本书研究的具体目的主要体现在：

一是通过对农业技术创新和农业技术创新链内涵的界定，从理论研究的起点上将农业技术创新与国民经济发展结合起来。

二是通过研究农业技术创新链循环的机理，从整体上把握农业技术创新链循环与国民经济发展良性互动的规律。

三是通过研究农业技术创新链循环的要素构件，揭示农业技术创新链循环的内在规律。

四是通过研究农业技术创新链循环的机制，寻求农业技术创新链循环与国民经济发展良性互动的保障机制。

五是通过农业技术创新链循环模式的研究，选择农业技术创新链循环与国民经济良性互动的有效运作模式。

六是通过实证分析，检验我国农业技术创新链循环与国民经济发展良性互动的现状，从中发现问题、分析问题的成因，并提出促进我国农业技术创新链循环与国民经济发展良性互动的合理建议。

二 研究意义

（一）理论意义

从理论上讲，本书的研究具有以下几个方面的意义：

首先，根据农业技术创新发挥作用的过程，界定了农业技术创新和农业技术创新链的内涵，这在一定程度上有利于从起点上解决我国农业技术创新理论研究与实践脱节的问题。其次，引入技术创新的链环—回路模型，研究农业技术创新过程的主要路径，并将其中的中心路径和反馈路径结合起来，构建农业技术创新链循环的路径，在此基础上进行农业技术创新链循环研究，这不仅为农业技术创新研究引入新的理论，而且能在一定程度上推动技术创新的链环—回路模型自身的发展和完善。最后，运用自组织超循环理论分析农业技术创新链循环的机理，既拓宽了自组织超循环理论的应用范围，又能对农业技术创新研究中引入新的理论分析工具产生一定的示范效应。此外，本书以自组织超循环理论为主要分析工具，研究农业技术创新链循环问题，这在一定意义上是对技术创新演进模型的继承和发展。

（二）现实意义

从实际的角度看，本书的研究具有以下几方面的作用：

一是有利于增加农民收入。本书认为，农业技术创新是建立增加农民收入的长效机制的关键和有效手段，而农业技术创新能否成为增加农民收入的有效手段，关键在于农业技术创新链循环的顺畅运行。

二是有利于农业结构调整与优化。调整和优化农业结构是我国社会各界普遍关注的问题。农业技术创新是农业结构调整与优化的动力和有效手段。农业技术创新链循环是农业技术创新成果不断产生并被成功植入农业经济系统的基础和保障。因此，农业技术创新链循环有利于调整和优化农业结构。

三是有利于农业生态环境的改善。农业技术创新链循环能够产生良好的生态效益，进而促进农业生态环境的改善。

四是有利于社会主义新农村建设。农业技术创新链循环不仅有利于增加农民收入、优化农业结构、改善农业生态环境，而且有利于提高农民素质，从而带动和促进村风文明和管理民主，进而加快社会主义新农村建设的进程。

五是有利于构建和谐社会。构建和谐社会的关键是三次产业发展要协调，城乡经济发展要协调，城乡居民的收入差距要适当，城乡居民生活空间的差距要合理，人与自然的关系要协调等。农业技术创新链循环对于实现上述几方面关系的协调具有十分重要的作用。

第三节 国内外研究动态综述

一 国外研究动态

（一）马克思主义的技术发展论

在人类历史上，马克思是系统、深入研究技术对社会物质生产过程以及社会经济关系重大作用的第一人。马克思指出："科学通过技术转化为生产力，劳动力中包含着科学的力量，技术是科学作用于生产的中介或桥梁。"① 马克思认为："生产过程成了科学的应用，而科学反过来又成为生产过程的因素，即所谓智能。"② 马克思还认为："应该把科学看成生产的另一个可变因素，而且不仅指科学不断变化、完善、发展等方面而言。"③ 在马克思看来，科学属于生产力范畴，但它只有通过技术，才能转化为生产力。马克思指出："现在资本不要工人用手工工具去做工，而要工人用一个会自行操纵工具的机器去做工。因此，大工业把巨大的自然力和自然科学并入生产过程，必然大大提高劳动生产率，这一点是一目了然的。"④ "劳动生产率是由多种情况决定的，其中包括：工人的平均熟练程度、科学的发展水平和它在工艺上的应用程度、生产过程的社会结合、生产资料的规模和效能以及自然条件。"⑤ "劳动生产力是随着科学和技术的不断进步而不断发展的。"⑥ "生产力的这种发展，归根到底总是来源于发挥着作用的劳动的社会性质，来源于社会内部的分工，来源于智力劳动，特别是自然科学的发展。"⑦ 因此，在马克思看来，生产力的发展是以一定的科学技术发展为基础的。同时，马克思还认为："科学的发生与发展一开始就是由生产决定的。"⑧ 由此可见，马克思关于科学、技术、社会经济相互关系的基本观点是科学、技术和社会经济相互依赖、相互作用。

① 《马克思恩格斯全集》第 46 卷下，人民出版社 1979 年版。
② 《马克思恩格斯全集》第 47 卷，人民出版社 1963 年版。
③ 《马克思恩格斯全集》第 49 卷，人民出版社 1972 年版。
④ 马克思：《资本论》第 1 卷，人民出版社 1975 年版。
⑤ 马克思：《资本论》第 3 卷，人民出版社 1975 年版。
⑥ 马克思：《资本论》第 1 卷，人民出版社 1975 年版。
⑦ 马克思：《资本论》第 3 卷，人民出版社 1975 年版。
⑧ 《马克思恩格斯全集》第 3 卷，人民出版社 1972 年版。

（二）熊彼特的技术创新理论

熊彼特是"创新"理论的创始人。他在继承古典经济学传统的基础上，以一个统一的理论体系和概念框架系统地研究技术进步促进经济增长的内在机制，并第一次将创新视为现代经济增长的核心。在 1912 年出版的成名作《经济发展理论》一书中，熊彼特将创新作为一个整体内在要素纳入经济增长分析中去；把创新视做经济增长和发展的"主发动机"；认为创新导致经济增长与发展，创新的周期性决定了经济增长和发展的周期性循环。

（三）技术创新与经济增长理论

1. 技术进步的外生理论

新古典经济增长理论的代表人物索洛、斯旺、米德等认为，从长远看，经济增长的决定因素是技术进步，而不是资本积累和劳动力的增加。为了解释经济增长的长期持续性，索洛首先将技术作为一种外生变量引入生产函数，即假定技术进步率不变。分析认为，由于技术进步的存在，即使资本—劳动比率不变，资本的边际收益也会不断提高。因此，技术进步可以抵消资本边际收益随人均收入增加而递减的倾向，使其永远保持在零或某一贴现值之上，保证人均资本积累过程在长期内不会停下来。

2. 技术进步的内生理论

最早用内生技术进步解释经济增长的模型是阿罗于 1962 年建立的"干中学"模型。阿罗认为，社会经济整体中的每一企业都被设想是按规模收益不变的原则进行经营的，因此在知识或技术水平既定的前提下，劳动和资本投入的倍增将会导致产出倍增，然而企业通过投资增加资本存量的行为却又提高了知识水平，所以作为一个整体，经济应该是按照收益递增原则运行的。因此，他将技术进步看成由经济系统决

定的内生变量 。① 1986 年，美国经济学家罗默发表其著名论文《递增收益与长期增长》，其核心内容是：技术或知识是经济系统的一个中心部分，技术整体的增长与资本、劳动等要素的增长成正比，投资可以使技术更有价值，技术也可以提高投资的收益，投资与技术相互促进的良性循环是维持经济长期增长的核心力量。

（四）技术创新模式方面的研究

国外学者认为，技术创新模式主要有：（1）以熊彼特为代表的技术推动模式。熊彼特等认为，技术创新是由于技术发展的推动作用而引导的，技术是推动技术创新的根本原因。（2）以施穆克勒为代表的需求拉引模式。施穆克勒等认为，市场需求是决定技术创新的主要因素，正是市场对技术创新的不断需求，才形成经济发展的良性循环。②（3）以莫厄里和罗森保为代表的综合作用模式。莫厄里和罗森保等认为，技术创新是在科学技术研究可能得到的成果和市场对其需求的平衡基础上产生的。（4）以克莱因与罗伯特为代表的技术创新的链环—回路模型。克莱因与罗伯特等认为，创新过程是一个企业框架内部技术能力与市场需求的相互过程。③（5）技术创新的周期模型。库兹涅茨提出了技术创新的生命周期模型概念，施莫克勒提出了这一模型的最原始形态，范·杜因将技术创新的生命周期分为四个阶段，即引进、增长、成熟和下降。④（6）技术创新的网络化模型。经济学家罗伊·罗思威尔于 1994 年首先提出技术创新研究正走向网络

①　Kenneth J. Arrow, The Economic Implications of Learning by Doing, *Review of Economic Studies*, 1962. 6, pp. 155-173.

②　Guido Reger and Dr. Ulrich Schmoch, *Organization of Science and Technology at the Watershed*, Physica-Verlag, Germany, 1996.

③　Roy Rothwell, Industrial Innovation, "Success, Strategy, Trends," Mark Dodgson and Roy Rothwell, *The Handbook of Industrial Innovation*, Edward Elgar, 1994.

④　范·杜因：《经济长波与创新》，上海译文出版社 1993 年版。

化时代，并对网络化时代技术创新的特征做了分析①。（7）技术创新的演进模型。技术创新的演进模型是由美国技术创新经济学家理查德·R.纳尔逊和西德尼·G.温特于1982年首先提出来的。他们认为演进过程包括下列几个组成部分：第一，将变异引入系统之中的机制；第二，在这个系统中存在一些可以理解的实体"选择"机制，它扩大了一些实体的相对重要性而削弱了另外一些实体的重要性②。他们还认为，创新存在着两个源流：一是在静态环境中，通过一边干一边发现和利用创新机会而实现创新；二是在动态环境中，通过搜寻与选择实现对创新机会的发现与利用，进而完成创新③。

（五）关于技术创新转移与扩散的研究

斯曼通在《技术变革的经济分析》一书中提出，技术创新转移主要包括企业内的扩散、企业间的转移、经济领域和国际上的转移三个领域。曼斯菲尔德分析了影响技术创新在不同部门的不同企业间转移推广的三个因素和四个补充因素。塞哈尔在熊彼特等的"技术—模仿"转移扩散模式的基础上，提出"创新—学习—理解"的新模式，他认为，技术通过学习进入导入性扩散，通过理解进行规模性扩散。

（六）农业技术创新研究

1. 速水—拉坦的诱导性创新理论

速水佑茨郎和拉坦在各自多年研究亚洲乡村发展和技术变

---

① Mark Dodgson and John Bessant, *Effective Innovation Policy*, International Thomson Business Press, 1996.

② Richard, R., *Understanding Technical Change as an Evolutionary Process*, Elsevier Science Publishers, B. V., 1987.

③ 姚峰：《技术创新与农村经济体制改革的若干思考》，华中师范大学2005年硕士学位论文。

迁问题的基础上，合作探讨农业发展问题。他们打破传统农业发展和经济发展理论对研究农业发展问题的限制，从寻求世界各国农业生产与资源利用的变化规律出发，集中分析了技术变迁对农业发展的贡献以及技术变迁在农业发展过程中的作用，从而提出了一个新的农业发展理论：诱导技术变迁模型。他们认为，在市场经济条件下，农民将受要素价格变化的影响和诱导，因而致力于寻求那些能够替代日益稀缺的生产要素的技术选择。技术供给者根据市场价格对农民的需求做出反应，从而引发技术的变革[1]。

2. 舒尔茨的现代要素引入理论

舒尔茨在《改造传统农业》一书中提出，改造传统农业的关键是在农业部门引入新的生产要素。他认为："一种技术总是体现在某些特定的生产要素之中，因此，为引进新技术，就必须采用一套与过去使用的有所不同的生产要素。"[2]

3. 国外关于农业技术创新的其他研究成果

随着农业技术创新理论研究的深入，对农业技术创新的研究侧重于农业科研、农业技术扩散和推广、农业技术选择和采用等多个方面，很多颇有见解的理论相继提出，如罗杰斯（Rogers，1957）等提出的"技术踏车理论"；金斯利等人（1973）的新技术扩散周期理论；美国环境经济学家克鲁蒂拉（Krutille，1968）、佩奇（Page，1971）提出人类技术创新忽略了资源保护问题。之后，对于环境保护有关的技术创新和技术层出不穷，包括农业清洁生产技术、生态农业技术、环境友善技术（E. Brawn，1994）、无公害技术、环境优化技术（Hirchirm，Olden-

---

① 郭剑雄：《二元经济与中国农业发展》，经济管理出版社 1999 年版。
② 西奥多·W. 舒尔茨著，梁小民译：《改造传统农业》，商务印书馆 1999 年版。

beg，1994）、绿色技术等①。

二 国内研究动态

（一）国内关于技术创新的理论研究

从 20 世纪 80 年代起，我国开始重视对技术创新在经济增长中作用的研究。邓小平同志指出："科技是第一生产力，经济增长依赖科技进步。"改革开放三十年的成果就说明了技术对经济增长所起的作用。90 年代后期我国开始重视对技术创新理论的研究工作，并对企业技术创新的有关问题、技术创新与经济增长、技术创新的测度与指标、技术创新的激励等问题做了大量的研究。

（二）国内关于农业技术创新的研究

国内学者关于农业技术创新的研究主要集中在以下几个方面。

1. 农业技术创新的背景

国内学者对农业技术创新背景的研究主要是围绕我国农业技术创新的现状②、制约因素③、面临的挑战④等进行的。

---

① 胡虹文：《农业技术创新的理论研究与实证分析》，武汉理工大学 2003 年博士学位论文。

② 刘春香：《中国农业技术创新现状与对策研究》，《农业经济》2006 年第 5 期。

③ 齐振宏：《我国农业技术创新过程的障碍与支撑平台的构建》，《农业现代化研究》2006 年第 1 期。丁巨涛：《当前我国农业技术创新的主要障碍因素及对策》，《中国科技论坛》2004 年第 2 期。

④ 裘斌：《当前我国农业技术创新面临的挑战与对策》，《湖南工程学院学报》（社会科学版）2005 年第 3 期。周中林：《中国农业技术创新的难点、成因与对策思考》，《湖南农业大学学报》（社会科学版）2005 年第 1 期。高启杰：《中国农业技术创新实践中存在的主要问题》，《调研世界》2004 年第 8 期。

2. 农业技术创新的内涵和特征界定

我国学者对农业技术创新的内涵有多种理解。朱广其认为,农业技术创新是在农业生产体系中引入新的动植物品种或生产方法,实现农业生产要素重新组合和生产效率提高的非惯例化行为,包括新品种或生产方法的研究开发、试验、推广、生产应用、扩散等一系列前后相继、相互关联的技术发展过程[①]。辜胜阻认为,狭义的农业技术创新仅指农业技术创新成果的创新和发明。广义的农业技术创新是指将农业技术发明应用到农业经济活动中所引起的农业生产要素的重新组合,包括新品种或生产方法的研究开发、试验、推广、生产应用和扩散等一系列前后相继、相互关联的技术发展过程[②]。许世卫认为,农业技术创新是包括农业科学研究、发明、创造以及进行科技成果推广、应用、增强生产能力和获取最大效益的运动过程,包括为获得农业新品种、新产品、新技术、新方法而进行的构思与设想、研究与开发、推广与扩散、生产和销售的活动及其过程[③]。顾海英认为,农业技术创新有三重含义:一是为了改进农产品、农艺和管理而提出或引进的思想、方案和样品的发明出现,并投入农业生产,这是农业技术创新的基本含义;二是投入物(即生产要素和新技术)按新的组合比例从事生产,在投入物中索取资源合理有效配置的手段(包括管理、经营、决策、计划、组织等手段)从事农业生产,这是农业技术创新

---

① 朱广其:《我国农业技术创新的主体、模式及对策》,《农业现代化研究》1997 年第 3 期。

② 辜胜阻等:《加快农业技术创新与制度创新的对策思考》,《经济评论》2000 年第 6 期。

③ 许世卫:《农业技术创新与农业现代化建设》,《调研世界》1999 年第 11 期。

的扩展含义；三是应用于农业生产中的新发明、新技术以及使资源合理有效配置的手段所带来的长期稳定利益，这是农业技术创新的本质含义①。傅新红等认为，农业技术创新有狭义和广义之分，狭义的农业技术创新指新的农业技术成果的产生和发明，止于生产应用，是指农业技术的研制。广义的农业技术创新是指为了获取潜在利益，通过新技术的研究开发、传播、转化、应用等一系列活动，使生产要素的组合发生变化或进行重新组合，从而产生效益的一切技术经济活动的总和②。

3. 农业技术创新模式研究

宋燕平等对农业科技园、农业科技项目区、农业产业化经营这三种农业技术创新模式中农业技术创新的动力机制、创新战略等进行了研究③；高启杰针对我国农业技术创新模式与制度发展中所存在的主要问题，提出了构建未来我国多元化合作农业技术创新模式的总体思路、备选类型以及完善农业技术创新制度与政策的具体建议④；刘怫翔等对农业技术创新动力、模式，农业技术扩散途径及模式等进行了探讨⑤。

4. 农户与农业技术创新的关系研究

宋燕平等认为，农民受教育程度与产出效益成正比，农民的素质与农业技术扩散的关系十分密切，我国农民素质低制约了农

① 顾海英：《农业技术创新的界定》，《科学管理研究》1997 年第 5 期。
② 傅新红、马文彬等：《试论农业技术创新的内涵和特征》，《山地农业生物学报》2003 年第 4 期。
③ 宋燕平等：《我国农业技术创新的三种模式分析》，《中国科技论坛》2004 年第 5 期。
④ 高启杰：《中国农业技术创新模式及其相关制度研究》，《中国农村观察》2004 年第 2 期。
⑤ 刘怫翔、宋伟等：《农业技术创新动力、障碍及模式的研究》，《辽宁行政学院学报》2000 年第 1 期。刘怫翔、张丽君：《我国农业技术创新与扩散模式探讨》，《农业现代化研究》1999 年第 5 期。

业技术创新①；朱方长认为，农户对农业技术创新的采纳行为既有决策过程的阶段性特征，又有明显的个体差异，它在受到社会文化相容性影响的同时，还会受到来自人际网络链中观念力量的关键性影响②；周端明认为，农户规模决定了农户对农业技术的需求诱致性力量的大小，而后者决定了技术供给主体的供给行为。农业技术创新需求诱致性力量的不均衡分布，决定了我国应该建立公私并存、竞争合作的农业技术创新体系③；国鲁来认为，农民专业协会是整合农民的有效组织形式，也是农业技术研究与推广体系的重要组成部分，在国家"科教兴农"的发展战略中占有基础地位④。

5. 农业技术创新主体研究

白献晓等对农业技术创新主体做了界定，并对其类型、特征与作用等问题做了分析⑤。解宗方等研究指出，农业科研院所实行企业化转制成为技术创新的主体是社会主义市场经济体制的要求，符合农业生产发展的需要，有利于强化研究开发工作的市场导向，对于促进农业技术创新和为农业经济的持续发展提供技术支撑都具有战略意义⑥。同时，解宗方认为，应从转变政府职

① 宋燕平等：《农民素质与农业技术创新关系分析》，《科技管理研究》2005年第4期。

② 朱方长：《农业技术创新农户采纳行为的理论思考》，《生产力研究》2004年第2期。

③ 周端明：《农户规模与农业技术创新》，《山西财经大学学报》2005年第1期。

④ 国鲁来：《农业技术创新中的农民专业协会分析》，《古今农业》2003年第2期。

⑤ 白献晓等：《农业技术创新主体的界定与特点分析》，《中国科技论坛》2003年第6期。白献晓、薛喜梅：《农业技术创新主体的类型、特征与作用》，《中国农业科技导报》2002年第4期。

⑥ 解宗方、李继军：《论农业技术创新主体的确立》，《科技进步与对策》2001年第7期。

能、规范政府行为、转换政府角色和建设创新环境等方面入手，来培育和加强农业技术创新主体①。许世卫根据确定农业技术创新主体的原则，将农业技术创新主体分为农业科研教育部门、农技推广部门、农业企业和农户四类②。柳毅分析论证了农户应当成为农业技术创新主体的意义与作用，并提出在技术创新中发展自己，完善自己，实现农业技术跨越是使农户成为农业技术创新主体的有效途径③。周建峰对我国农业技术创新主体的错位及其矫正问题做了探讨④。

6. 农业技术扩散方面的研究

贾淑萍通过实证分析认为我国农业生产规模过小，不适应技术扩散的现实要求⑤。常向阳等从宏观和微观层面分析了影响我国农业技术有效扩散的因素，并提出了相应的对策⑥。此外，他还在分析我国农业技术扩散体系现状的基础上，提出一个从农业产业链角度切入的农业技术扩散体系重构模型⑦。秦文利等研究表明，农民素质影响着农业技术扩散过程的关键阶段；影响着农业技术扩散周期性模型两拐点间及其与原点的距

---

① 解宗方：《政府在培育农业技术创新主体中的功能分析》，《科学管理研究》2001 年第 10 期。

② 许世卫：《农业技术创新主体分析》，《农业科研经济管理》2000 年第 1 期。

③ 柳毅：《使农户成为农业技术创新主体的有效途径》，《沈阳农业大学学报》（社会科学版）2000 年第 2 期。

④ 周建峰：《论我国农业技术创新主体的错位及其矫正设想》，《科学管理研究》2005 年第 4 期。

⑤ 贾淑萍：《我国农业技术扩散的实证分析》，《统计与咨询》2000 年第 3 期。

⑥ 常向阳、姚华锋：《我国农业技术扩散的障碍因素分析》，《江西农业大学学报》（社会科学版）2005 年第 9 期。

⑦ 常向阳、赵明：《我国农业技术扩散体系现状与创新——基于产业链角度的重构》，《生产力研究》2004 年第 2 期。

离，进而严重影响农业技术扩散模型的形状①。张巨勇等认为，应该利用农民参与式技术研究发展来加速可持续农业技术的扩散②。

7. 农业科研投资研究

朱亮认为，政府应将农业科研资源在农业内部各部门间进行优化配置③。黄季焜等对我国农业科研投资总量、农业科研投资效益及其利益分配等进行了分析，并提出了农业科研投资的建议④。赵芝俊等探讨了影响农业科研成果经济效益测算的相关因素和具体测算方法，并计算分析了我国近年来农业科研投资的效益状况⑤。吴文元等认为，应该对我国农业科研投入机制进行创新，以鼓励和引导企业对农业科研进行投资⑥。

此外，肖焰恒界定了可持续农业技术创新的概念、内涵、特征和创新主体，并提出了可持续农业技术创新理论的研究框架和主要内容⑦。李哲敏探讨了我国农业技术创新的战略目标、战略重

---

① 秦文利等：《农民素质对农业技术扩散的影响》，《河北农业科学》2004 年第 3 期。

② 张巨勇、李桂荣：《农民参与式技术发展与可持续农业技术的扩散》，《农业经济》2004 年第 9 期。

③ 朱亮：《我国农业科研投资的市场导向性分析》，《华南农业大学学报》（社会科学版）2006 年第 2 期。

④ 黄季焜、胡瑞法：《农业科研投资的总量分析》，《农业科研经济管理》1998 年第 3 期。黄季焜、胡瑞法：《中国农业科研投资效益及其利益分配》，《农业科研经济管理》2000 年第 2 期。

⑤ 赵芝俊、张社梅：《我国农业科研投资宏观经济效益分析》，《农业技术经济》2005 年第 6 期。

⑥ 吴文元、占德小：《试论中国农业科研投入机制创新》，《乡镇经济》2006 年第 1 期。

⑦ 肖焰恒：《可持续农业技术创新理论的构建》，《中国人口资源与环境》2003 年第 1 期。

点和战略措施等 ①。马德芳分析了生态农业技术创新的特性 ②。

三　国内外研究动态的评价

（一）国外研究动态评价

尽管内生增长理论存在一定的缺陷，但是国外学者关于技术、技术创新对经济增长作用的研究雄辩地说明，技术创新是经济增长的有效手段。在国外学者关于技术创新模式的研究成果中，笔者比较赞同技术创新的链环—回路模型和技术创新的演进模型。首先，技术创新的链环—回路模型比较全面地说明了技术创新的路径；其次，技术创新是人类实现经济增长的手段，随着人类经济增长条件（即环境）的变化，技术创新本身也要随之发生变化，以适应经济增长的需要。技术创新的演进模型恰在这方面能给人以启发。因此，笔者赞同这两种模型。但是，这并不是说它们没有缺陷。事实上，技术创新的链环—回路模型的中心路径与其他路径构成了循环关系，但该理论没有运用循环理论对技术创新做更加深入的研究，因而难以对人类技术创新活动提供有力的理论支持和实践贡献。技术创新的演进模型关于技术演进条件的论述，实际上说明了技术创新演进需要具备两个条件：一是技术创新要在开放系统中进行；二是技术创新所处的系统中要存在涨落。即技术创新的演进模型实际上已经涉及自组织理论，但它没有用自组织的相关理论来分析技术创新的演进问题，这使得其实际价值也大打折扣。实际上，技术创新的演进与技术创新路径是密切相关的。技术创新路径的循环能促进技术创新的演

---

① 李哲敏：《新时期中国农业技术创新的发展战略》，《科学管理研究》2003 年第 8 期。

② 马德芳：《生态农业技术创新特性与其推广分析》，《科技创业月刊》2005 年第 3 期。

进，技术创新的演进又能推动技术创新路径的循环。可见，如果将上述两种模型的核心思想加以整合，从循环的角度研究农业技术创新，那么，我们将能更好地解释农业技术创新的相关问题，也可能会找到更好的措施，促进农业技术创新作用的发挥。舒尔茨的现代要素引入理论给我们的启发是：如何发挥农村人力资本在农业技术创新中的作用，是农业技术创新能否发挥其作用的关键。通过农业技术创新过程的循环，将农户纳入其循环体系，则可以发挥农村人力资本在农业技术创新中的作用。

因此，本书将用自组织理论，从循环的角度研究农业技术创新问题。

（二）国内研究动态评价

我国学者关于农业技术创新相关问题的研究都有其合理性，都能解释部分实际问题，也有利于解决农业技术创新所涉及的部分问题。但是，农业技术创新是以农业技术创新链为其过程表现形态的自组织系统。系统理论说明：一个系统的功能并不取决于其中最强要素的功能，也不取决于所有要素功能的平均值，而是取决于其中最弱要素的功能。也就是说，系统的功能取决于其要素之间在功能上的匹配程度。因此，研究系统不能仅仅着眼于单个要素功能的改进，而应从要素匹配（即优化系统功能）的角度进行分析。首先必须弄清要素之间的相互作用、相互依赖关系，然后才能产生对策。从这一意义上讲，我国学者关于农业技术创新方面的研究缺乏系统性，这使他们对相关问题的解释和解决都存在片面性。此外，农业技术创新是一个过程，应该从动态的角度对其进行分析、研究，农业技术创新链循环研究就是对农业技术创新的动态研究，然而，我国学者并没有从这一角度研究农业技术创新问题。这使得我国缺乏有效的理论来指导农业技术创新的实践工作，进而使我国农业技术创新的作用难以充分发挥,"三农"问题难以有效解决,最终影响国民经济的持续、稳定、健康发展以及和谐社会的构建。

因此,本书将在系统理论指导下,对农业技术创新链循环进行研究。

综上分析,国内外学者的现有研究成果为本书的研究提供了动因和切入点。

第四节 研究思路和方法

一 研究思路

(一) 本书的基本思路

本书在创新理论、链理论、循环理论等的基础上,以研究农业技术创新链循环的机理为切入点,以对农业技术创新链循环的要素构件和机制的研究为重点,以及对农业技术创新链循环模式的研究为落脚点,探索了农业技术创新链循环的规律和实际运行模式。在此基础上,本书对我国农业技术创新链循环模式运行的效应进行了实证分析,并提出促进我国农业技术创新链循环的建议。最后,对全书研究的结论进行总结。

(二) 本书内容与框架

本书主要由四个部分八章内容组成。全书的研究框架见图1—1。

第一部分(第一章)主要阐述了选题背景、研究目的和意义,对国内外农业技术创新相关理论的研究动态进行了述评,说明了本书研究的思路、方法和创新之处。

第二部分(第二章)界定了农业技术创新、农业技术创新链等概念的内涵,并阐述了农业技术创新链循环研究的相关理论及其对本书研究的启示,奠定了研究的理论基础。

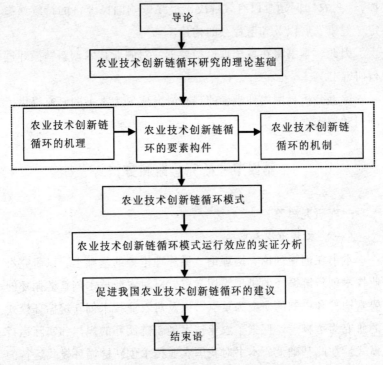

图1—1 农业技术创新链循环研究框架

第三部分（包括第三、四、五、六章）分别对农业技术创新链循环的机理、要素构件、机制和模式加以分析，探索了农业技术创新链循环的规律和实际运行模式。

第四部分（第七、八章）主要对我国农业技术创新链循环模式运行的效应进行了实证分析，并提出了促进我国农业技术创新链循环的建议。

最后，总结了本研究所得出的主要观点或结论，并说明了本研究的主要不足。

二　研究方法

（一）规范分析和实证分析相结合

本书对农业技术创新链循环的机理、要素构件和机制等问题的研究侧重于规范分析，即从理论上分析农业技术创新链循环应该如何进行；对农业技术创新链循环模式的选择及其运行的效应等则采用实证分析法，因为"事实胜于雄辩"。

（二）定量分析和定性分析相结合

定量分析能用事实说话，但其考虑问题不太全面；定性分析考虑问题比较全面，但其结论因难以量化而缺乏说服力。理论研究中一般将二者结合起来使用，以收到"取长补短"的效果。本书对农业技术创新链循环的机理、要素构件、机制和模式等问题主要采用定性分析方法进行研究，而对农业技术创新链循环模式运行的效应则主要采用定量分析方法进行研究。其原因在于本书的研究既要对农业技术创新链循环进行全面的分析，又要为促进农业技术创新链循环提供令人信服的建议。

（三）微观分析和宏观分析相结合

农业技术创新链的反应循环、催化循环和超循环都是微观现象与宏观现象的综合，只进行微观分析难以实现农业技术创新链的各种循环；只做宏观分析，农业技术创新链的各种循环将失去微观基础。因此，本书在分析农业技术创新链循环的机理时，力求实现微观分析和宏观分析的有机结合，但以宏观分析为主；在探讨农业技术创新链循环的要素构件和机制时，重点从微观的角度进行分析；在实证分析部分主要采用宏观分析和微观分析相结合的研究方法。

第 二 章

农业技术创新链循环研究的理论基础

第一节 农业技术创新链循环的相关概念

一 农业技术

（一）农业技术的内涵

根据《中华人民共和国农业技术推广法》修改方案的定义，农业技术，是指应用于种植业、林业、畜牧业、渔业的科研成果和实用技术，包括重大种养技术的引进、示范、推广，良种繁育，肥料施用，病虫害防治，栽培和养殖技术，农副产品加工、保鲜、贮运技术，农业机械技术，土壤改良与水土保持技术，农村供水，农村能源利用和农业环境保护技术，农业气象技术等[①]。

笔者认为，农业技术的上述定义虽然具有一定的权威性，但是，由于该定义是站在农业技术推广的立场来界定的，所以，其中所涉及的农业技术主要是物化技术。事实上，从全社会的角度看，农业技术还应该包括非物化技术，即以知识形态存在的技术手段、技术方法，以及为获得上述定义中的相关农业技术成果而

---

① 邓干生等：《〈中华人民共和国农业技术推广法〉修改方案》，《中国农技推广》2005 年第 2 期。

取得的技术知识等。同时，农业技术的内涵中应该说明农业技术的来源，以便将农业技术的生产与使用结合起来，因为农业技术的生产与其推广、应用是密切相关的，二者的割裂，必然导致农业技术供给与需求的脱节，进而制约农业技术在农业发展中作用的发挥。此外，上述定义中所涉及的农业技术不仅对农业生产发挥作用，而且能为农业技术的生产提供思路、方法，甚至工具，农业技术知识亦然。有鉴于此，笔者对农业技术的内涵做如下界定：

农业技术是指农业技术工作者及农业生产者通过考察、分析、试验、研究或农业生产实践等创造性劳动所取得的，能应用于农业生产、经营、管理活动以及农业科研的手段、工艺、方法和技能体系，它是农业经济发展和农业科技进步的有力手段。

理解农业技术的上述定义应该注意：第一，农业技术的生产者包括农业技术工作者和农业生产者。第二，农业技术的使用者包括农户、农业企业和农业科研机构（其中包括农业高等院校）。第三，农业技术的作用具有双重性，即农业技术在推动农业经济发展的同时，能够促进农业科研成果（包括新的农业技术）的产生。第四，农业技术既包括物化技术（主要内容与农业技术推广法相同），又包括农业技术知识（包括农业技术手段、方法、技能以及能用于农业科研的其他非物化成果）。第五，农业技术的双重作用之间是相互作用、相互影响的。农业技术第一种作用的发挥，能够增加农户或农业企业的技术需求，从而推动农业技术第二种作用的发挥；农业技术第二种作用的发挥，能够产出新的、更能满足各类主体需求的农业技术，从而促进其第一种作用的发挥。

（二）农业技术的类型

根据农业技术与农业生产的关系，可将其分为农业生产资料生产技术、农产品生产技术、农产品储存技术和农产品加工技术四大类。它们分别用于农业生产资料生产、农产品生产、农产品储存和农产品加工过程。

（三）农业技术的特征

一般学者认为，农业技术具有区域性、周期长、综合性、风险性和保密性差等特点。

1. 区域性

由于农业生产是经济再生产和自然再生产的统一，其生产必然要受到自然环境、经济条件等因素的影响，而我国各地的自然环境、经济条件等方面的差异很大，同时，农业生产的时间跨度比较长，其地区差异也比较大，同一农产品在不同地区的生产周期也不同。因此，农业技术具有较强的区域性。

2. 周期长

农业生产过程是生物再生产过程，必须尊重生物规律，从而使农业技术从试验到推广应用，必须与生物本身的生长规律协调一致，研究周期必须与生物生长周期相吻合，而一般生物生长的时间比较长。因此，农业技术具有周期长的特点。

3. 综合性

一方面，农业生产受到生物生长规律、自然环境演变规律、社会经济发展规律等多个领域规律的影响，农业技术的发展和研究必须综合考虑上述因素的影响；另一方面，农业技术是一个包含产前、产中和产后农业技术在内的复杂系统，上述农业技术相互作用、相互影响，共同决定农业的综合生产力及其竞争力，农业技术的应用必须综合考虑不同技术之间的配套问题。

4. 风险性

农业生产受自然环境变化的影响，存在许多不确定性因素，只要其中一种因素发生变化，就会产生新的不均衡。因此，农业技术的应用具有很高的风险。

5. 保密性差

农业技术成果往往在中间试验以后便会泄密，使其难以在大范围内销售。例如，有的优良品种一经推广，农民便可以自繁自用，邻里亲朋之间相互交换，便迅速地扩散开来。

6. 扩散难度比较高

由于农业技术的采用风险高，且其保密性比较差，农业技术扩散具有较高的难度。同时，在我国实行家庭联产承包经营的条件下，土地经营呈现出分散和小规模的特点，这决定了农业技术成果应用的分散和小规模特点，在一定程度上也增加了农业技术扩散的难度。

事实上，除了风险性特征以外，不同农业技术的上述特征是有区别的。

1. 农业生产资料生产技术的特征

从区域性来看，虽然由于农业生产的区域性特征，不同地区农业生产对农业生产资料的需求存在差异，但农业生产资料生产技术本身的区域性特征并不突出。例如，虽然不同地区由于其土壤营养成分的不同，对化肥主要成分的含量有着不同的要求，但不同地区化肥生产企业所用的生产技术差异并不大。从研究周期看，由于农业生产资料要通过生物再生产过程来发挥作用，农业生产资料必须尊重生物规律，必须与生物本身的生长规律协调一致，农业生产资料生产技术的研究周期必须与生物生长周期相吻合，而一般生物的生长时间都比较长，因此，农业生产资料生产技术具有周期长的特点。就综合性而言，虽然农业生产资料的使用效果受生物生长规律、自然环境演变规律等的影响，这使得农业生产资料生产技术的发明、选择和应用需要综合考虑上述因素，但与其他农业技术相比，农业生产资料生产技术的综合性特征不是很强。从保密性上看，农业生产资料生产技术与一般工业技术相似，其保密性相对比较高。农业生产资料生产技术的上述特征，使其类似于私人物品或准公共物品（如测土配方施肥技术基本类似于准公共物品）。

2. 农产品加工技术的特征

由于不同地区生产的同类农产品在品质、可加工性等方面存在差异，不同地区的同类农产品加工企业，应该采用不同的农产品加工技术，从而使农产品加工技术具有较强的区域性。由于农产品加工过程主要是物质再生产过程，受生物生长规律的影响比较小，农产品加工技术的研究周期比较短；农产品加工技术的选择要综合考虑原料农产品的供给、最终产品的销售等问题，而上述问题本身又涉及很多因素，所以，它的综合性特征比较强。同农业生产资料生产技术一样，农产品加工技术也具有较高的保密性。农产品加工技术的上述特征，使其更加类似于私人物品。

3. 农产品生产技术的特征

与农业生产资料生产技术和农产品加工技术不同，农产品生产技术则具有明显的区域性、周期长、综合性和保密性差等特征。就综合性而言，一方面，农业生产受到生物生长规律、自然环境演变规律、社会经济发展规律等多个领域规律的影响，农业技术的发展和研究必须综合考虑上述因素的影响；另一方面，农业技术是一个包含产前、产中和产后农业技术在内的复杂系统，上述农业技术相互作用、相互影响，共同决定农业的综合生产力及其竞争力，农业技术的应用必须综合考虑不同技术之间的配套问题。从保密性上看，农业技术成果往往在中间试验以后便会泄密，使其难以在大范围内销售。农产品生产技术的上述特征，使其类似于准公共物品。

4. 农产品储存技术的特征

就农产品储存技术而言，要延长农产品的储存期，必须综合考虑区域气候条件、农产品的收获季节、收获时的成熟度、储存过程中的后熟特征等。因此，农产品储存技术的区域性和综合性特征也比较明显。与其他农业技术相比，农产品储存技术的研究周期比较短。由于同一地区的农户很容易模仿其他农户的农产品储存技术，农产品储存技术的保密性也比较差。需要特别说明的是，虽然农产品储存技术也有风险，但这类技术的风险相对来说比较低。农产品储存技术的上述特征，使它类似于准公共物品。

二 农业技术创新

（一）农业技术创新的相关概念

1. 农业技术发明

农业技术发明是指为现已确立的农业科学原理和现已存在的农业技术知识或它们的组合寻找新的或不同的应用而产生的新的思想或方法。这里的"寻找"是指以应用为目的而进行的探索或研究。从农业技术发明的过程看，它是农业科学家或农业技术人员利用现有基础研究或应用研究的成果（包括前人的农业技术发明），并借助相应的设施进行思维整合的过程。

从上述定义可知，农业技术发明只是一种概念性的东西，还不能对农业技术进步和农业生产力产生直接的影响，但它对农业技术创新成果的产生具有十分重要的影响。虽然从某个具体农业创新主体的角度看，它进行农业技术创新不一定非要从农业技术发明开始，但从整个人类社会的角度看，它们的农业技术创新活动一般要以前人的农业技术发明为基础，是对前人农业技术发明的继承和发展。从这一意义上讲，农业技术发明是农业技术创新的前身，也是农业技术创新的坚实基础。在此需要明确两点：第一，并非所有的农业技术创新都要先有农业技术发明。在农业生产实践中不乏不需要农业技术发明的农业技术创新。如农户在果园养鸡，这是一种农业经营的技术创新，但这一创新并未用到任何农业技术发明。第二，有了农业技术发明，不一定就有农业技术创新。一方面，农业技术发明只是一种思想或方法，这些思想或方法能否在农业生产实践中应用，还要经受技术准则和经济准则的双重检验，只有通过双重检验的农业技术发明才可能转化成农业技术创新；另一方面，许多农业技术发明都是在实验室条件下取得的，当这些发明尚未被用于生产之前还有许多未解决的技术经济问题。例如农作物的优良新品种培育成功后，需要采用包括栽培技术、施肥技术、灌溉技术和病虫害防治技术等在内的一系列配套技术才能在生产上推广应用。当这些配套技术尚未形成以前，新品种的采用不一定会实现预期的产量或经济效益。再如有的高新技术，技术上较为先进，但市场容量有限，或由于资金短缺而没有能力引进和改造加工设备，该项技术则难以创新。

准确把握农业技术发明的内涵需要注意三个方面的问题：

首先，农业技术发明具有一般技术发明的特点：第一，农业技术发明具有变革性，它通过改变人们解决问题的思想和方法，进而引起农业生产要素组合方式的变革；第二，农业技术发明具有目的性，即为了满足农户或农业企业的生产需要；第三，农业技术发明具有创造性，即农业技术发明中所体现的新思想或新方法是农业生产系统中前所未有的。

其次，农业技术发明有它自己的特点。一是农业技术发明的主体是农业科学家或农业技术人员，他们除了必须掌握必要的农业基础知识以外，还要了解农业生产实践中所面临的主要问题；二是农业技术发明要遵循生物规律。

最后，农业技术发明活动具有生产的特殊性。从经济学的角度看，生产活动就是劳动者通过劳动将投入的生产要素转化为有用产出的活动。即生产活动的产生需要具备三个条件：劳动者、要素投入和有用产出。从这一意义上讲，农业技术发明活动也是一种生产活动。因为农业技术发明活动不仅需要投入，也是有用产出，还需要农业科学家或农业技术人员的辛勤劳动。但是，与常规生产活动相比，农业技术发明活动在许多方面还表现出自身的特殊性：一是投入的特殊性。农业技术发明活动不仅需要有形的物质投入，还需要无形的科学和技术知识的投入，而且无形投入比有形投入更具重要性。二是劳动的特殊性。在农业技术发明活动中，发明人员的劳动必须具有创造性，他们不能像常规生产活动中的劳动者那样生产他人或自己业已生产过的东西。否则，农业技术发明活动就成为毫无意义的活动。三是生产过程的特殊性。农业技术发明活动不像常规生产那样有现成的产品蓝图和事先详细规定的生产工艺。农业技术发明的"产品蓝图"和"生产工艺"常常是在探索的过程中逐渐形成的，在过程结束后才最后确定的，从而使得农业技术发明活动具有很大的风险性和不确定性。四是产出的特殊性。农业技术发明活动的产出主要是新技术的原始设想，是一种知识产品，它具有价格与成本的非关联性、消费的非排他性、"无形损耗性"等特点。同时，农业技术发明活动的投入并不是产出的唯一决定因素，投入是产出的必要条件，但不是充分条件，除了经费和人力投资外，还有另外一些因素对农业技术发明活动的产出起着很大的作用。如农业技术发明的开发和商业化的预期成本、商业化的期望收益、竞争性发明和替代品出现的可能性，对市场的长远影响可能是对农业技术发明活动的产出有影响的重要因素。农业技术发明活动的组织和规模也可能对农业技术发明的产出产生影响。五是产出的价值具有很强的时效性。农业技术发明活动产出的时效性说明：在多人同时从事同一农业技术的发明活动时，只有抢先于他人产出农业技术发明成果的人才可能从发明身上获得巨大的价值，其他人的产出将一钱不值。六是农业技术发明产出具有巨大的外部效应。这意味着农业技术的发明者一般无法独占其发明所创造的所有收益或价值。

2. 农业技术首次商业化使用

农业技术首次商业化使用是以获取商业利润为目的的，是将农业技术用于农业技术发明或农业生产活动的过程。农业技术首次商业化使用涉及两类生产和供给主体。一类是农业技术发明的生产和供给主体；另一类是利用农业技术发明生产并供给相应农产品的主体。在此，将前者称为"农业技术的首次发明使用主体"，将后者称为"农业技术的首次经济使用主体"。

3. 农业技术扩散

农业技术扩散是农业技术向其商业化使用主体传播的过程，包括农业技术向其经济使用主体的扩散和农业技术向其发明使用主体的扩散。农业技术向其经济使用主体的扩散是指农户或农业企业在农业技术发明主体、农业技术推广单位或农业技术的首次采用者等的影响下，对已经取得首次经济使用成功的农业技术进行模仿、学习，使得某项农业技术由最初的少数人采用到后来大多数人普遍采用的过程，它是农业技术扩散的核心组成部分；农业技术向其发明使用主体的扩散是指农业技术由其发明主体、农业技术推广部门或农业技术的首次经济使用主体向农业技术发明主体（其中既包括从事与正在扩散的农业技术无关的发明活动的主体，又包括扩散技术的发明主体）传播，并对其农业技术发明活动产生影响的过程。从这一意义上讲，农业技术扩散过程不仅是农户或农业企业、农业技术发明主体、农业技术推广人员之间进行相互交流、相互沟通的过程，而且是农户或农业企业、农业技术发明主体各自内部不同主体之间相互交流、相互沟通的过程，也是农业技术在不同主体之间的传播过程。

（二）农业技术创新的内涵

创新理论的奠基人熊彼特认为，创新是发明的首次商业化应用。从这一角度看，农业技术创新就是农业技术发明的首次商业化应用。笔者认为，由于熊彼特主要是从企业的角度研究创新问题的，他没有将发明和扩散作为创新的重要内容加以研究。但从宏观的角度看，一方面，虽然发明不一定能引起技术创新，但任何技术创新都有其发明起源，没有发明就没有技术创新是必然的；另一方面，没有扩散的技术创新所能产生的效益是十分有限的。因此，仅从商业化使用的角度界定农业技术创新的内涵过于微观化。

熊彼特的创新理论也间接说明，创新一是要将新的生产要素组合或新的生产条件引入经济体系；二是要有利于创新主体获取超额利润，并在"经济人"利益最大化追求的驱使下推动整个经济发展。可见，熊彼特的创新理论实际上已经包含了扩散。

从国内学者对农业技术创新内涵的理解看，他们都强调农业技术创新是一个技术或经济活动过程，都将发明作为农业技术创新的有机组成部分，而且，大部分学者（主要是广义农业技术创新的提出者）将扩散作为农业技术创新的重要组成部分，但国内学者将太多的具体内容列入农业技术创新，这又过于宏观化。笔者认为，作为一个技术或经济活动过程，农业技术创新主要应该包括农业技术发明、农业技术首次商业化使用（即熊彼特意义上的农业技术创新）和农业技术扩散三个环节。其中，农业技术发明主要是将知识转化成科学，并产出初级农业技术（因为这一阶段的农业技术只是以技术说明书、模型、样品、样机等形式存在，还不具备实际应用的条件，有待技术和经济的检验，以及进一步成熟）；农业技术首次商业化使用主要是将初级农业技术成熟化，使其转化为成熟的农业技术。当然，从实际的角度看，农业技术首次商业化使用主体采用初级农业技术的主要目的是生产能满足消费者需求的新产品，并期望通过销售产品获取利润，但其活动间接地完成了初级农业技术的成熟化过程，形成了成熟的农业技术。从这一意义上讲，农业技术首次商业化使用主要是形成成熟的农业技术。农业技术扩散就是使大量农户或农业企业应用成熟的农业技术生产和销售产品，并推动农业技术进步和农业经济发展的过程。由此可见，上述三个环节基本上涵盖了农业技术创新作用于农业发展的全过程，以它们作为农业技术创新过程的基本构成环节，不仅可以包容国内学者界定的农业技术创新内涵中所涉及的全部内容，而且能使农业技术创新研究工作既不至于因过于微观化而不切实际，又不至于因过于宏观化而"不着边界"。

此外，作为一项创造性活动，农业技术创新离不开现有农业知识和技术的支持。现有农业知识和技术是农业技术创新的基础。

综上所述，笔者认为，农业技术创新是以现有农业知识和技术为基础，以农业技术发明、农业技术首次商业化使用和农业技术扩散为基本环节，通过基本环节之间的有机衔接，不断完成农业技术发明向成熟农业技术转化和成熟农业技术向农业生产系统的植入过程，进而实现农业技术进步和农村经济发展的技术、经济活动过程。农业技术创新的三个基本环节（或农业技术创新链的三个构成环节）都进行相应的技术创新活动。其中，农业技术发明环节主要进行"知识—科学—技术"创新活动；农业技术首次商业化使用环节主要进行"技术—产品—成熟技术"创新活动；农业技术扩散环节主要进行"成熟技术—产品—产业"

创新活动。

（三）农业技术创新的类型

根据前文对农业技术的分类，可以将农业技术创新分为农业生产资料生产技术创新、农产品生产技术创新、农产品储存技术创新和农产品加工技术创新。不同农业技术创新的发明主体、首次商业化使用主体和扩散主体是不同的。一般来说，农业生产资料生产技术和农产品加工技术的发明主体、扩散主体和首次商业化使用主体主要是农业企业（包括农业生产资料生产企业和农产品加工企业）①；农产品生产和储存技术的发明主体主要是农业科研机构和农业高等院校，其扩散主体主要是农业推广机构，而其首次商业化使用主体主要是农户。

（四）农业技术创新的特征

总体上讲，农业技术创新具有系统性、公共产品特性、主体的多元性、动力的多元性、不确定性和创新时滞长等特征。

1. 创新的系统性

农业技术创新的系统性表现在农业技术创新是由农业技术发明、农业技术的首次商业化使用和农业技术扩散三个子系统所构成上。各个子系统内部又有其内在运行机理，各有不同的功能，它们相互作用、互为补充，共同推动着农业技术创新活动。

2. 创新的公共产品特性

农业生产和技术的特殊性使得农业技术创新具有公共物品的性质。一般而言，大部分农业技术创新成果具有非竞争性和非排他性。主要根源在于：第一，农业技术创新成果应用的分散性、

---

① 一般意义上的农业企业主要从事农业生产活动，只是其规模大，实力比单个农户强，但其本质上与农户区别不是很大；同时，这类农业企业不是我国农业生产主导组织形式。所以，本书对之不作单独考虑。

通用性。我国农业技术创新成果的应用者是规模小、分布极其分散的小农户，生物技术、耕作技术等领域的成果具有很强的通用性，多在户外或大田进行，易被模仿，保密性差，私人边际成本与边际收益不等。第二，农业功能的多样性决定了农业技术创新效用的多样性，利润最大化并不是唯一目标，有的技术创新偏重于社会效益和生态效益。因此，农业技术创新不能像工业技术创新那样，完全由市场进行创新资源的配置。第三，农业技术创新的潜在需求大，但受农户生产规模、资本能力的局限，现实有效需求明显不足，光靠市场的刺激无法推动农业技术创新的持续发展。第四，农业技术创新受到自然规律、生物规律、经济规律的多重约束，创新投入大、周期长、时滞长、风险大，必须有政府的支持、介入。

3. 创新主体的多元性

与工业技术创新只有一个主体——企业不同。农业技术的发明、首次商业化使用和扩散是分离的，它们分别由不同的主体来完成，这使农业高等院校和农业科研机构、推广机构、中介服务机构、农户和涉农企业等众多主体参与了农业技术创新，呈现出创新参与主体多元化的特征。不同主体行为的合力决定着农业技术创新的进程和成效。

4. 创新动力的多元性

农业技术创新有多个主体参与，不同创新主体的不同价值取向，决定了各主体参与农业技术创新的动力呈现多元化特征，而且每一个主体的动力也非唯一。如农业高等院校、科研部门参与农业技术创新的动力可能是政府委托或指派，或是对职称、学术名誉的追求，或是市场潜在经济利益的驱使等。农户应用技术创新成果的动力可能是谋求最大净收益，或是减轻劳动强度，或是克服自然资源局限。

5. 创新的不确定性

农业技术创新是一种极强的探索性活动，这决定了其存在巨大的不确定性和风险性。创新主体在行为目标、判断准则和收益预期等方面缺少相关的参照物，使创新者在选题、立项、研究论证、技术水平评估、成果传播、转化、应用、融资、风险化解等方面具有极大的模糊性和探索性。其不确定性主要表现为：一是技术研制存在较大的不确定性。农业技术的研制具有探索性质，受技术水平和人们认识能力的局限，创新主体在创新初期，对创新技术发展的方向、速度以及最终结果的把握存在不确定性。二是创新成果市场存在不确定性。任何创新成果都必须接受市场，即农户或农业企业的检验，这对农业技术创新过程有着决定性作用。农业技术的研制者、推广者很难准确预测创新技术的需求，使研制开发者有利可图的产品数量和价格以及未来市场需求的变化方向和形式难以确定。市场方面的不确定性还表现在当存在竞争者时，创新主体能否战胜对手，创新技术能否及时有效地向其他领域扩散等方面的不确定性上。三是技术创新收益分配的不确定性。著名经济学家阿罗在对技术创新过程进行分析时指出，技术创新利润具有非独占性，亦即创新主体不能占有技术创新的全部收益，但创新主体到底能占有多少创新利润是不确定的，受创新主体的市场地位、所在产业部门的市场结构、创新主体领先追赶创新者的程度以及有关知识产权保护方面的立法和政策完善程度等因素的影响，农业技术创新主体的技术创新收益分配其有极高的不确定性。在我国，由于农业技术创新方面的法律法规不健全、执法不严，育种者的创新收益往往与其付出的劳动不成正比，有时悬殊很大。四是创新制度环境的不确定性。创新主体的创新活动总是在一定的社会经济框架中进行的，技术创新的外部环境直接渗透到技术创新过程中，并且对其发展速度、方向以及技术创新的最终结果产生巨大的影响。由于制度环境主要由政府行为和公众偏好所组成，而政府行为和公众偏好均存在极大的不确定性，这又导致制度环境方面的不确定性。农业生产由于与人民的生活息息相关，农业技术创新受制度环境方面的影响更大。

6. 创新时滞长

农业技术创新时滞是指从最初的技术研制到最终作为实用化商品进入市场并为农业生产者所接受的长期过程。创新时滞广泛存在于各个创新领域。农业生产的分散性和对自然环境的依赖性，使得农业技术创新时滞表现得更为显著。[①]

在农业技术创新的上述特征中，除了系统性、主体的多元性、动力的多元性和不确定性之外，不同农业技术创新在其他几方面的特征是有区别的。

（1）农业生产资料生产技术创新的特征。从公共产品特性的角度看，虽然由于农业的公益性特征，农业技术创新在一定程度上具有公共产品特性，但因为农业生产资料生产技术类似于私人物品或准公共物品，所以，它的公共产品特性不是很强；从创新时滞看，因为农业生产资料生产技术的研究周期比较长，所以，农业生产资料生产技术创新的时间也比较长，其时滞长的特征比较明显。

（2）农产品生产技术创新的特征。因为农产品生产技术类似于准公共物品，所以，农产品生产技术创新的公共产品特征十分突出；又由于农产品生产技术研究的周期长，农产品生产技术创新的时滞也比较长。

（3）农产品加工技术创新的特征。一方面，因为农产品加

---

① 傅新红、马文彬等：《试论农业技术创新的内涵和特征》，《山地农业生物学报》2003 年第 4 期。

工技术类似于私人物品，所以，农产品加工技术创新的公共产品特征不明显；另一方面，因为农产品加工技术的研究周期比较短，所以农产品加工技术创新的时滞比较短。

（4）农产品储存技术创新的特征。因为农产品储存技术类似于准公共物品，而且其研究周期比较短，所以，农产品储存技术的公共产品特征比较明显，创新时滞比较短。

三 创新链

创新链是指围绕某一个创新的核心主体，以满足市场需求为导向，通过知识创新活动将相关的创新参与主体连接起来，以实现知识的经济化过程与创新系统优化目标的功能链节结构模式[1]。从表面上看，创新链是由创新参与主体连接而成的链条；从本质上看，创新链是为生产出能满足市场需求的产品，而将相关知识创新活动在各参与主体之间进行分工，通过参与主体之间的有机配合，及其知识创新活动的有效衔接，产出能用于最终产品生产的技术。从这一意义上讲，创新链实质上是由不同知识创新活动连接而成的链条，知识创新是其生命线。只有通过知识创新活动在不同参与主体之间的传承、转化和转移，使不同参与主体都能获取知识创新的增值收益，才能将它们连接起来，进而实现知识的经济化与创新系统的优化。

四 农业技术创新链

（一）农业技术创新链的内涵

1. 农业技术创新链的含义

农业技术创新链是指围绕农业技术创新过程的某一个核心主

---

[1] 张正良：《论企业创新链的系统结构》，《求索》2005 年第 7 期。

体，以满足市场需求为导向，通过现有农业知识和技术的应用与转化、农业技术发明和成熟农业技术的形成，以及成熟农业技术的扩散等将农业技术发明主体、农业技术首次商业化使用主体和农业技术扩散主体联结起来，以实现农业知识的经济化与农业技术创新系统优化目标的功能链结构模式，它是农业技术创新的过程表现形态。整条农业技术创新链是在现有农业知识和技术基础上，将农业技术发明、农业技术首次商业化使用和农业技术扩散等基本环节有机衔接而成的。

农业技术创新链的构成环节是密切相关的。一是它们具有投入与产出关系。农业技术创新链中的上游环节的产出是其紧邻下游环节的投入，下游环节是对其紧邻上游环节产出的加工、完善（这种完善可能是技术上的完善，也可能是对技术产品功能利用的完善），同时，下游环节的产出又能作为其紧邻上游环节的投入，使上游环节的产出更能满足自身对投入的需要。没有上游环节的产出，下游环节就失去了"原材料"；没有下游环节的产出，上游环节就迷失了方向。二是竞争关系。农业技术创新链上的环节都是围绕农业技术进行不同的价值创造活动，它们都需要人力、财力、物力和信息等资源的投入。然而，整个社会经济系统所拥有的上述资源是有限的，因此，它们在获得上述资源中存在竞争关系。三是协同关系。虽然农业技术创新链的不同环节之间在资源获取方面存在竞争，但是，它们获取资源的目的都是通过自身的活动以满足农业生产对技术的需要。从这一意义上讲，它们之间又具有协同关系。同时，农业技术创新链作为一个自组织系统，其序参量是农业技术需求，根据侍服原理，不同环节都要服从农业技术需求这一序参量的支配，因此，它们之间应该具有协同关系。四是耦合关系。农业技术创新链上不同环节之间的协同，导致其功能上的耦合，这决定了农业技术创新链的整体演化。

从经济的角度看，农业技术创新链是价值增值链；从农业技术创新链各个环节的关系看，它是供应链；从农业技术创新链的目标追求看，它是产业链；从自组织理论的角度看，它是功能耦合链。

2. 农业技术创新链的边界和范围

本书将农业技术发明作为农业技术创新链的上边界，将农业技术扩散作为其下边界。农业技术发明要以现有农业知识和技术为基础，农业技术扩散涉及农业生产、农产品加工等，所以，农业技术创新链的影响范围涉及农业教育、农业科技、农业生产等各个领域。但本书主要将农业技术创新链界定在农业技术发明和农业技术扩散所限定的范围之内，重点研究该范围内三个环节之间的相互作用，及其对农业技术创新链循环的影响。

（二）农业技术创新链的特征

1. 农业技术创新链是以需求拉动为主的链结构模式

这里的市场需求具有多重性，其中既包括农产品消费市场对农产品的需求，又包括农户或农业企业为生产农产品而产生的农业技术需求，还包括农业技术首次商业化使用主体对农业技术发明的需求等。其中，农产品市场的消费需求是主导需求，其他需求都是派生需求，因为它是为生产出能满足消费需求的农产品而派生出来的需求；主导需求是农业技术创新链外部主体对农业技术创新链中某一主体所供产品的需求，是外部需求，它是农业技术创新链中各主体连接的外在拉动力；派生需求是农业技术创新链内部各主体之间的需求，是内部需求，它是农业技术创新链中各主体连接的内在动力。只有通过内部需求的满足，即农业技术创新链中上游环节主体对下游环节主体需求的满足，才能成功地将农业技术植入农业生产系统，产生能满足外部需求的产品。

2. 构成主体的多元性和层次性

农业技术创新链中的相关主体主要有农业技术发明主体、农业技术首次商业化使用主体和农业技术扩散主体，这决定了其构成主体的多元性特征；农业技术创新链的上述主体中必有一个核心主体来管理链上的技术创新相关活动，这一主体就是"核心主体"或"主机"，其他的创新主体则为"协作主体"。"核心主体"与"协作主体"的工作是相互依赖、相互影响的交互过程。

3. 主体之间的合作是农业技术创新链的生命线

农业技术创新链上"核心主体"与"协作主体"的协作良好与否直接决定其各个环节的衔接与整体的高效运作。它们合作的目的是利用"外脑"等农业技术创新资源与条件扬长避短地强化自己的核心创新业务与能力，提高创新的成功率，实现"共赢"。

4. 创新活动和创新成果的多样性

农业技术创新链中不同主体都在进行相应的创新活动，其中，农业技术发明环节主要进行"知识—科学—技术"创新活动，形成初级农业技术和新的农业基础知识；农业技术首次商业化使用环节主要进行"技术—产品—成熟技术"创新活动，形成成熟的农业技术、新的农业技术发明和农业基础知识等；农业技术扩散环节主要进行"成熟技术—产品—产业"创新活动，将成熟农业技术引入生产系统，并产生新的农业技术需求。

5. 农业技术创新链追求农业知识的经济化与其整体优化

农业知识的经济化与农业技术创新链的整体优化是相互影响、相互作用的。农业技术创新链的整体优化是实现农业知识经济化的条件。同时，农业知识的经济化又能为农业技术创新链的整体优化提供动力。这就要求农业技术创新链上各个创新主体转变思维模式，变一维纵向思维模式为多维空间思维模式，从农业技术创新链的整体出发与相关主体建立战略创新合作伙伴关系，实现优势互补、共同发展和整体优化。

6. 农业技术创新链的超循环特性

农业技术创新链的超循环特性主要体现在以下几个方面：一是开放特性。作为社会经济大系统的一个子系统，农业技术创新链作为一个整体或其构成环节，都与外界进行完全的物质和能量的交换，并通过新陈代谢来维持系统的自身组织及其结构的存在。二是自适应特性。农业技术创新链及其构成环节具有遗传及自适应能力，能够促进其各个子系统之间形成更加紧密的联系，形成一个共生的结合体，并维持在时空上生命的延续和种族的原有特征。自适应特性是农业技术创新链在一定范围内针对不同生产或服务目的，组织学习能力与其在行业内是否具有核心竞争力并获得竞争优势的潜力密切相关的。三是自稳定特性。当农业技术创新链作为一个整体或其构成环节的外部环境发生变化，系统内原有平衡被打破时，系统可以通过自我调节与外界环境进行物质能量交换以达到新的平衡。四是突变特性。农业技术创新链系统能够有效展开其内部各个环节之间、内部与环境之间的相互作用，充分利用各种有利的内外因素促使生命系统进行演化和变异。在超循环演变过程中，农业技术创新链的构成环节因获得竞争优势而呈非线性突变。在农业技术创新链中，通过竞争形成优势互补的综合超系统，强调各环节之间所应具有的优势互补协作关系，充分利用各种有利的内外因素，促使生命系统淘汰和进化、创造和蜕变。五是选择评价特性。农业技术创新链内的自动评价机制是"竞争"，通过竞争超循环对系统内部各部分进行选择，竞争实现"优胜劣汰"。但竞争并不排斥合作。相反，农业技术创新链的各环节之间，以及各环节中的不同主体之间都是竞争与协同、整合并存。

此外，从国民经济整体的角度看，农业技术创新链不止一条，不同农业技术创新链之间存在着相互作用、相互影响。一般来说，不同农业技术创新链之间的关系主要有三种类型：一是互补关系，即不同农业技术创新链的产出能相互补充，互相支持，农作物良种技术创新链及其种植、施肥、灌溉和储存等技术创新链之间就是互补关系；二是替代关系，即不同农业技术创新链的产出物之间相互替代，形成竞争关系，如不同农业技术创新链中所产生的同种农业技术之间就是替代关系；三是非相关关系，即一条农业技术创新链的产出不对另一条农业技术创新链的产出产生影响，如农作物栽培技术创新链与禽畜饲养技术创新链之间就是不相关的。同时，每一条农业技术创新链都有与其存在互补关系与替代关系的农业技术创新链，并受它们的影响。此外，不同农业技术创新链的同类环节构成农业技术创新链的子系统集（指不同子系统的集合体），不同子系统集之间以及同类子系统集中不同要素之间也存在相互影响，相互作用。

五　农业技术创新链循环

（一）循环的概念

"循环"在新华字典中的解释为：事物周而复始的运动；在物理学意义上，指物理系统从某一状态出发经过一系列变化回复到初始状态的过程。根据循环的上述含义，可将其概念做如下拓展：如果两个事物 A 和 B，A 作用于 B，有 A→B，而 B 也作用于 A，有 B→A，那么从整体上看，A 和 B 的这种相互作用就构成了"封闭环"即循环[1]。

---

① 吴彤：《自组织方法论研究》，清华大学出版社 2001 年版。

（二）农业技术创新链循环的内涵

农业技术创新链循环有广义和狭义之分。从广义上讲，它指农业技术创新链从其某一环节出发，经由其他部分环节或全部环节（包括现有农业知识与技术、农业基础研究等辅助环节），最后回复到初始环节的过程；从狭义上讲，它是指从农业技术创新链的某一基本构成环节出发，顺次经过其他基本环节，最后回复到起始环节的过程。本书将重点研究狭义的农业技术创新链循环，而且主要研究从农业技术发明出发，经由农业技术首次商业化使用、农业技术扩散，最后又回复到农业技术发明的循环。从本质上讲，农业技术创新链循环是通过其构成环节之间的有机衔接，不断完成农业技术发明向成熟农业技术转化和成熟农业技术向农业生产系统的植入，从而推动农业技术进步和农村经济发展的技术、经济活动过程，即农业技术创新链循环是农业技术创新不断进行的过程。

（三）农业技术创新链循环的特征

农业技术创新链循环的特征主要表现在以下几个方面。

1. 循环的复杂性

首先，农业技术创新链的各个构成环节可能既是某一循环的始发环节，又是其他循环的中介环节；其次，不同农业技术创新链的不同环节之间也存在循环关系；最后，同一农业技术创新链循环不仅有各基本构成环节之间的循环，而且有基本构成环节与辅助环节之间的循环等。可见，农业技术创新链循环具有复杂性。

2. 循环的价值传递性

伴随着农业技术创新链循环的进行，价值从农业技术创新链的上游环节向下游环节传递，上游环节的产出是下游环节的投入，下游环节要在上游环节创造价值的基础上实现价值增值。如农业技术发明的产出是具有一定价值的技术文件、实物样机或样品；农业技术首次商业化使用就是利用农业技术发明的产出，生产出能够满足消费需求的新产品和成熟的农业技术，这两种产出的价值高于农业技术发明的价值；农业技术扩散是农业技术发明主体、农户或农业企业利用农业技术首次商业化使用的某一种产出物进行生产活动，产出新的农业技术或产品（包括新的农业生产资料、新的农产品和新的加工农产品），并获取价值增值的收益或利润。没有价值传递和价值增值，农业技术创新链循环将无法继续。

3. 循环路径的选择性

农业技术创新链循环的复杂性，决定了其循环路径的多样性，但是沿着不同路径循环的周期不同，循环的效率也不同。只有循着"农业技术发明—农业技术首次商业化使用—农业技术扩散"这样的路径实现的循环才是周期最短、效率最高的循环，借助于任何辅助环节的农业技术创新链循环都会因其"迂回"性而降低循环的效率。因此，农业技术创新链循环具有路径选择性。

4. 循环内容的更新性

农业技术创新链的每次循环都是在新的需求起点上开始进行农业技术发明，产生新的农业技术，并将其植入农业生产系统，产出新的农产品（包括加工农产品）或农业生产资料。

5. 循环结果的上升性

农业技术创新链的每次循环都会在农业内部形成新的产业。伴随着农业技术创新链循环的不断进行，农业内部不断产生新的产业，这将促进农业结构的优化和高级化。从这一意义上讲，农业技术创新链循环的结果具有上升性。

第二节 农业技术创新链循环研究的基础理论

一 创新理论

（一）创新理论简介

创新理论的创始人熊彼特认为，创新是建立一种新的生产函数，即把一种从来没有过的生产要素和生产条件的新组合引入生产体系。具体包括五种形式：（1）采用一种新产品或提供一种产品的新特性；（2）采用一种新的生产方法；（3）开辟一个新的市场；（4）掠取或控制原材料或半制成品的一种新的供应来源；（5）实现任何一种工业的新的组织①。可见，熊彼特的创新概念包含产品创新、工艺创新、市场创新、资源开发创新和组织管理创新。

（二）创新理论的启示

熊彼特的创新理论是任何创新研究的理论渊源。农业技术创新是创新研究的一个分支。因此，熊彼特的创新理论是本书研究的理论渊源。但是，熊彼特研究的主要是企业的创新，他强调创新是发明的首次商业化应用，而没有将发明包括在创新之中，也没有重视对扩散的研究。本书将把熊彼特意义上的创新向前、后两个方向延伸，即不仅考虑农业技术发明的首次商业化使用，而且考虑农业技术发明和农业技术扩散。其中，农业技术发明是对熊彼特意义上创新的向后延伸，农业技术扩散则是向前延伸。不仅如此，本书还将农业技术发明、农业技术首次商业化使用和农业技术扩散作为农业技术创新链的基本构成环节，从循环的角度加以研究，以在更大范围内实现创新的价值。

---

① 约瑟夫·熊彼特：《经济发展理论》，商务印书馆1990年版。

二 技术创新理论

（一）技术创新动力理论及其启示

1. 技术创新动力理论的主要观点

关于驱动创新的动力机制，各国学者进行了多层次的实证分析和理论推理，从不同视角提出了一元论至五元论。一元论有两派观点：一是技术推动论；二是需求拉动论。其中，技术推动论认为，技术创新是由于技术发展的推动作用而引导的，技术是推动技术创新的根本原因；需求拉动论认为，市场需求是决定技术创新的主要因素，正是市场对技术创新的不断需求，才形成经济发展的良性循环。二元论认为，技术创新可以是技术发展推动的，也可以是广义需求拉动的，成功的技术创新往往是二者共同作用的结果。三元论认为，最成功的技术创新是技术推动、需求拉动和政府行为共同作用的结果。其中政府行为包括政府的规划和组织行为以及政策和法律行为。四元论认为，技术创新的主要动力来源于技术推动、需求拉动、政府支持以及企业家偏好。其中技术推动供给创新的技术源，需求拉动构成创新的商业条件，政府支持提供创新的政策与管理环境，企业家创新偏好使创新者内在潜能得以发挥，四者共同促进技术创新。五元论者认为，在技术创新的动力因素中，除了上述四个方面因素还包括社会、技术、经济系统的组织作用①。

2. 技术创新动力理论的启示

在上述技术创新动力理论中，笔者赞同五元论者的观点，因为他们的观点能够全面解释技术创新的动力。五元动力理论说明，技术创新受多个主体的影响，但是该理论没有充分说明不同动力在技术创新中的作用，也没有说明不同动力生成主体之间合

---

① 林晓言、王红梅：《技术经济学教程》，经济管理出版社 2002 年版。

作的意义。事实上，不同来源的动力在农业技术创新中所起的作用是不同的，需求拉动是农业技术创新链形成的主导动力；技术推动决定现有农业知识和技术的供给，而现有农业知识和技术是农业技术创新链中各主体有效连接的基础动力；政府支持能影响农业技术创新链中各主体的行为，进而影响他们的有效连接，它是外在保障动力，即由农业技术创新链之外的主体提供了保障农业技术创新链中各主体连接的保障动力；企业家是各环节主体完成相应的农业技术创新活动的内在保障动力；社会、技术、经济系统的组织作用为农业技术创新链中各环节主体提供支撑动力。不同动力的合力越大，农业技术创新链中各主体的连接越紧密、有效，越有利于农业技术创新链循环；不同动力的合力大小，取决于动力生成主体之间的协同程度。因此，技术创新动力理论对本书从多个角度分析农业技术创新链循环的构成要素、农业技术创新链循环的保障机制等具有很强的启发意义。

（二）模仿理论与创新扩散模式理论

1. 模仿理论与创新扩散模式理论简介

模仿理论是指由美国经济学家爱德温·曼斯菲尔德就如何推广新技术问题所提出的创见。他认为，在一定时期内，一个部门中采用某项新技术的企业数量增加的程度由三个基本因素构成：模仿比例，采用新技术企业的相对盈利率和采用新技术所要求的投资额。模仿比例越大，采用新技术的情报和经验越多，模仿风险越小，对未采用该种新技术企业的推动力也越大；相对盈利率越高，模仿的可能性就越大，企业越愿意采用新技术；在相对盈利率相同的条件下，投资额越大，模仿的可能性就越小。

创新扩散模式理论是指由英国学者斯通曼等对技术创新扩散模式进行的开创性研究。该理论指出，技术扩散主要包括三个方面：部门内的扩散，部门间的扩散，国际间的扩散。影响这些扩散的基本因素仍然是投资的相对利润率和模仿的投资阈值。曼斯菲尔德等则分析了国际间技术扩散的障碍，认为国际间技术扩散的主要障碍来自于四个方面：观念障碍、制度障碍、经济障碍、技术障碍。

2. 模仿理论与创新扩散模式理论在本书中的应用

模仿理论主要强调技术模仿；扩散模式理论也主要强调技术扩散。本书将农业技术扩散作为农业技术创新链的基本构成环节之一，农业技术扩散过程就是模仿的规模扩张过程，它也有自己的扩散模式。从这一意义上讲，模仿理论和扩散模式理论对本书研究具有直接的指导意义。本书在分析农业技术扩散的影响因素时会直接用到它们。此外，笔者认为，如果将模仿和扩散仅限于技术的模仿和扩散，那么，其研究范围过于狭窄。事实上，模仿和扩散主要是对相关主体行为的模仿和扩散，技术的模仿和扩散是对相关主体行为进行模仿和扩散的结果。因此，本书将对模仿和扩散理论进行拓展，将它们用于分析农业技术创新链的催化循环机理。

（三）市场结构理论与企业规模理论

1. 市场结构理论与企业规模理论的介绍

美国经济学家卡曼（Kamien）和施瓦茨（Schwartz）从垄断竞争的角度对技术创新过程进行了研究。他们认为，决定技术创新有三个变量：竞争程度、企业规模和垄断力量。最有利于技术创新的市场结构是介于垄断和完全竞争之间的所谓"中等程度竞争"的市场结构。技术创新的鼻祖熊彼特则认为，垄断是技术创新的先决条件，对垄断利润的期望是技术创新的激励。产业的垄断程度越高，企业规模越大，技术创新的密度就越大。阿罗则认为完全竞争比垄断的市场结构更有利于技术创新。20 世纪 70 年代初，美国经济学家戴维进一步研究了技术创新与企业规模的关系。他认为，一个企业如要采用某种新技术，那么它至少要达到某种规模，这种规模称为"起始点"。经济合作与发展组织（OECD）和英国波尔顿委员会通过实证调查试图说明大企业更有利于技术创新。然而实践调查发现，企业规模与技术创新之间没有固定的规律可循，二者并没有确定的对应关系。同时，还有学者认为应该从技术创新的不同阶段以及企业所处行业入手分析企业规模与技术创新的关系。结果表明，新兴产业中中小企业创新数量较多，而技术一旦成熟后，大企业对于创新的贡献率会超过小企业①。上述多家研究结论表明，技术创新并不是某一个单一因素作用的结果，而是市场结构、企业规模、产业类型、创新阶段等的综合函数。

2. 市场结构理论和企业规模理论的启示

上述理论使笔者认识到，农业技术创新链中各环节主体竞争力的增强、规模的扩张和所在行业市场结构的优化等能够在一定程度上促进农业技术创新链循环。因此，本书对农业技术创新链循环的要素优化进行了研究。

（四）技术创新长波理论

1. 技术创新长波理论的主要内容

荷兰经济学家冯·丹因在把技术特别是基础技术创新看作长期波动的主要原因的基础上，提出了创新寿命周期，并用创新寿命周期解释长期波动，形成了以技术创新寿命周期为基础的长波理论。他认为，任何一次基础技术创新都要经历四个阶段：第一阶段是基础技术创新的介绍阶段。在这一阶段，随着旧产品和旧

---

① Rothwell, R., Small and Medium Sized Firms and Technological Innovation, 1978. Williamson, O., *Markets and Hierarchies*, Free Press, New York, 1975.

技术的衰落，对它们的投资也日趋衰落，新产品和新技术已出现，但在整个社会范围内尚未被人所认识，从而形成基础技术创新的介绍阶段。第二阶段是基础技术创新的扩散阶段。在这一阶段，创新产品和技术在社会范围内得到广泛承认，生产新产品和应用新技术的企业利润丰厚，于是，对新产品和新技术的投资风靡一时，新企业一个个建立，基础技术创新得到扩散，逐步形成新的产业部门。第三阶段是基础创新的成熟阶段。这时新产业的发展达到顶峰，基础技术创新经过改进日趋成熟。第四阶段是基础创新的衰落阶段。在这一阶段新兴产业已经饱和，出现过剩产品和过剩生产能力，投资萎缩，原来的新产品、新技术变成旧产品和旧技术，进入衰落阶段。他还认为，在创新介绍阶段，新产品的出现影响市场，消费者开始认识并使用新产品，继而消费者习惯和熟悉新产品并为新产品开辟了市场，于是新兴产业出现，经济发展进入上升波。在创新的扩散阶段，随着对新产品的需求扩大，新兴产业利润提高，生产进一步扩大，通过经济结构内乘数加速器的作用，整个经济高速发展，达到繁荣的顶峰。在经济达到顶峰后，创新进入成熟阶段，出现了产品和生产能力的过剩，于是，长波进入衰落阶段。当创新进入衰落阶段后，投资进一步萎缩，产品和生产能力过剩严重，出现危机。当新技术再次出现，创新介绍阶段开始时，设备更新出现，投资额上升，经济中乘数加速器结构开始运转，长波再次趋于上升，如此周而复始[1]。

2. 技术创新长波理论的启示

技术创新长波理论实质上是技术生命周期与经济周期的关系理论，也是技术生命周期循环与经济周期循环的理论。从某种意

---

① 林春艳、林晓言：《技术创新理论述评》，《技术经济》2006 年第 6 期。

义上讲，正因为技术创新长波理论的启发，才使笔者决定从循环的角度研究农业技术创新问题。

三 农业技术创新理论

(一) 速水—拉坦的诱导性农业技术创新理论

速水佑茨郎和拉坦认为，农业系统中包含四个相互影响、相互作用的变量，即资源、技术、体制和文化。一般来说，一定的资源结构，决定各种投入要素的相对价格，并由此决定农业生产的技术偏好和选择，进而决定农业技术变革，形成农业技术结构的不同类型。

(二) 舒尔茨的现代要素引入理论

舒尔茨在《改造传统农业》一书中提出，改造传统农业的关键是在农业部门引入新的生产要素。他认为："一种技术总是体现在某些特定的生产要素之中，因此，为引进新技术，就必须采用一套与过去使用的有所不同的生产要素。"同时，他认为，人力资本是关键性现代要素。因此，引入新的生产要素，不仅要引入诸如化肥、种子、机械等技术物化要素，而且要培育具有现代科学知识，能运用现代生产要素的劳动力；对农业研究和农民教育进行投资，将为农业技术变革和农业生产率增长提供基础。

(三) 农业技术创新理论的启示

诱导技术创新理论认为，技术供给主体根据自身的资源条件和市场价格对技术需求主体的需求作出反应。这使笔者认识到农业技术创新链中各环节主体都要有相应的客体要素和支撑要素，同时他们的产出物要有合理的价格，这样，他们才能对其下游环节主体的需求作出积极的反应。因此，本书在分析农业技术创新链循环的价格机制时，特别强调要处理好农业政策、农业技术发明和农业技术首次商业化使用成果等的价格。现代要素引入理论强调劳动力素质对改造传统农业起着关键作用,为此,本书将农户作为农业技术创新链循环中的重要主体要素进行分析。

四 链理论

(一)供应链理论

供应链及供应链管理应用了价值增值链的思想,把价值增值活动从企业内部扩展到企业外部,把单一的企业业务流程扩展到多业务范围,并且除了强调价值增值外,更重要的是要求形成链稳定、协调和快速地应对市场需求,有效地同竞争对手进行竞争[①]。供应链分为内部供应链和外部供应链。内部供应链是指企业内部产品生产和流通过程中所涉及的采购部门、生产部门、仓储部门、销售部门等组成的供需网络;而外部供应链则是指企业外部的、与企业相关的产品生产和流通过程中所涉及的原材料供应商、生产厂商、储运商、零售商以及最终消费者组成的供需网络[②]。内部供应链和外部供应链共同组成了企业产品从原材料到成品再到消费者的供应链[③]。供应链的实现把由供应商、生产厂家、分销商、零售商所组成的链路上的所有环节联系起来,并进行优化,使生产资料以最快的速度,通过生产、销售环节变成价值增值的产品,送到消费者手中[④]。

---

① Donald Bowersox *et al.*, *Supply Chain Logistics Management*, McGraw Hill, 2002.

② Morgan, J., Monczka, R. M., *Supplier Integration: A New Level of Supply Chain Management*, Purchasing, 1996.

③ 王金圣:《供应链及供应链管理理论的演变》,《财贸研究》2003年第3期。

④ 黄河等:《供应链的研究现状及发展趋势》,《工业工程》2001年第3期。

（二）价值链理论

1. 波特的价值链理论

价值链的概念最早由波特于 1985 年在其所著的《竞争优势》一书中提出。波特认为，每一个企业都是材料采购、生产作业和产品销售等一系列活动的集合，这些活动被称为价值活动。它们是企业创造对买方有价值的产品的基石，可以用价值链的形式表示出来。企业的价值活动又可分为两大类：基本活动和辅助活动。基本活动直接创造价值并将价值传递给顾客，它主要包括材料入库、生产作业、产品出库、市场营销和售后服务。辅助活动为基本活动提供条件并提高基本活动的绩效水平，它不直接创造价值。辅助活动主要包括采购、技术开发、人力资源管理和企业基础设施。其中，采购、技术开发和人力资源管理都与各种具体的基本活动相联系并支持整个价值链，而企业的基础设施并不与各个特定的基本活动相联系，但也支持整个价值链。波特认为，企业的各项价值活动不是一些孤立的活动，它们相互依存，形成一个系统，形成一条价值链。价值链的各环节之间相互关联、相互影响[1]。

2. 彼得·海因斯（Peter Hines）的价值链理论

彼得·海因斯将波特的价值链重新定义为"集成物料价值的运输线"。彼得·海因斯的价值链与传统价值链相比，最主要的差别体现为两者作用的方向相反：首先，彼得·海因斯所定义的价值链把顾客对产品的需求作为生产过程的目标，把利润作为满足这一目标的副产品；而波特所定义的价值链把利润作为主要目标。其次，彼得·海因斯把材料供应商和顾客纳入他的价值链，而波特的价值链中只包含那些与生产行为直接相关或直接影

---

[1] 迈克尔·波特：《竞争优势》，华夏出版社 1997 年版。

响生产行为的成员①。

3. 全球价值链理论

全球价值链包括四个维度②：投入—产出结构、空间布局、治理结构和体制框架。其中，投入—产出结构是指价值链的基本结构，它在传统的物质流基础上进一步结合了知识和技术流；空间布局是描述价值链基本结构上的各个环节在跨越国界后所形成的国际化布局；治理结构是指价值链中发挥主导作用的成员在对价值链的各环节进行统一组织和协调过程中所形成的治理结构，它决定价值链的运行机制；体制框架主要是指价值链所面临的国内和国际的体制背景（包括政策法规、正式和非正式的游戏规则等），它在价值链的各个节点上对其产生影响。在全球价值链理论中，不同企业可以通过分析各自在价值链中所处环节的决定性因素来制定各自不同的发展战略③。

（三）产业链理论

产业链是指在一定地域内，同一产业部门或不同产业部门或不同行业中具有竞争力的企业，与相关企业以产品为纽带按照一定的逻辑关系和时空关系连接成的具有价值增值功能的链网式企业战略联盟④。龚勤林博士认为，构建产业链包括接通产业链和延伸产业链两个层面的内涵。接通产业链是指将一定地域空间范围内断续的产业部门（通常是产业链的断环和孤环形式）借助某种产业合作形式串联起来；延伸产业链是将一条已存在的产业链尽可能地向上下游环节拓展和延伸。龚勤林博士还认为，产业

---

① 夏颖：《价值链理论初探》，《理论观察》2006 年第 4 期。
② Porter, M., *The Competitive Advantage of Nations*, Macmillan, London, 1990.
③ 夏颖：《价值链理论初探》，《理论观察》2006 年第 4 期。
④ 龚勤林：《产业链延伸的价格提升研究》，《价格理论与实践》2003 年第 3 期。

链的关联关系是一种逻辑关系和时空顺序。产业链之所以是时空顺序，一方面产业链有时间的次序，上下链环之间有时间先后之分，即从上游链环到下游链环是由于下一产业部门对上一产业部门产品进行了一道追加工序；另一方面，产业链有空间的分布，产业链上诸产业链环（即各产业部门）总是从空间上落脚到一定地域，即完整的产业链条上诸产业部门从空间属性上讲必定分属于某一特定经济区域。换言之，在宏观经济视野里，链条基本上是环环相扣的、完整的，而从区域经济视角看，链条未必就是完整的，特定经济区域可能具有一条完整链条，也可能只具有一条完整链条中的大部分链环，甚至一两个链环。

吴金明教授研究指出，产业链有内涵的复杂性、供求关系与价值的传递性、路径选择的效率性、起讫点的一致性四个显著特性和吸引投资、聚集企业，发挥比较优势、打造竞争能力，增强抗风险能力、稳定经济三大基本功能[1]。

（四）农业产业链理论

农业产业链源于农业产业化理论。所谓农业产业链是一个贯通资源市场和需求市场，由为农业产前、产中、产后提供不同功能服务的企业或单元所组成的网络结构[2]。农业产业链是产业链中特殊的一类，它将农业（或农产品）作为其中的构成环节和要素。因此，农业产业链是指与农业初级产品生产密切相关的具有关联关系的产业群所组成的网络结构。这些产业群依据关联顺序包括为农业生产做准备的科研、农资等前期产业部门，农作物

---

① 吴金明等：《产业链、产业配套半径与企业自生能力》，《中国工业经济》2005 年第 2 期。

② 王国才：《供应链管理与农业产业链关系初探》，《科学学与科学技术管理》2003 年第 4 期。赵绪福、王雅鹏：《农业产业链、产业化、产业体系的区别与联系》，《农村经济》2004 年第 6 期。

种植、畜禽饲养等中间产业部门，以农产品为原料的加工业、储存、运输、销售等后期产业部门，或者简单地说是农业的产前、产中及产后部门。由于农产品众多，各自的生物特性和经济特性相异，用途和加工工序差别甚大，农业产业链的结构形态具有复杂性和多样性，主要表现在各自产业链的长度和宽度的区别上。这里所说的农业产业链的长度，是指产业链中由起点到终点的环节多少，它是对农产品加工深度的刻画。而农业产业链的宽度，是指农产品（包括其副产品）的用途多少，它反映的是农产品综合利用的广泛程度①。农业产业链中各产业相互依赖、相互作用而形成"关联效应"，农业产业链的环节越多则整体关联效应越大。

（五）链理论的启发意义

1. 供应链理论的启发意义

从农业技术创新链中各构成环节的关系看，它们之间是互为供求关系的供应链，因此，供应链理论对本书研究农业技术创新链循环的供求机制具有一定的理论指导意义。本书分析农业技术创新链循环的供求机制时，将供求关系分为内部供求关系和外部供求关系，并分析了它们各自的作用机理。

2. 价值链理论的启发意义

农业技术创新链中各环节主体都在围绕农业技术进行相应的价值创造活动，从这一意义上讲，农业技术创新链又是价值链。因此，价值链理论对本书研究农业技术创新链循环的价格机制、协同机制等具有重要的指导意义。在价格机制分析中，本书强调农业技术创新链不同环节产出物价格的合理性；在协同机制中强

①　赵绪福、王雅鹏：《农业产业链的增值效应与拓展优化》，《中南民族大学学报》（人文社会科学版）2004年第7期。

调农业技术创新链中上下游主体之间投入—产出结构的配套性等问题。

3. 产业链理论的启发意义

笔者认识到，农业技术创新链是农业科技产业链，只有保证农业技术创新链中各环节主体技术创新活动起讫点的一致性，才能处理好它们之间的复杂关系，使它们的供求关系与价值增值活动沿着高效路径传递，进而推动农业技术创新链循环。因此，本书将协同机制作为农业技术创新链循环的重要保障机制。

4. 农业产业链理论的启发意义

从农业技术创新链循环的结果看，它是一个推动农业技术产业化，延长农业产业链的过程。因此，本书在分析和选择农业技术创新链循环模式时，以及提出促进我国农业技术创新链循环的建议时，都充分考虑农业技术创新链循环在延长农业产业链方面的作用。如本书将公司主导模式作为我国农业技术创新链循环的主要模式，并为提高该模式的运行效率提出了建议。

五　循环理论

(一) 产业资本循环理论

产业资本的循环运动要经过购买、生产、销售三个阶段，相应地采取货币资本、生产资本、商品资本三种职能形式，实现价值增值并回到原来的出发点。当然，这种循环过程依次采取的货币资本、生产资本和商品资本的形式并不是独立的三种资本形式，而是在产业资本循环过程中分别采取的三种职能形式，分别执行着三种职能。要想使其正常循环，一方面必须保持它们在空间上并存，另一方面又要保证它们在时间上继起。就是说，产业资本既要按一定比例分割为货币资本、生产资本和商品资本三部分，又要使每一种职能资本都连续不断地通过资本循环的三个阶段,顺序地改变它的职能形式。因此,产业资本循环不仅是流通过程和生产过程的统一,而且是所有三个循环的统一①。

(二)"PDCA"循环理论

"PDCA"循环理论,最初是由美国统计学家戴明针对企业提高产品质量、改善经营管理而提出来的一种管理方法。所谓"P"、"D"、"C"、"A"分别是四个英文单词"Plan"(计划)、"Do"(做)、"Check"(检查)、"Action"(处理)的字头,"PDCA"循环即由"P、D、C、A"四个阶段前后相继以不断促进"D"的实效的良性循环工作模型。其实,从一般系统论的"科学同形"原理上说,"PDCA"循环理论的基本内核,不仅是每一个神志健全的成年人进行自我社会历史创造活动的基本行为模式,也是任何一种社会组织实现最佳运行状态所遵循的基本管理模式。在"PDCA"循环中,"P"是一个循环周期中的首要环节,所以,"P"是否具有合理性、最优化性、可行性、明确性,对于整个循环具有至关重要的先决意义。如果"P"本身就不合理,那么,它进入"D"越彻底就越是一场灾难和损失;如果"P"不具有最优化性,那么,它进入"D"的过程就不利于将积极因素最大限度地调动发挥出来,从而达到"D"本应达到的最佳效果;如果"P"不具有可行性,那么,它一开始就注定了只能是"马歇尔";如果"P"不具有明确性,那么,"D"过程中就会不知所措、不得要领,所以,明确性是"P"必须具有的基本属性。正因为明确性对于"P"如此重要,所以,应用于企业经营管理的"PDCA"循环法中提到了所谓"5W1H",即"P"必须明确"Why(为什么)、What(做什么或不做什么)、

---

① 马克思:《资本论》第 2 卷,人民出版社 1975 年版。

Where（哪里做）、When（何时做）、Who（谁做）以及 How
（如何做）"①。

（三）循环经济理论

循环经济是运用生态学规律来指导人类社会经济活动，将经
济物质循环系统融合到生态物质循环系统之中，通过资源减量
化、产品反复利用、垃圾资源化和污染排放最小化、无害化等方
式，重构经济系统运行模式，并实现经济循环圈与生态循环圈的
良性循环和协调发展。

循环经济通过其运行模式（"自然资源→产品→再 生资源"
的循环式、相对封闭式和非线性模式）来实现"低消耗、低排
放、低污染"，它克服了传统经济运行模式（"资源→产品→污
染排放"或"资源→产品→污染排放→末端污染治理"的单向
式、开放式和线性式流程模式）所带来的"高消耗、高排放、
高污染"等诸多弊端，从根源上消解了长期以来一直困扰经济
发展与环境保护之间的尖锐冲突和矛盾②。

（四）循环农业理论

循环农业就是把循环经济的理念应用于农业生产，在农业
生产过程和产品生命周期中延伸产业链条，减少资源、物质的
投入量和减少废物的排放量，达到生态和经济的良性循环。它
是我国农业可持续发展的必然选择，也是建设社会主义新农村
的必由之路③。循环农业除了具有一般循环经济所具有的减量

---

① 李允光、王云珠：《运用"PDCA"循环理论改进我国的行政管理》，《齐齐
哈尔大学学报》（哲学社会科学版）2000 年第 5 期。

② 刘振：《发展循环经济　实现可持续发展——自组织超循环运行机理透视》，
《节能与环保》2004 年第 8 期。

③ 尹昌斌、唐华俊、周颖：《循环农业内涵——发展途径与政策建议》，《中
国农业资源与区划》2006 年第 2 期。

化、再利用和再循环特征之外，还有其自身的特征，即食物链条，绿色生产，干净消费，土、水净化，领域宽广和"双赢皆欢"①。

（五）循环理论的启发意义

1. 产业资本循环理论的启发意义

在农业技术创新链循环中，农业技术的循环运动也要经过农业技术发明、农业技术首次商业化使用和农业技术扩散三个阶段，相应地采取了初级农业技术、成熟农业技术和实用农业技术三种职能形式，实现价值增值并回到原来的出发点。本书充分考虑农业技术创新链中各环节产出物在空间上并存、时间上继起，以及不同产出物在上下游环节主体之间的传播、转化和转移对农业技术创新链循环的意义，并通过要素优化和机制的建立来保障农业技术创新链循环。

2. "PDCA"循环理论的启发意义

农业技术创新链循环需要各环节主体不断用"PDCA"循环理论来改进本环节的活动，从而实现与其他环节的有效衔接，并推动农业技术创新链循环；同时，不同主体作为一个有机整体也要用"PDCA"循环理论来优化农业技术创新链的整体功能。因此，本书既重视对农业技术创新链循环中主体要素的优化，又从机制上保障它们的协同。

3. 循环经济和循环农业理论的启发意义

循环农业是循环经济在农业领域的具体应用，也是我国农业发展的必然趋势。为此，本书建议政府以发展循环农业为导向，推动我国农业技术创新链循环。

---

① 王昀：《循环农业初论》，《上海农村经济》2005 年第 3 期。

六　系统理论

（一）系统理论的主要观点

系统理论认为，系统是由相互作用和相互依赖的若干组成部分（要素）结合而成的，具有特定功能的有机整体。系统必须具备三个条件：一是系统必须由两个以上的要素（部分、元素）所组成，要素是构成系统的最基本单位。二是要素与要素之间存在着一定的有机联系。三是任何系统都有特定的功能，而且是不同于各个组成要素的新功能。系统一般具有目的性、整体性、集合性、层次性、相关性和环境适应性等特征①。

（二）系统理论的启示

农业技术创新链具有系统的三个必备条件，也具有系统的基本特征。因此，本书将农业技术创新链作为一个系统，既重视其中各个构成环节主体的层次性、相关性和环境适应性，又重视它们的集合性、整体性和整体对环境的适应性等。这在本书的第四章中体现得十分明显。

七　自组织理论

（一）自组织理论的主要内容

协同学创始人哈肯认为："如果系统在获得空间的、时间的或功能的结构过程中，没有外界的特定干预，我们便说系统是'自组织'的。这里'特定'一词是指，那种结构和功能并非外界强加给系统的，而且外界实际是以非特定的方式作用于系统。"②一个系统要成为自组织系统，必须具备四个条件：开放性、远离平衡、非线性作用和存在涨落。其中，开放既是自组织

---

① 朱明、张锦瑞、杨中：《管理系统工程基础》，冶金工业出版社 2002 年版。
② H. 哈肯：《协同学》，上海科学普及出版社 1988 年版。

形成的条件，又是自组织系统在动态中保持稳定和发展的条件；远离平衡是有序之源；非线性相互作用是自组织系统联系的普遍形式；涨落是对系统稳定状态的偏离，可以破坏系统的稳定性，也可使系统经过失稳而获得新的稳定性。

（二）自组织理论的启发意义

受自组织形成的四个条件的启发，本书对农业技术创新链循环中主体要素的优化策略就是扩大主体对外开放、打破主体的低层次平衡、增强主体之间的非线性相互作用和刺激主体形成涨落。

第三节 农业技术创新链循环研究的理论分析工具

一 超循环理论

（一）超循环理论的主要内容

超循环理论是由德国生物物理化学家艾根首创的一种关于生命起源的化学进化理论。它是自组织理论的重要组成部分，也是关于自组织系统内部结构及其联系和运行方式的理论。该理论将自组织系统的循环分为反应循环、催化循环和超循环三个等级。

1. 反应循环

反应循环是与物理化学反应以及相对简单的生化反应相联系的较为低级的循环系统。这种系统可以得到不属于自身的催化剂的帮助，从而不断利用和释放能量，在整体上相当于一种催化剂作用。这一反应中的外来催化剂在反应过程中能够不断再生自身。

图2—1中S对应于各子系统的反应底物，E对应于酶，P对应于各子系统的产出。催化剂E和S相互作用，生成中间复

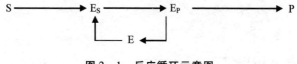

图 2—1　反应循环示意图

合物 E_S，E_S 逐渐转变为 E_P，E_P 最后释放出产物 P 和酶 E，继而 E 将参加下一轮的循环。在这一过程中，E 不断地通过参与而得到再生。反应循环中的中间物 E_S 单向的循环复原，导致这一循环的产物 P 只是线性增长。

反应循环相似于生命系统的第一个特征——新陈代谢。它是由状态中浓度的非平衡所引起的，也是一种最简单的开放性耗散系统。由于浓度差异引起了反应流，系统离开了混乱的平衡态，出现了简单的有序①。

2. 催化循环

催化循环建立在反应循环的基础上。它是以反应循环为亚单元，将这些亚单元联结起来所组成的循环。由于每一个反应循环都可以被看成具有催化剂的作用，催化循环表现出与反应循环完全不同的性质：它的催化剂来自自身。

催化循环的产物不是以线性方式增长的，而是表现出指数方式的增长曲线。在图 2—2 中，$S_1\cdots S_n$ 表示原料，$E_1\cdots E_n$ 表示催化剂。

催化循环相应于生命系统的第二个特性——自复制。一个单独的反应循环不可能是自稳定和自我信息保持的，而两个或多个互为的反应循环则可能形成一种信息自保持或自复制的系统②。

①　李建华：《超循环：一个完整的自组织原理》，《系统辩证学学报》1995 年第 1 期。

②　吴彤：《自组织方法论研究》，清华大学出版社 2001 年版。

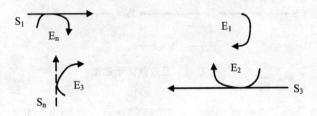

图 2—2　催化循环示意图

3. 超循环

超循环是多个催化循环相互联合而构成的循环系统，它相应于生命系统的第三种特性——突变性。在图 2—3 中，$I_1 \cdots I_n$ 表示催化循环，$E_1 \cdots E_n$ 表示催化剂。

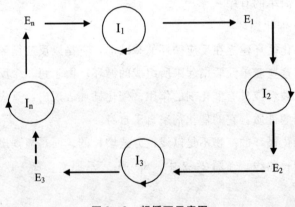

图 2—3　超循环示意图

超循环的要求是：第一，催化循环不仅是内部自催化的，它还能产生其副产物，产生对其他催化循环有催化作用的催化剂；第二，这些催化剂形成了相互催化和循环催化的超催化循环网络系统。超循环结构的演化受三个因素的影响，即复制误差、内在随机性和环境扰动。

超循环具有五个显著的特点：一是功能耦合使所有联系起来的拟种能够稳定地、受控制地共存，相干地生长和进化。二是通过扩大或缩小其规模以获得某种优势。三是超循环内的耦合和协同性使它能够向优化功能进化。四是不同的超循环在选择作用的约束下为生存而竞争。五是超循环的选择与进化是一种"一旦一永存"的结果①。

（二）超循环理论在本书中的应用

本书主要用超循环理论分析农业技术创新链循环的机理，并将反应循环、催化循环和超循环作为农业技术创新链循环的三个机理。其中，反应循环主要研究同一农业技术创新链中各环节内部的循环；催化循环主要研究同一或不同农业技术创新链中同类环节之间的循环；超循环主要研究农业技术创新链中各环节之间的催化循环。

二　农业踏板原理

（一）农业踏板原理的内容

农户对某项技术的采用过程需经由认识—感兴趣—评价—试验—采用等阶段，不同的农户对同一技术采用的时间有先有后。随着农户对新技术的采用及在农户间的扩散，即某项新技术从最初率先采用者向外传播，扩散给越来越多的采用者，新技术得到普及应用最终促进农业技术进步。这一过程具体表现为：农户不断采用新技术，新技术的采用增加了农产品的供给，农产品供给增加引起农产品价格降低，新技术带来的超额利润消除，这又促使农民寻求和采用新的技术，构成了农业技术革新变迁的循环往复和阶梯式递进过程，这就是农业踏板

---

①　曾国屏：《超循环自组织理论》，《科学技术与辩证法》1988 年第 4 期。

原理①。

（二）农业踏板原理在本书中的应用

本书主要将农业踏板原理用于分析农业技术扩散环节的催化循环。分析认为，农业踏板原理引发农业技术的"二次创新"和对农业技术的新供给，从而加速农业技术扩散。

三　技术轨道理论

（一）技术轨道理论的主要内容

技术轨道的概念最早是由意大利的技术创新经济学家乔瓦尼·多西明确提出来的。多西发展和完善了自然轨道的思想，并受到库恩科学范式的启发，首先提出了"技术范式"的概念，将其界定为基于自然科学的高度选择性原理、解决特定技术—经济问题途径的"图景"，以及那些以获取新知识为目标并尽可能地防止这些新知识过快扩散到竞争者的特定规则。技术范式决定了技术研究的领域、问题、程序和任务，是解决经过选择的特定问题的模型或模式，具有强烈的排他性。而沿着由范式定义的经济权衡与技术折衷的技术进步活动就是技术轨道②。

技术轨道不是一个纯技术学上的概念，而是从经济学的角度来认识技术进化规律的经济学概念。谈到技术轨道，通常涉及两个层次的概念，即特定技术领域的技术轨道以及特定行业的技术轨道。企业或科研机构沿着特定的技术轨道向前拓展，就可能实现特定领域或行业的技术进化。技术轨道通常具有五大特征：一是渐成性。通常是通过新技术—新技术体系—技术范式—技术轨

---

① 朱希刚等：《技术创新与农业结构调整》，中国农业科学技术出版社 2004 年版。

② Dosi, G., "Technological Paradigms and Technological Trafactories," *Research Policy*, 1982, 11, pp. 147-162.

道这一演化过程逐渐形成的。在技术进化过程中，特定的技术范式并不是一成不变的，它会内在地发生新的变化。这样，当创新者依靠一定的技术范式所实现的技术创新较多时，特定技术范式的进步轨迹就会成为一种技术轨道。二是结构性。所谓技术轨道，并不是由单一的技术所构成的，而是由一系列相关技术所组成的技术体系。三是一定程度上的刚性。即特定领域或行业的技术轨道都有一定程度的刚性。某个技术领域或行业一旦形成了某种技术轨道，在特定的技术积累基础上，既成的技术轨道是很难改变的，如果人们非要去改变它，那就必须首先在技术原创方面有所突破。四是不可逆性。即特定技术轨道的转辙具有不可逆性。因为技术轨道的转辙大多是朝着有利于技术进化的方向发展的，无论是利益理性的人，还是技术理性的人，都不会努力去将自己的努力"扳道岔"式地扳回到旧的技术轨道上，况且技术进化的内在规律也会抵制和抗拒人们的"扳道岔"。五是主导性。即一定的技术轨道会在较长的时间内主导人们的技术努力，同行企业总是遵循着特定的技术轨道，而不会脱离特定的技术轨道[①]。单一个人或组织的技术思路在多数情况下很难超越已经形成的领域或行业的技术轨道，除非他们有能力推动建立新的技术轨道，而后者往往要求他们具有超常的研发能力、技术整合能力和资源投入。

（二）技术轨道理论在本书中的应用

本书主要用技术轨道理论分析农业技术发明环节的催化循环。分析认为，同一农业技术发明主体的不同发明活动有利于该主体内部发明范式和发明轨道的形成，不同农业技术发明主体所生产的发明成果之间的催化循环，有利于形成整个农业技术创新

---

① 雷家骕、程源等：《技术经济学的基础理论与方法》，高等教育出版社 2005 年版。

系统的发明范式和发明轨道，而且后一类发明轨道能弱化前一类发明轨道的刚性，主导不同农业技术发明主体的发明活动。

四 农业接口工程理论

（一）农业接口工程理论简介

农业接口工程的定义和内涵最先由北京市农林科学院文化研究员提出的。它的定义为：在现代集约持续农业中，能量、物质和信息的汇集交换场所被称为接口；运用系统科学和生态经济学原理，在接口配套建设的现代工业和工程设施及其调控技术，被称为接口工程。农业接口工程由肥料工程、饲料工程、加工工程和贮藏工程四部分组成。肥料工程将禽畜粪便加工成种植业的肥料，完成养殖业到种植业的接口；同时也将作物秸秆加工还田，完成不同作物之间、上下茬作物之间的接口。饲料工程将种植业的主副产品加工处理，将加工过程的废弃物加工处理，为养殖业提供饲料，完成种植业到养殖业、加工业到养殖业的接口；同时，又将畜禽粪便、屠宰下脚饲料化，完成养殖业内部不同畜种之间的接口。加工过程将种、养二业的产品加工后投放市场，完成系统向外环境的接口。贮藏工程既可存贮生产原料，又可对农产品起保存（鲜）、熟化作用，实现种、养二业之间以及系统与外环境的接口①。

（二）农业接口工程理论在本书中的应用

本书主要用农业接口工程理论分析了农户、农业生产资料生产企业和农产品加工企业的技术供求关系及其对农业技术创新链循环的影响。认为完成农业技术创新链中各环节之间接口工程，对农业技术创新链循环具有十分重要的意义。

---

① 蒋和平等：《农业科技园的建设理论与模式探索》，气象出版社 2002 年版。

第 三 章

农业技术创新链循环的机理

"机理"从字面上讲是指机器的工作或运行原理。在社会学、经济学研究中，"机理"泛指系统的要素或部分之间相互作用、相互协同、共同推动系统运行的原理。这里的机理主要指同一条农业技术创新链的同一环节内部或不同环节之间，以及不同农业技术创新链的同类环节之间相互作用、相互协同，推动农业技术创新链循环的原理。本章主要是站在国民经济发展的角度，通过研究农业技术创新链循环的机理，从宏观上设计农业技术创新链循环与国民经济发展良性互动的理想图景。

第一节　农业技术创新链循环的路径选择
——机理分析的前提

一　农业技术创新过程的链环—回路模型

如图 3—1 所示，农业技术创新过程包括五条路径。

第一条路径是农业技术创新过程的中心链，用 C 表示。这条路径起始于农业技术发明，通过农业技术首次商业化使用到农业技术扩散。

第二条路径是以 f 和 F 为标志所表示的中心链的反馈环，f 表示农业技术创新链相邻环节之间的反馈，F 表示农业技术创新链中非相邻环节之间的反馈。这条路径强调了中心链的每个环节都存在对市场需求及其后续环节的反馈和察觉，然后返回到中心链的某一个环节，继而完成中心链的后续阶段。

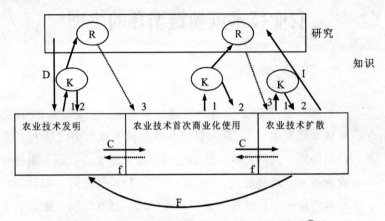

图3—1　农业技术创新过程的链环—回路模型①

第三条路径是以回路K—R表示的农业技术创新过程中心链与农业知识和农业基础研究之间的联系。这条路径强调了农业科学知识是农业技术创新过程各阶段的基础，贯穿于农业技术创新活动的全过程，而不仅仅是农业技术创新的开端；在农业技术创新过程的各个阶段，如有问题，先看用现有农业知识和技术能否解决，即1—K—2的路径。如果用现有农业知识和技术不能解决，就需要进一步进行农业基础研究，解决之后，再返回农业技术创新过程的相应阶段，即1—K—R—3的路径。

第四条路径用箭头D表示，表示农业科学导致根本性创新，也就是纯粹技术推动的农业技术创新。

---

① 图中K表示现有农业知识和技术基础，R表示农业基础研究。

第五条路径用箭头 I 表示，表示农业技术需求推动了农业技术创新，也就是纯粹由农业技术需求拉动的农业技术创新[1]。

在农业技术创新实践中，纯技术推动型和纯需求拉动型的农业技术创新比较少见，至少不是农业技术创新的主要路径，所以，本书对此不予考虑。农业技术创新过程的第一、二、三条路径都引发了相应的循环。其中，第一、二条路径都是在农业技术创新链的构成环节中进行的，而且路径 C 与路径 f 和 F 构成了不同的循环，具体包括农业技术发明和农业技术首次商业化使用的循环、农业技术首次商业化使用和农业技术扩散的循环、农业技术扩散和农业技术发明的循环，以及农业技术发明、农业技术首次商业化使用和农业技术扩散的循环四种。因为上述循环是在农业技术创新链的构成环节之间进行的，是农业技术创新链上的循环，所以，在此称其为直接循环，或者是主循环。农业技术创新链的第三条路径，实际上也引发了相应的循环：一是农业技术创新链上各个环节中任何一个环节与现有农业知识和技术之间的循环；二是农业技术创新链上前两个环节中任何一个环节与农业基础研究之间的循环，以及农业技术创新链的第三个环节与现有农业知识和技术之间的循环。因为利用现有农业知识和技术不仅有利于解决农业技术创新链上任何一个环节所面临的问题，而且解决问题的结果能增加农业知识和技术的存量，从而为解决农业技术创新链上各个环节所面临的问题奠定了知识和技术基础，所以，农业技术创新链上任何一个环节都与现有农业知识和技术之间存在着循环关系。同样，农业技术创新链的前两个环节中任何一个环节都与农业基础研究存在着循环关系。因此，农业技术创新的

---

① 雷家骕、程源等：《技术经济学的基础理论与方法》，高等教育出版社 2005 年版。

第三条路径能引发五种循环，即农业技术发明同现有农业知识和技术的循环；农业技术发明和农业基础研究的循环；农业技术首次商业化使用同现有农业知识和技术的循环；农业技术首次商业化使用和农业基础研究的循环；农业技术扩散同现有农业知识和技术的循环。因为上述循环只是间接地作用并促进农业技术创新链上主循环的进行，所以，在此称其为间接循环或辅助循环①。

二 农业技术创新链循环的主要路径

如图3—2所示，农业技术创新链循环可以分为主循环和辅助循环。其中，主循环包括四条循环路径，即农业技术发明→农业技术首次商业化使用→农业技术发明；农业技术首次商业化使用→农业技术扩散→农业技术首次商业化使用；农业技术扩散→农业技术发明→农业技术扩散；农业技术发明→农业技术首次商业化使用→农业技术扩散→农业技术发明。其中，前三条循环路径都是农业技术创新链的阶段循环，第四条路径是农业技术创新链的整体循环。辅助循环主要包括五条循环路径，即农业技术发明→现有农业知识和技术→农业技术发明；农业技术发明→农业基础研究→农业技术发明；农业技术首次商业化使用→现有农业知识和技术→农业技术首次商业化使用；农业技术首次商业化使用→农业基础研究→农业技术首次商业化使用；农业技术扩散→现有农业知识和技术→农业技术扩散。

三 农业技术创新链循环路径的构成环节

从前文的分析可知，农业技术创新链循环的构成环节主要包

---

① 辅助循环的介入是对农业技术创新链整体循环的"迂回"，其循环效率比较低。因此，本书不对其进行具体研究。

括农业技术发明、农业技术首次商业化使用、农业技术扩散、现有农业知识和技术以及农业基础研究。其中，前三个环节是基本环节，后两个环节是辅助环节。

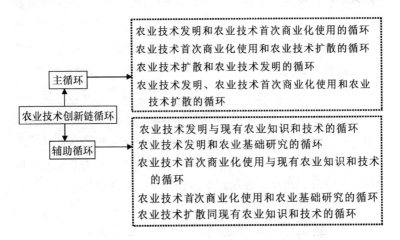

图3—2　农业技术创新链循环的主要路径

四　农业技术创新链循环的路径选择

事实上，农业技术创新链的主循环与辅助循环可以通过不同方式进行组合，形成农业技术创新链循环的多条路径。如农业技术发明—现有农业知识和技术—农业技术首次商业化使用—农业技术扩散等路径。农业技术创新链循环的路径不同，其构成环节、循环机理和循环效率也不同。只有循着"农业技术发明—农业技术首次商业化使用—农业技术扩散"路径进行的循环，才是整个农业技术创新链的循环，即农业技术创新链的整体循环。这一循环路径能体现农业技术发明从产生到扩散的整个过程，也是效率最高的循环路径。虽然农业技术创新链的辅助循环与主循环中的其他循环组合，能够形成新的农业技术创新链的整体循环，但是，辅助循环的介入，降低了其循环效率。主循环中的其他几种循环路径都是农业技术创新链的部分环节之间的循环，所以，在此称它们为农业技术创新链的阶段循环。农业技术创新链的整体循环是由阶段循环推动的。因此，本书将选择由农业技术发明、农业技术首次商业化使用和农业技术扩散三个环节所构成的循环路径，研究其循环的机理，即研究"农业技术发明—农业技术首次商业化使用—农业技术扩散"如何有效衔接，才能不断地将农业技术发明转化为成熟农业技术，并将成熟农业技术植入农业生产系统，进而发挥农业技术的"第一生产力"作用。基于农业技术创新链的阶段循环与整体循环之间的特殊关系，本书选择农业技术创新链的整体循环路径，并不意味着对阶段循环的放弃，相反，还要用阶段循环支持整体循环。

第二节　农业技术创新链的自组织性
——机理分析的理论基础

一　农业技术创新链的自组织条件

根据自组织理论，一个系统要成为自组织系统，必须具备四个条件：开放性、远离平衡、非线性作用和存在涨落。农业技术创新链具备上述四个基本条件。

（一）农业技术创新链的开放性

根据自组织理论，系统不断与外界进行物质、能量、信息的交换，才可能形成新的有序结构。系统的开放不仅是自组织形成的条件，而且是自组织系统在动态中保持稳定并继续发展的条件，系统的开放性即系统与环境之间不断交换物质、能量和信息，使系统的总熵不断降低，熵值呈现负增长。

农业技术创新链是一个开放的系统。首先，农业技术创新链作为国民经济大系统的一个子系统，它不断与国民经济大系统的其他要素交换物质、能量和信息，这是农业技术创新链作为一个整体对外界环境的开放。其次，农业技术创新链的各个构成环节都是开放系统。如农业技术发明机构要不断从人类知识库中获取信息，并用自己的发明成果来充实和丰富人类知识库的内容。同时，一个农业技术发明主体还要不断了解农业技术首次商业化使用主体的需求信息，并将自己的产出作为投入物供给其首次商业化使用主体。此外，农业技术发明主体为完成发明需要获取一定的物质设备、原材料和能源等。不仅如此，农业技术发明的主要生产者——发明者更是穿行于国民经济系统，不断与外界交换物质、能量和信息。因此，农业技术发明子系统具有开放性。同样，农业技术创新链的其他子系统也具有开放性。所以，农业技术创新链是一个开放系统。

（二）农业技术创新链是远离平衡态的开放系统

远离平衡态是相对于平衡态、近平衡态而言的，远离平衡态是有序之源。在平衡态的条件下，系统内部各处可测的宏观物理性质都处于均匀分布的状态，不存在宏观变动趋势，这种条件下的系统无论时间上延续多长，都不可能产生新的有序结构，而在开放系统中，系统内部不可能处于平衡态。近平衡态是指系统在开放条件下远离了平衡，但仅仅是局部的外界影响所引起的系统暂时的涨落，此时的涨落只能起到消耗能量、推动系统能量散失的量变过程的作用，系统离平衡态不会太远，其总体趋势是迅速地恢复平衡。在这种条件下，系统很难形成有序结构。远离平衡态是指在环境对系统显著、持续作用的开放条件下，系统在整体上持续不断地处于巨涨落与远离平衡的状态下，系统内部可测的物理性质存在巨大差异，形成系统宏观上的超负荷流。这种条件就是耗散结构形成的源泉。可见，只有当系统远离平衡态时，才有可能通过涨落或突变进入一个新的稳定有序状态，从而形成新的稳定的有序结构。

农业技术创新链是远离平衡态的。首先，从农业技术创新链的构成要素来看，从事农业技术发明、农业技术的首次商业化使用，以及农业技术扩散的主体不止一个，农业技术创新链的不同要素所对应的主体之间，以及从事同类活动的不同主体之间，总是存在着一定的差异。这些差异可以具体表现为物质手段（如仪器、工具和设备等）方面的差异；知识手段（如工艺、方法、流程等）方面的差异；主体经验技能（如不同机构人员的知识结构、实践水平和身心状况等）方面的差异。正是这些差异使农业技术创新链进入发展的不平衡。其次，从农业技术创新链的结构看，不同农业技术创新链的要素不可能完全相同，即使有所相同，在不同的环境中也会形成不同的结构。这种情况类似于在不同的管理体制下发挥作用的农业技术创新链。这些要素相近而结构不同的农业技术创新链之间也会产生一定的张力。例如，相同的种植方式有时生产效率却不同。这样的农业技术创新链之间必然会产生由效率而引发的利益问题，如投入与产出问题。在生存竞争的条件下，上述利益问题必然会使农业技术创新链走向不平衡。最后，从农业技术创新链的功能看，农业技术创新链在一定的社会环境中所发挥的作用是不同的，因而表现为不同的功能。农业技术创新链的功能是其内部要素之间以及它们与外部环境之间相互作用过程中所表现出来的特性和能力。在不同的环境机制下，农业技术创新链发挥的效能必然有所不同。这种情况类似于市场经济条件下的农业技术创新链与计划模式下的农业技术创新链。农业技术创新链在不同的环境机制下运作必然存在差异。即使在相同的环境机制下，其内部管理机制的不同也会产生不同的功能。因而势必在农业技术创新链之间产生不平衡，也即农业技术创新链与环境之间产生差异，从而引起农业技术创新链与环境之间的物质、能量和信息的交换。如在市场经济条件下，农业技术创新链的各构成要素所对应的主体为了求得生存与发展，不断地根据"市场"需求调整自己的工作任务，产出不同的农业技术相关"产物"，从而使农业技术创新链产生一系列变化，不同农业技术创新链之间的差异因之产生。正是这种差异的存在才造成了农业技术创新链的不断进化。进一步分析不难看出，这种远离平衡其实正是农业技术创新链从无序到有序、从低级有序向高级有序演化的重要因素。也正是在这种不平衡的条件下，农业技术创新链不断地重组自身、进化自身。

（三）农业技术创新链中存在非线性相互作用

非线性相互作用是自组织系统联系的普遍形式。它使系统的整体性与矛盾性内在地联系起来，形成具有整体性的矛盾系统。于是才有牵一发而动全身，矛盾才可能成为系统发展的源泉和动力。协同学指出，系统演化过程中有众多状态参量，在接近状态变化的临界点时，大部分"快变量"消失或失去作用，极少数"慢变量"支配和主宰系统的演化，这种"慢变量"就是序参量。这种序参量是通过竞争的非线性作用产生的；它反过来又支配着众多子系统。众多子系统对序参量的"侍服"强化了序参量，同时也促进了各子系统对序参量的"侍服"，使整个系统自发地组织起来。

第一，农业技术创新链中各环节的产出及其发展的非线性。农业技术创新链中各环节的产出不是由严格的逻辑推理获得的，也不是由简单的线性积累取得的。如农业技术扩散就有其自身发展的逻辑。可以用 Logistic 曲线来描述和预测农业技术扩散的演化过程，它较好地反映了单项农业技术在不受外界因素影响的非线性演化发展过程，也反映了农业技术创新链发展的自组织机理。

第二，农业技术创新链中各要素之间相互作用的非线性。竞争和协同是非线性的产生机制。自组织系统的动力来自系统内部各个子系统的竞争和协同。农业技术创新链是由三个相互独立的环节所构成的，正是这些环节之间的竞争与协同推动了农业技术创新链的进化。这些环节因非线性相互作用而丧失了自身运动的独立性，形成了整体一致的作用和效应。这就是自组织理论所指出的系统发展的根本动力是系统内部的矛盾、竞争所推动的协同发展的观点。农业技术创新链演化的根本动力来自于其内部各环节之间的竞争与协同的观点，体现了农业技术创新链演化的自组织本质。

（四）农业技术创新链的涨落

涨落是对系统稳定状态的偏离，可以破坏系统的稳定性，也可使系统经过失稳而获得新的稳定性。普里高津在《从混沌到有序》一书中指出："自组织的机制就是'通过涨落的有序'。"协同学认为，一些偏离系统原有状态的子系统，通过涨落，率先认识或发现"山外青山楼外楼"，然后，这种涨落得到其他子系统的响应并在整个系统关联放大时，整个系统就被诱导推动，进入了更稳定的新状态。涨落是系统发展的随机动力。对于系统的发展，由于随机涨落的存在，驱动着系统中的子系统在获取物质、能量和信息的过程中，系统扩大了差异和不平衡。特别在临界区域附近，涨落加上非线性作用，以正反馈的方式，雪崩式地形成了序参量，这些序参量主宰着系统演化发展的方向和模式。涨落诱发了系统演化支配力量（序参量）的形成。当然，涨落能导致有序，同时也能使有序退化为无序。

农业技术创新链的涨落是创造性农业技术相关成果的产生。在农业技术创新链的运行过程中，往往要解决农业生产领域中所出现的新问题。这些新问题的解决包括提出解决相应问题的创造性方案、措施和结果。而创造性农业技术相关成果则可能是有了农业技术的新发明、用农业技术发明所形成的成熟农业技术、用成熟农业技术所生产的新产品，或者将现有农业技术扩散到新的领域，等等。这些相关成果的产生往往会打破原有农业技术创新链结构的平衡性，触发农业技术创新链中各环节进行系列成果的"生产"，因而可能使农业技术创新链走向更为有序的状态。农业技术创新链中任何农业技术相关成果的产生都具有很大的随机性，并不是异想天开之事，是可以期望但却难以预测的。如我国期望研制开发优质高产农作物新品种，以缓解耕地资源稀缺问题和化解农产品供求结构失衡的矛盾，然而，开发出来的具有这些特征的新品种很少，真正扩散使用的则更少。这是因为农业技术创新成果的产生必须在现有农业技术创新成果的基础上进行，农业技术创新成果不可能脱离现有的农业技术创新水平而跨越农业技术创新时代。从一个农业技术创新时代到另一个农业技术创新时代并不是凭空任意的，而是累进的。农业技术创新历史上虽然不乏突破性农业技术创新成果，但它们在技术原理等方面不可能脱离现有的农业技术创新水平，除非有新的农业科学理论及农业技术原理出现，因而农业技术创新往往既有继承又有创造。整个农业技术创新链就是在继承原有农业技术创新成果的基础上创造新的农业技术，并将其植入农业经济系统。

　　农业技术相应成果作为农业技术创新链的随机涨落能否引起农业技术创新链的质变，关键还要看农业技术创新链是否具备自组织演化的条件：开放性、远离平衡、非线性。因而一项农业技术相应成果作为农业技术创新链的随机涨落能否被应用于农业生产过程，从而被放大到引起农业技术创新链发生质变的程度，不仅取决于它能否被已有的农业技术创新链所吸纳，或者引起已有农业技术创新链的革新，还取决于农业技术创新链的资金、设备、人力、管理以及市场等方面的因素。其中，既有农业技术创新链内部的因素也有农业技术创新链与外界的关系情况。农业技术创新链内部要求远离平衡态，通过非线性产生协同以便涨落得以响应。如一项很有应用前景的农业技术发明，可能会引起农业技术的首次商业化使用。首次商业化使用的成功又可能引起该技术的扩散。这一系列过程能够引起现有农业技术创新链结构或功能的部分甚至整体的进化和有序化。而农业技术创新链的外部条件必须是能够向农业技术创新链不断地输入物质、能量和信息。没有充分的资金、设备、人力以及市场，再好的农业技术发明也会被搁置，农业技术创新链只能维持原有的结构状态，甚至会因没有交换而走向封闭，进而走向死亡。所以，有了农业技术相关成果，只有得到农业技术创新链的响应，并在有利的环境条件下才能更好地激发农业技术创新链的演化，从而产生相应的有形或无形农业技术成果，以解决农业发展所面临的实际问题，满足农户或农业企业发展的实际需要。

（五）农业技术创新链的"序参量"

如前所述，自组织演化过程是远离平衡态的开放系统通过与外界交换物质、能量和信息，从而形成涨落，涨落导致序参量的形成，序参量又主宰系统演化的方向和模式。

农业技术创新链的序参量是农业技术需求。虽然农业技术创新链上不同环节的主体都在进行农业技术相关成果的生产，但它们的共同目标是满足农户或农业企业的农业技术需求。没有农业技术需求，农业技术创新链上不同环节的主体之间就不可能协同，各环节之间也不可能有序衔接，其演化也就不可能实现。因此，农业技术需求是农业技术创新链的序参量。

当农业技术需求被农业技术创新链上某个环节的主体认识到

后，该主体就会根据农业技术需求产出相应的农业技术相关成果，并据此确立自己的竞争优势，这将在该环节的不同主体之间形成涨落。因为农业技术创新链上不同环节的产出成果互为投入物，所以，农业技术创新链上某个环节的涨落会得到其他环节的响应，这种响应使得这一涨落不断放大，形成巨涨落，最终使农业技术需求主宰整个农业技术创新链的演化方向和模式。这就是农业技术需求作为序参量主宰农业技术创新链演化的机理。

二 农业技术创新链的自组织形式

（一）农业技术创新链的自创生

自创生是从在自组织过程形成的新状态与原有的旧状态对比角度，对自组织状态的一种描述。在系统演化过程中，自组织过程类似于相变，在一定的外界条件下，系统原来的无序态失稳，由于系统内子系统之间的相互作用，自发产生新的结构和功能，相对于自组织过程前系统不存在这种状态，称为"自创生"。

农业技术创新链的自创生是指在没有外界特定干预下的新的农业技术创新链结构、模式、形态从无到有的自我产生。农业技术创新链的进化取决于农业技术的首次商业化使用和农业技术扩散。农业技术首次商业化使用的成功对于农业技术扩散具有举足轻重的意义。无论是农业技术的首次商业化使用，还是农业技术扩散，它们都取决于农业技术需求主体的技术需求，而农业技术需求主体的需求是不断变化的，农业技术需求主体的新技术需求取代旧技术需求是必然的，这是它们对农业技术需求的新陈代谢。由于农业技术创新链的需求适应性，以及农业技术需求主体对农业技术需求的新陈代谢，农业技术创新链的构成要素、结构、形态及其对农业技术的处理模式都产生着新的变化，即导致农业技术创新链的新陈代谢。这是农业技术创新链的自我否定、自我发展和自我完善。此外，任何技术都有一个产生、发展和灭亡的历史。对每种特定的农业技术来说，它都有一个从开始孕育→快速发展→成熟完善→稳定并趋于退化这四个阶段所构成的生命周期。也就是说，任何一种农业技术都是暂时的、相对的，农业技术创新链的自创生则是永恒的、绝对的。这是农业技术创新链本身所固有的规律，而不是外界所强加的，因而称之为"农业技术创新链的自创生"。农业技术创新链自创生的特点体现在自组织过程中，新的农业技术创新链与旧的农业技术创新链相比有序程度提高。

（二）农业技术创新链的自生长

自生长是从系统整体层次角度，对系统自组织过程所形成状态随时间演化情况的一种描述。指系统演化过程中"体积"大小的增加。系统的自生长可以由同样性质的子系统数目增多来实现，这可以看成是子系统的自复制，造成了系统的自生长；自生长也可以是存在于子系统层次上，每一个子系统均保持一定的结构、功能，其在演化过程中不发生变化，而只是大小发生变化。这样由子系统的自生长而实现系统的自生长。一般来说，在多数情况下，子系统的自复制是系统自生长的原因。

农业技术创新链的自生长是指在农业技术创新链演化过程中"体积"大小的增加，它是对农业技术创新链规模的自我增长、自我完善的分析，是农业技术创新链的规模自我增长，即组分不断增加。农业技术创新链的自生长具体分三种情况：一是由农业技术创新链子系统的自复制引起的自生长。如农业技术发明或首次商业化使用主体数量的增加，农业技术扩散主体和中介组织的增加等。二是农业技术创新链子系统的自生长所引起的自生长。如现有农业技术创新链中农业技术发明主体规模的扩大、农业技术首次商业化使用主体规模的扩大以及农业技术扩散主体规模的扩大，等等。三是由一种主干农业技术嫁接出的"技术树"所产生的农业技术群。如某种农作物新品种的扩散，会引发其种植、养护、采收、贮运以及产品加工等技术的产生。

（三）农业技术创新链的自适应

农业技术创新链的自适应是从农业技术创新链与外界环境关系的角度，对农业技术创新链自组织过程的一种描述。它强调在一定的外界环境下，系统通过自组织过程适应环境而出现的新的结构、状态或功能。它是从农业技术创新链作为一个系统对外界环境刺激的应答，对外界环境的响应角度来分析其自组织性。恩格斯指出："社会上一旦有技术的需要，则这种需要就会比十所大学更能把科学推向前进。"农业技术创新链的各个构成要素都是围绕农业技术需求主体的需求而从事的相应的活动。同时，农业技术创新链作为国民经济大系统的一个组成要素，它要为国民经济发展服务。例如，过去，我国农产品长期处于供不应求的状态，这使增产农业技术创新成果（如新品种、化肥、农药等）不断产生。近年来，由于农产品供给总量有余，出现结构性短缺，从而引发了一系列有利于促进农产品供给结构优化的农业技术创新成果的产生。这些都有力地说明农业技术创新链的自适应。

（四）农业技术创新链的自复制

自复制是从在自组织过程中，子系统之间如何相互作用，才能保证系统形成某种新的、有序的、稳定状态的角度对自组织过程的一种描述。它是对自组织所形成的状态特点的一种描述。在多数情况下，自复制是对系统中子系统而言的，指系统中具有某种性质的子系统个数不因个别子系统状态的改变而改变。自复制是系统自组织过程中所形成的状态能稳定存在的原因。

农业技术创新链的自复制是指农业技术创新链子系统的自复制，它是农业技术创新链各个子系统之间相互作用，以保证农业技术创新链形成某种新的、有序的、稳定状态的过程。如前所述，农业技术创新链的子系统是分层次的，它们之间是相互作用、相互依赖和相互制约的。正是各子系统之间的这些作用，使得农业技术创新链的某些子系统的数量增加，即发生了自复制。正如子系统的自生长可以引起农业技术创新链的自生长一样，子系统的自复制也同样能引起农业技术创新链的自复制。

第三节　农业技术创新链循环的机理分析

一　实例分析——反应循环、催化循环和超循环构成农业技术创新链循环的机理

（一）一个有用的实例

为了便于阐述农业技术创新链循环的机理，在此，笔者先举一个实例对其作一个总体说明，然后，再对其作进一步阐述。

例如，中国农业科学院要生产一种农作物新品种，并将其加以扩散。那么，这一过程一般分四个环节，即提取基因→新品种选育→新品种繁育→新品种推广、扩散。其中，提取基因和新品种选育相当于农业技术发明，因为前者是一个纯技术过程，后者也只是结合当地品种生产出样品，而没有进入新品种的正常生产环节；新品种繁育相当于农业技术首次商业化使用，因为这一环节不仅实现了新品种的正常生产，而且形成了新品种生产的技术操作规程，使该新品种生产技术更加成熟、完善；新品种推广、扩散环节相当于农业技术扩散。

在上述例子中，中国农业科学院可以自己独立完成农业技术发明和农业技术首次商业化活动，即利用自己提取的基因，结合北京地区（或其他地区）的农作物品种，生产出该农作物新品种的样品，并在自己的实验基地完成该新品种的繁育工作，然后

通过农业技术推广部门推广该新品种。当然，中国农业科学院还有其他选择。例如，它可以自己独立完成农业技术发明，然后，委托或将其发明成果转让给种子企业，由种子企业进行农业技术首次商业化使用和扩散环节的工作。它也可以与种子企业联合进行农业技术发明、农业技术首次商业化使用和农业技术扩散活动，即它将自己提取的基因提供给某一地区的种子企业，然后，由该种子企业将其提供的基因与本地的农作物品种结合起来，生产出该农作物新品种的样品，并由该种子企业进行农业技术首次商业化使用和农业技术扩散活动。无论中国农业科学院采取何种形式完成该新品种的扩散活动，其整个过程必须完成农业技术发明、农业技术首次商业化使用和农业技术扩散这三个环节的工作。只有通过"农业技术发明—农业技术首次商业化使用—农业技术扩散"这一链条，该农作物新品种才能被广泛地用于农业生产，并产生经济效益。

从实践的角度看，上述例子中的中国农业科学院或种子企业是利用现有农业知识和技术，进行农业技术发明、农业技术首次商业化使用和农业技术扩散等农业技术创新活动，并通过上述活动的衔接形成"农业技术发明—农业技术首次商业化使用—农业技术扩散"链条，进而实现农业技术进步、农业发展和它们自身利益的最大化。同时，它们的上述创新活动又能增加现有农业知识和技术的存量，而现有农业知识和技术存量的增加，又能推动更多主体的农业技术创新活动，从而形成更多的"农业技术发明—农业技术首次商业化使用—农业技术扩散"链条。如此循环往复，才能促进农业技术进步、农业结构的调整和优化，以及农业乃至整个国民经济的发展。

从宏观上讲，正是大量农业技术创新主体之间的相互作用、相互影响，共同推动了农业技术创新链循环。

（二）实例分析的结论

从一般意义上讲，根据前文的实例分析，可以得出以下结论：

（1）农业技术创新链中三个环节的工作不一定非要由三类不同的主体来完成，可以是两类主体，也可以是一类主体。如果由不同主体完成农业技术创新链中三个环节的活动，那么，不同主体之间是相互影响、相互作用的。

（2）任何农业技术创新活动，只有经过"农业技术发明—农业技术首次商业化使用—农业技术扩散"这一链条，才能对农业生产产生实质性影响。因此，农业技术创新链中三个环节的工作要有机衔接，不同主体之间要高度协同。

（3）要发挥农业技术的"第一生产力"作用，必须实现"农业技术发明—农业技术首次商业化使用—农业技术扩散"链条数量的不断增加，尤其要实现"农业技术发明—农业技术首次商业化使用—农业技术扩散"这一过程链的不断循环。

从自组织超循环的角度看，从上述实例分析中可以得出以下结论：

（1）单个农业技术发明主体利用现有农业基础知识和技术进行发明活动的过程构成农业技术发明的反应循环；众多农业技术发明主体和农业技术首次商业化主体的发明成果和成熟技术，通过增加现有农业知识和技术而作用于单个农业技术发明主体反应循环的过程，构成农业技术发明的催化循环。

（2）单个农业技术首次商业化使用主体利用现有农业技术发明和成熟农业技术生产其商业化产出物的过程，构成农业技术首次商业化使用的反应循环；众多农业技术首次商业化使用主体通过增加现有农业技术发明和现有成熟农业技术的存量，并在新的农业技术发明和成熟农业技术的基础上进行反应循环的过程，构成农业技术首次商业化使用的催化循环。

（3）单个农户或农业企业对成熟农业技术的使用过程产生农业技术扩散的反应循环；单个农户或农业企业在其初次农业技术采用行为和其他农户或企业的农业技术采用行为作用下，开始使用成熟农业技术的过程，形成农业技术扩散的催化循环。

（4）通过农业技术发明、农业技术首次商业化使用和农业技术扩散环节的反应循环和催化循环，使得农业技术发明、成熟农业技术和采用成熟技术的农户或农业企业数量大大增加，这使可供农业技术首次商业化使用主体选择的农业技术发明，可供农户或农业企业选择的成熟农业技术，以及可供农业技术发明主体通过其发明加以满足的农户或农业企业的技术需求的数量都大大增加，从而使它们之间相互作用，构成农业技术创新链的超循环，进而实现农业技术创新链的阶段循环和整体循环。

（5）通过农业技术创新链的超循环形成不同的、数量众多的"农业技术发明→农业技术首次商业化使用→农业技术扩散"过程链。通过上述过程链的不断循环，实现国民经济的超循环，进而实现经济、社会、生态的协调发展。

上述反应循环、催化循环和超循环构成农业技术创新链循环的机理（如图3—3所示）。

二　反应循环机理

反应循环是农业技术创新链循环的基础。反应循环使得农业技术创新链上不同环节的产出实现线性增长，从而为农业技术创新链的催化循环和超循环奠定坚实的知识和技术基础。

1. 农业技术发明环节的反应循环

农业技术发明是农业技术创新链循环的始发环节。农业技术发明环节反应循环的底物 S 对应于发明目标、现有农业知识和技术、农业基础研究和发明信息等输入。农业技术发明人员及其发

明所需要的设施相当于酶 E，新发明的农业技术就是产出 P（如
图 3—4 所示）。农业技术发明子系统的反应循环过程是：首先，
发明底物在反应酶的作用下发生反应，生成反应酶和发明产出；
其次，产物酶作为反应酶作用于发明底物产生新的产物酶和发明
产出；最后，新的产物酶又作为反应酶与发明底物相结合，产生
其产物酶和发明产出……依此往复，不断循环。这进行是农业技
术发明的反应循环。

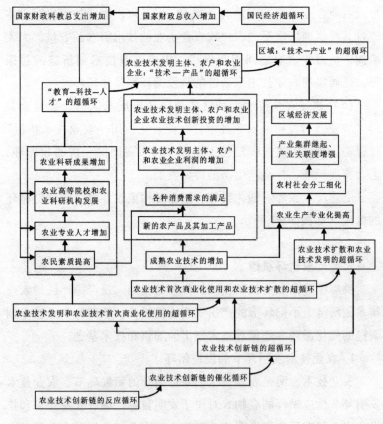

图 3—3　农业技术创新链循环的机理

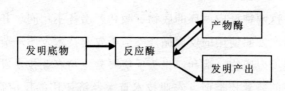

图3—4　农业技术发明子系统的反应循环过程

农业技术发明主体只有不断借助酶 E 的作用，投入底物 S，形成产出 P，才能求得生存和发展。正是农业技术发明环节反应循环的持续进行，才导致农业技术发明成果的不断产生，也使农业技术发明子系统出现简单的有序。不同农业技术创新链上农业技术发明环节反应循环的结果是：农业技术发明成果呈线性增长，从而为农业技术首次商业化使用主体提供大量可供选择使用的"原料"。

虽然农业技术发明不一定都能引发相应的农业技术创新，但从严格意义上讲，任何农业技术创新都应该在农业技术发明的基础上进行。离开农业技术发明，农业技术创新就成为"无源之水"。所以，农业技术发明的反应循环对整个农业技术创新链的动态演化具有十分重要的意义。

2. 农业技术首次商业化使用环节的反应循环

如前所述，农业技术首次商业化使用主体包括农业技术首次发明使用主体和农业技术首次经济使用主体两种类型。其中，前者是将他人的发明用于自身的新发明中，后者是将他人的发明用于其农业生产①活动中。与农业技术首次商业化使用主体的类型相对应，农业技术首次商业化使用环节的反应循环也分两种，即农业技术首次发明使用的反应循环和农业技术首次经济使用的反

————————

① 本书中的农业生产活动，既包括一般意义上的农业生产，又包括农业生产资料生产和农产品加工。

应循环。这两种反应循环的底物、酶和产出各不相同。其中，农业技术首次发明使用的反应循环类似于农业技术发明环节的反应循环，其反应底物、酶和产出等反应要素也与农业技术发明环节反应循环的要素相类似。农业技术首次经济使用的反应循环中，反应底物是现有农业知识和技术基础，拟用农业技术发明成果（即初级农业技术）以及相关配套投入，反应酶是农业生产设施、生产人员等，反应产出是相应农产品（包括农业生产资料和加工农产品）及成熟的农业技术。

不同农业技术创新链中农业技术首次商业化使用环节的反应循环，不仅能增加农业技术发明成果的总量（通过农业技术首次发明使用的反应循环来实现），而且能增加成熟的农业技术在农业技术发明成果总量中的比重，从而为农户或农业企业提供更多的技术选择，为农业技术创新链沿着高效路径循环提供了可能。

3. 农业技术扩散环节的反应循环

农业技术的首次商业化使用可以使其所涉及的两类主体受益。一方面，农业技术发明主体为其发明成果找到第一个采用者，并从中获得一定的收益；另一方面，农户或农业企业从农业技术的首次使用中获得了超额利润或正常利润，初次尝到了采用农业技术的甜头。对于单个农业技术发明主体或其发明成果的首次商业化使用主体来说，农业技术首次商业化使用环节中一次反应循环的结束，意味着其某项技术创新活动（或经济活动）过程的结束。但是，站在社会再生产这个总量层次上来看，一项农业技术创新成果若仅仅局限于一个农户、一个农业企业或一个农业技术发明主体的应用，它的技术影响和经济影响都是有限的；只有通过成果的扩散，使农业技术在尽可能多的农业生产组织（包括农户）或农业技术发明主体中得到推广应用，整个社会的技术和再生产效益才能得到显著的提高。因此，从发挥农业技术创新的综合效应角度看，农业技术首次商业化使用环节的反应循环不是农业技术创新过程的结束，而是检验农业技术的技术可行性和经济合理性的试金石，是诞生真正具有应用价值的农业技术的孵化器；它只是点燃了农业技术商业化使用的"星星之火"，只有借助于农业技术扩散环节的反应循环，才能孵化出农业技术的更多商业化使用主体，进而使农业技术的商业化应用形成"燎原之势"，最终使农业技术创新的综合效应能够充分释放出来。

农业技术扩散环节的反应循环也分为两类：一是农业技术经由各类主体向其首次经济使用主体扩散的反应循环。在这一反应循环中，农业知识和技术基础，拟用的成熟农业技术相当于底物 S，农业技术推广人员，农户或农业企业的相关人员，以及他们的生产（或推广）设施相当于酶 E，采用既定农业技术的农户或农业企业数量的增加相当于产出 P。二是农业技术经由各类主体向农业技术发明使用主体扩散的反应循环，这一反应循环类似于农业技术发明环节的反应循环，在此不再阐述。在农业技术扩散子系统的反应循环过程中，通过农业技术发明主体、农业技术推广人员，以及农户或农业企业之间的交流、沟通，使得农业技术得到农业技术发明主体、农户或农业企业的认可，进而做出采用决策，并在实践中采用该技术，最终形成其反应产出。

不同农业技术创新链中农业技术扩散环节的反应循环，不仅能造就和产出新的农业技术（因为农业技术扩散中存在二次创新），而且能造就新型农民和新的农业产业。同时，还能发现新的农业技术发明需求，从而实现农业技术创新的目标，并推动农业技术创新链循环。

三　催化循环机理

（一）农业技术发明环节的催化循环

农业技术发明环节的催化循环包括两种类型。一是自催化循环；二是交叉催化循环。其中，自催化循环包括农业技术方面与人类知识库中知识存量的自催化循环和不同农业技术发明之间的自催化循环；交叉催化循环也包括农业技术发明与人类知识库中知识存量之间的交叉催化循环和不同农业技术发明之间的交叉催化循环。

1. 农业技术发明与人类知识库中知识存量的自催化循环

在农业技术发明的反应循环中，农业技术发明和人类知识库中知识之间存在十分复杂的关系。从静态的角度看，人类知识库中的知识是发明底物，发明是产出。但是，从动态的角度看，发明对应于底物，由于发明而导致人类知识库中增加的知识对应于产出。所以，农业技术发明与人类知识库中知识存量之间存在着相互催化的催化循环。

人类知识库中的知识存量取决于基础研究和应用研究的成果，农业技术发明既可以从其中的基础研究成果入手，又可以从应用研究成果入手，还可以从基础研究与应用研究成果的结合中入手（即农业技术发明有三种发明起点），并将自己的发明产出输入人类知识库。同样，农业技术发明子系统用自己的产出增加人类知识库中知识存量也可以选择不同的方式，它可以通过增加基础研究成果的方式增加人类知识库中的知识存量，也可以通过增加应用研究成果来达到这一目的，还可以通过同时增加基础研究成果和应用研究成果来实现。从理论上讲，对应于同一发明起点，农业技术发明子系统可以通过三种方式来增加人类知识库中的知识存量，从而形成农业技术发明子系统内部人类知识库中知识存量和农业技术发明之间的多种催化循环。其中，最为典型的催化循环主要有三种，即基础研究催化循环、应用研究催化循环和基础研究与应用研究相结合的催化循环。这三种催化循环分别以基础研究成果、应用研究成果以及基础研究成果与应用研究成果作为其催化循环的起点和知识存量增加方式。它们的催化循环路径体现为：一是人类科学知识库—基础研究—农业技术发明—基础研究—人类科学知识库；二是人类科学知识库—应用研究—农业技术发明—应用研究—人类科学知识库；三是人类科学知识库—基础研究＋应用研究—农业技术发明—基础研究＋应用研究—人类科学知识库。

人类知识库中的知识存量与农业技术发明之间的催化循环，不仅能为农业技术发明成果的产生奠定坚实的知识基础，而且能为农业技术发明专业人才的培养奠定坚实的知识基础。不仅如此，上述催化循环，还能提高农业技术发明人员应用知识进行发明的能力，增加他们从事农业技术发明的经验，提高他们应用发明设施进行发明的熟练程度，从而在实践中造就农业技术发明的专业人才。同时，为了完成发明工作，发明人员可能要引进新的设施或对现有设施进行改进，使得发明的设施条件得以改善。而农业技术发明专业人才的产生和发明设施条件的改善又能促进农业技术发明子系统的反应循环。反应循环作为一个整体又能起到催化剂的作用，从而促进上述催化循环的进行，最终使得农业技术发明成果源源不断地被生产出来。

知识的可累积性及其公共品属性，使其可以产生外溢效应，从而推动教育—人才—科技这一链条的催化循环。从这一意义上讲，农业技术发明子系统的上述自催化循环是农业技术创新链的智力支持循环。它是农业技术产生的知识基础和智力支撑。

2. 农业技术发明子系统内不同产出之间的自催化循环

就某一具体农业技术发明主体而言，它的不同反应循环的产出之间能够相互催化，从而形成该主体内部的自催化循环。

对于某一具体的农业技术发明主体来说，它所拥有的技术发明人员的知识结构，或者是其发明人员的知识基础，以及它所拥有的发明基础设施条件等在不同的反应循环中基本上是相同的。因此，从理论上讲，其不同反应循环的产出（即发明）之间应该是密切相关的，这种相关可能是思想上的相关，即解决问题的思路"同出一辙"，如某科研机构围绕转基因技术所做的提高某种农作物单产的不同技术发明；也可以是方法上的相关，如该科研机构可以用转基因技术解决农业生产中所面临的不同问题，产出不同的发明成果。一般来说，这些密切相关的农业技术发明成果之间具有相互催化的功能，即前一成果是后一成果产生的基础，后一成果是对前一成果的继续和深化。后一成果的产生不仅能作为其自身之后发明成果产生的基础，而且能为前一成果的改进提供思路或方法，进而提升前一成果的层次。正是通过不同发明相互之间的自催化循环，使得某一具体的农业技术发明主体在农业技术发明方面能够不断"推陈出新"，实现其技术发明的"新陈代谢"和"递进演化"，从而提升其技术发明的层次，并使其技术发明活动更加有序。

伴随着农业技术发明主体内部上述自催化循环的不断进行，该技术发明主体能形成自己的技术发明范式和技术发明轨道。技术发明轨道的形成能为该发明主体发明成果的产生搭建平台和创造良好的"生态环境"，从而能够衍生出大量的农业技术发明成果，即形成同一发明主体内部的发明集群。而且，这种农业技术发明的衍生可以通过不同的方式来进行，其衍生方式主要有同心多角化、水平多角化和综合多角化。所谓同心多角化是指农业技术发明主体将自己解决问题的同一主导思想或方法用于农业生产的不同领域或不同方面，并针对农业生产的不同领域或不同方面的具体情况对原主导思想或方法加以调整和优化，从而产生出新的农业技术发明的方式；水平多角化是指农业技术发明主体为解决农业生产所面临的某一具体问题寻求不同的思想或方法而产生出新的农业技术发明的方式；综合多角化是指农业技术发明主体既将同一主导思想或方法用于农业生产的不同领域或不同方面，又为解决农业生产所面临的某一具体问题寻求不同的思想或方法，从而产生新的农业技术发明的方式。

不仅如此，农业技术发明的自催化循环还能促进某一具体农业技术发明主体的自复制或自生长。例如，某农业技术发明主体出于发明的需要而设立新的发明机构作为其分支，这就是农业技术发明主体的自复制。农业技术发明主体的自生长可以通过三种方式来实现，即前向一体化、后向一体化和水平一体化。所谓前向一体化是指农业技术发明主体通过适当的方式向原来应用其发明产出的部门延伸而实现其自生长的方式。例如，农业高等院校与农业科研机构的联合，农业技术发明机构和农业技术首次经济使用主体的联合等。后向一体化是指农业技术发明主体通过适当的方式与原来为其发明提供基础知识的主体相联合而实现其自生长的方式，这种自生长方式主要适用于农业科研机构，其具体体现为农业科研机构与农业高等院校的联合。水平一体化是指某一农业技术发明主体通过与其他农业技术发明主体的联合或合并而实现其自生长的方式。可见，农业技术发明子系统的自催化循环有利于促成农业教育与农业技术发明主体的一体化。

3. 农业技术发明与人类知识库中知识存量的交叉催化循环

农业技术发明是农业技术发明人员借助于一定的设施，对人类知识库中的知识进行思维整合的产出。就单个农业技术发明主体的农业技术发明与人类知识库中知识存量的自催化循环来说，它对人类知识库中知识存量的增量贡献是十分有限的，这一自催化循环虽然能在一定程度上"催化"单个农业技术发明主体对发明成果的产出，但它不一定能够满足该主体从事发明活动对相关知识的所有需求，而不同农业技术发明主体的农业技术发明与人类知识库中知识存量的自催化循环能够极大地丰富人类知识库中知识的内容，使其知识存量呈现指数式增加，从而在很大程度上满足不同农业技术发明主体对知识的需求，进而催化各个农业技术发明主体中农业技术发明与人类知识库中知识存量的自催化循环。

4. 农业技术发明产出之间的交叉催化循环

从自催化的角度看，同一农业技术发明主体的不同农业技术发明成果之间是继承与发展的关系。从实际的角度看，一项农业技术发明成果的产出，往往要用到多个农业技术发明成果及其所提供的相关知识，即农业技术发明成果往往是在继承多种农业技术发明成果及其所提供的相关知识的基础上产出的，而单个农业技术发明主体通过自己内部不同发明的自催化循环所能提供的技术发明和相关基础知识毕竟是有限的，有限的农业技术发明和相关基础知识的供给，必然会对单个农业技术发明主体的发明活动形成制约。不同农业技术发明主体的发明及其所提供的相关基础知识累积在一起则能够在很大程度上满足各个农业技术发明主体对农业技术发明和相关基础知识的需求，从而催化各个农业技术发明主体不同发明的自催化循环。

此外，单个农业技术发明主体的技术发明轨道具有刚性和不可逆性，这将对该发明主体发明成果的产生造成一定的不良影响。不同农业技术发明主体通过相互交流与成果共享，一方面，有利于单个农业技术发明主体通过水平多角化和综合多角化等方式衍生出更多的发明成果；另一方面，有利于不同农业技术发明主体之间的兼并或联合，从而促进它们的自复制和自生长，尤其是有利于它们以前向一体化和水平一体化的方式实现自生长。这可以在一定程度上弱化单个农业技术发明主体技术发明轨道的刚性和不可逆性，从而防止其不良影响的产生。

农业技术发明的交叉催化循环能够产生协同效应，形成能对所有农业技术发明主体都起作用的序参量。各个农业技术发明主体对序参量的"侍服"，能够推动整个农业技术发明子系统的发明范式和发明轨道的形成，为各个农业技术发明主体创造良好的发明"生态环境"，为它们产出自己的衍生发明成果搭建平台，进而促进单个农业技术发明主体内部发明集群的产生和不同农业技术发明主体之间发明集群的产生。因此，农业技术发明的交叉催化循环对于农业技术发明成果的产出，以及农业技术发明主体的发展，乃至农业教育部门与农业技术发明主体的一体化等都具有十分重要的意义。它不仅是农业技术发明子系统实现自复制和自生长的催化剂，而且是农业技术发明人才辈出的催化剂，也是促进农业教育与农业技术发明相生相长的催化剂，即农业技术发明环节的催化循环能推动"教育—人才—科技"的催化循环。

（二）农业技术首次商业化使用环节的催化循环

农业技术首次商业化使用环节的催化循环包括农业技术首次经济使用主体的催化循环和农业技术首次发明使用主体的催化循环。其中，农业技术首次发明使用主体的催化循环与农业技术发明环节的催化循环相类似，在此不予分析；农业技术首次经济使用主体的催化循环又包括同一主体（农户或农业企业）内部的催化循环和不同主体之间的催化循环。

1. 同一农户或农业企业内部的催化循环

同一农户或农业企业内部的催化循环分两种情况：一是采用单项技术的催化循环；二是采用多项技术的催化循环。

农户或农业企业采用单项农业技术的催化循环。农户或农业企业首次将某种农业技术用于其生产过程，如果这一过程获得成功，即从中获得期望收益，则会由于"经济人"利润最大化追求的驱使，该农户或农业企业会在自己的生产活动中扩大该项技术的使用规模，并进一步增加其技术采用的收益，从而形成农业技术采用—收益增加—进一步采用该项农业技术—收益进一步增加这样的催化循环。如湖南农民贺香军在2006年的双季稻优质稻生产中，使用沼液作肥料，禾苗长势健壮，获得了亩产1046公斤的高产，而且其早稻比普通稻的售价高5%，晚稻比普通稻的售价高20%，获得了不错的收入①。如果这位农民进一步扩大其水稻种植规模，其行为就会导致由农业技术创新成果的收益引发的催化循环。同时，农户或农业企业采用农业技术获得预期收入后，其学习、采用农业技术的热情和积极性必然会高涨，从而能够促进其农业技术知识的新陈代谢，进而有利于他们成为其他农业技术的首次经济使用主体。

如果农户或农业企业首次使用某种农业技术没有获得预期收益，从经济的角度看，这将会在他们心里留下"阴影"，对他们今后采用农业技术创新成果产生不良影响。但是，如果他们认真吸取失败的教训，弥补自己在技术应用过程中存在的不足，提高自己采用技术的能力，那么，将会为他们以后采用类似的农业技术创新成果奠定基础，即能催化其后续环节对农业技术的采用。从这一意义上讲，即使农户或农业企业首次将某种农业技术用于生产实践中没有获得成功，也能在某种程度上催化他们对相关农业技术的采用。

农户或农业企业采用多项农业技术的催化循环。农户或农业

---

① 《"科技入户"圆了我的沼气梦》，http：//www. stee. agri. gov. cn/ ztzl/nykjrh/ bkwz/ t20061121 _ 724617. htm。

企业首次将几项农业技术组合在一起加以使用，则不同技术之间能够相互催化。如农户在大棚内建设一座小型沼气池和猪舍，形成一种以沼气为纽带的农业生产模式。通过该模式进行农业生产，既可保证蔬菜及生猪生长所需的温度，又可为蔬菜生产提供优质有机肥、气肥，节约能源，降低成本，还可以生产出无公害的绿色蔬菜，提高蔬菜价格，增加菜农收入。利用这种模式生猪每日的体重增加量比常规养殖技术要高出9%，种植黄瓜每亩比一般大棚增收51.6%，种植西红柿每亩增收20.1%①。这就是农户同时首次将多项农业技术用于其农业生产中而实现的催化循环。

2. 不同农户或农业企业之间的催化循环

不同农户或农业企业之间的催化循环主要体现为其他农户或农业企业对某个具体农户或农业企业内部的催化循环的促进，它也包括两种类型：一是由于首次采用者的示范效应所引发的示范性催化循环；二是由不同农业技术在使用过程中的互补性而引起的互补性催化循环。

示范性催化循环。农户或农业企业首次采用农业技术的过程，也是一个不断学习和积累相关知识与技术的过程。当它们的农业技术首次经济使用活动取得成功后，它们所积累的技术、经验就成为"专利技术"，这种专利技术不仅能推动采用者自身对技术采用的催化循环，而且能对其他农户或农业企业的技术采用产生催化作用。如山东齐河许多身怀绝技的"土专家"意识到，把颇有实用价值的技术"窝"在手里，不如将它作为"专利技术"为自己捞外快，开始兼职做起农技"销售员"。该县已有近

---

　　①　孙进杰、崔鸿麟：《种养结合　生态互补：一种以沼气为纽带的设施农业生产模式》，《蔬菜》2000 年第 4 期。

4000 名"土专家"靠提供种养技术赚外快，技术输出涉及种植、饲养、桑蚕养殖等方面。如大黄乡袁李村的大棚种菜能手高德方，2006 年被该乡的陈赵村、孙庄村聘为技术顾问，管理两村的大棚芸豆和大棚西红柿，仅此年收入近万元①。这些"土专家"依靠"专利技术"赚外快的现象从两个方面推动了农户之间的催化循环，一方面，能够促进这些"土专家"自身所用农业技术的催化循环，即催化其他农户对该项农业技术的采用；另一方面，能够激发其他农民学科技、用科技的积极性，并模仿"土专家"的行为，从而推动他们成为相关农业技术的首次经济使用主体，这就是不同农户之间的催化循环。这种催化循环是由其他农户采用农业技术的示范效应引起的，所以称为"示范性催化循环"。

互补性催化循环。从实际的角度看，任何农业技术的采用都会涉及相关技术的配套问题，不同农户或农业企业采用的农业技术之间可能存在互补关系，如果它们将自己采用农业技术时所获得的知识和积累的经验进行共享，则能促进每个农户或农业企业内部的催化循环。例如，在同一区域内，甲农户采用某种农作物的新品种培育技术，乙农户采用该新品种的施肥技术，丙农户采用该新品种的灌溉技术，丁农户采用该新品种农作物的储藏技术，寅农户采用该新品种农作物的加工技术，上述技术之间具有很强的互补性，如果不同农户将自己在采用技术时所获得的知识和积累的经验与其他农户相互交流，相互指导，相互帮助，实现他们之间技术知识和技术使用经验的共享，就能实现不同农户之间的互补性催化循环。

---

① 侯刚、李晓楠：《山东齐河四千"土专家"智力创收》，《山东农业信息网》2006 年 12 月 30 日。

同一农户或农业企业内部以及不同农户或农业企业之间的催化循环，不仅能提高农户或农业企业的整体素质（如增加它们的农业基础知识和技术知识，提高它们采用技术的能力等），提高它们采用农业技术的热情和积极性，而且能使成熟的农业技术实现指数式增长。

农业技术首次商业化使用是检验农业技术发明的技术可行性和经济合理性的试金石，是产生真正具有商业价值的农业技术[①]的孵化器。农业技术首次商业化使用环节的催化循环，一方面能促进具有较高商业价值的成熟农业技术的产生，另一方面，能够产生一大批农业技术发明的首次商业化使用主体，从而为农业技术扩散奠定坚实的技术基础，培育出强有力的"示范"主体[②]，进而推动农业技术创新链循环。同时，农业技术首次商业化使用环节的催化循环还能促进农业技术发明主体、农户或农业企业"技术—产品"的催化循环[③]。

（三）农业技术扩散环节的催化循环

如前所述，农业技术扩散有两种类型：一种是农业技术向其经济使用主体的扩散，另一种是农业技术向其发明使用主体的扩散。上述两种农业技术扩散都有其自催化循环和交叉催化循环。

1. 农业技术向其经济使用主体扩散的自催化循环

农业技术向其经济使用主体扩散的自催化循环包括两种情况。一是扩散初期由于农业技术首次经济使用主体成功的示范效应所引发的模仿性自催化循环；二是扩散后期由于竞争环境变化

[①] 这种成果可能是农业技术首次经济使用主体二次创新的结果，也可能是农业技术首次发明使用主体改进模仿的结果。

[②] 其中既有农业技术首次经济使用的示范主体，又有农业技术首次发明使用的示范主体。

[③] 这里的产品包括农业技术发明。

而引起的创新性自催化循环。

模仿性自催化循环。农业技术首次经济使用主体相当于农业技术的首次采用者，其农业技术首次经济使用行为获得成功，能够产生极大的示范效应，从而引起同一区域的农户或农业企业对其技术采用行为和所用技术的模仿行为。按照罗杰斯的理论，首先进行模仿的农户或农业企业为率先采用者，这些率先采用者又能起到示范作用，从而激发追随者加入农业技术的采用者行列。同样，追随者又能带动其后的采用者采用该项农业技术[①]。依此类推，大部分农户或农业企业均开始采用该项农业技术，这是农业技术的后期采用者模仿早期采用者的技术采用行为而引起的农业技术扩散的催化循环，它是农业技术向其经济使用主体扩散时的低层次催化循环。

从实际的角度看，不同农户或农业企业在采用同一项农业技术时，它们各自获得的知识、积累的经验都有所侧重。例如，某种农作物新品种采用过程中，有的采用者擅长施肥技术、有的擅长灌溉技术、有的擅长农药施用技术等，这些采用者分别相当于该新品种农作物经营管理过程中的施肥专家、灌溉专家、农药使用专家等，这些不同专家之间如果能互通有无，相互交流经验，实现知识和经验的共享，则能极大地提高每个农户或农业企业采用该项农业技术的收益水平，并能进一步激励它们扩大该项农业技术的使用规模。这是农业技术的后期采用者模仿其早期采用者的技术应用专长所引发的催化循环，它是农业技术向其经济使用主体扩散的高层次催化循环。

农业技术向其经济使用主体扩散的低层次催化循环能够扩大

---

① E. Mansfield, "Technical Change and the Rate of Imitation," *Econometrics*, 1961, 29, pp. 741-766.

某项农业技术的使用范围或采用规模；高层次催化循环能够提高农业技术扩散的产出效益和效率。通过农业技术向其经济使用主体扩散的催化循环能够培育出采用地区的主导产业，主导产业又能通过前瞻效应、回顾效应和旁侧效应，推动该地区农业结构的调整和优化①，乃至该区域整体产业结构的优化和升级，从而促进该区域农业发展和农民收入增加。

创新性自催化循环。农业踏板原理说明，随着采用某项农业技术的农户或农业企业数量的增加，利用此项农业技术生产的产品供给增加。随着该产品供给数量的增加，价格必然下降，而且，由于农产品的需求价格弹性比较小，从而使晚期采用此项农业技术的农户或农业企业难以获得预期收益。为了增加其技术采用收益，晚期采用者一般要对该项技术进行改进和完善，以获得竞争优势，并通过竞争优势获取较高的利润。晚期采用者对农业技术的改进和完善过程，实际上也是二次创新过程。这种二次创新能提高该项技术的水平和层次，即农业技术向其经济使用主体扩散过程中的二次创新能促进原有技术的进化，因此，在此称其为"创新性催化循环"。农业技术向其经济使用主体扩散的创新性催化循环能够促进农业技术的进化，并使其能够进入下一轮的模仿性催化循环，从而延长单项农业技术的生命周期，更好地发掘农业技术的经济潜力。

2. 农业技术向其发明使用主体扩散的自催化循环

与农业技术向其经济使用主体扩散的自催化循环相似，农业技术向其发明使用主体扩散的自催化循环也有两种类型：一是模仿性自催化循环，即当某一农业技术获得首次商业化成功的相关

---

① Pasinetti, L., *Structural Change and Economic Growth*, London, Cambridge University Press, 1981.

信息扩散到其他农业技术发明主体时，他们可以模仿该项农业技术发明主体的行为，对该项农业技术进行"复制"，并将其进一步扩散，以获取期望收益。这种催化循环只能增加该项农业技术供给主体的数量，并不能导致其改进和优化，所以，它是一种较低层次的催化循环。二是农业技术的优化自催化循环。农业技术可以经由其他农业技术发明主体、农业技术推广机构以及农业技术采用主体中的相关人员向某个具体农业技术发明主体扩散。当某一农业技术发明主体通过各种渠道将其发明的相关信息传递给其他农业技术发明主体时，后者可以结合其自身的发明条件，对前者的农业技术发明进行深度或广度上的研究与开发，以增强该成果的适用范围，进而导致该发明的优化和高级化；当农业技术的相关信息通过其采用者或农业技术推广人员扩散到某一农业技术发明主体时，该发明主体能够根据该发明在满足其商业化使用主体需求方面存在的不足，对其加以改进，使其更具实用价值和更具推广性。可见，同一农业技术经由不同主体向农业技术发明主体的扩散，能够引发他们对该技术的改进或完善，从而导致该技术的进化和优化，而经过优化的农业技术又能在不同农业技术发明使用主体和经济使用主体之间扩散。这种催化循环导致原有农业技术的优化，所以，称其为"农业技术的优化催化循环"。

3. 农业技术向其经济使用主体扩散的交叉催化循环

农业技术向其经济使用主体扩散的交叉催化循环也分两种情况：一是农业技术经济使用主体业务多样化所致的交叉催化循环；二是互补性农业技术扩散所致的交叉催化循环。

业务多样化的交叉催化循环。从实际的角度看，一方面，农业技术的经济使用主体，尤其是农户，由于其耕地的分散性，以及不同耕地的土壤、光照、水分等条件不同，适合种植的农作物也不同，这在客观上要求农户从事多样化经营。另一方面，农业经营的风险比较大，为降低经营风险，提高获取预期收益的概率，农户一般也倾向于从事多样化经营。农户经营活动的多样化导致其对农业技术创新成果需求的多样化，即一个农户在其经营过程中需要的往往不只是一项农业技术，而是多项农业技术，但在实际经营过程中，农户一般是先采用自己认为风险比较小，成功概率比较高的农业技术。当利用这一技术获得期望收益，并且利用这一技术所获得的收入能为其采用新的农业技术提供资金来源时，他才会开始采用新的农业技术。伴随着不同农业技术向其经济使用主体的扩散，一方面，率先采用某项农业技术的农户可能会从其技术采用中获得稳定的收入，并能为其采用新的农业技术提供资金支持；另一方面，同一区域内其他农户采用适合它们自己的与该农户所用技术不同的新技术也获得了成功，它们采用技术的示范效应能够给予该农户采用它们所用技术的外在激励。同时，它们在采用相关技术过程中所获得的知识和所积累的经验能够降低该农户采用这些技术的风险，从而使该农户形成采用该技术的内在驱动力。同样，该农户采用其技术成功的经验及其所获得的相关知识也能对其他农户采用其技术产生外在吸引力，促进其他农户采用该技术的内在驱动力的形成，最终使得不同农户都采用了自己未曾使用，但其他农户已经使用过并获得成功的农业技术，这就是业务多样化所致的农业技术向其经济使用主体扩散的交叉催化循环。

业务多样化所引起的农业技术向其经济使用主体扩散的交叉催化循环不仅能够降低农业经营的风险，增加农户的收入来源，而且能合理利用农业生产要素，实现农业资源的优化配置。同时，这种催化循环还能促进区域产业集群的形成和农业结构的优化、升级，进而推动区域经济的发展。因此，农业技术扩散的业务多样化交叉催化循环具有重大的现实意义。

互补性交叉催化循环。如前所述，农业技术向其经济使用主体的扩散过程一般不是一项技术的扩散，而是几项相关技术配套的结果。例如，某种农作物新品种的扩散，一般需要施肥技术、灌溉技术、农药施用技术等相配套。只有这样才能使该新品种的优势充分发挥出来，才能激发农户采用该新品种的动力。我国农业技术研究与开发、农业技术扩散等活动是由不同主体分别进行的，而且相关产出与农业生产的需要之间存在脱节问题。由此导致上述技术向其经济使用主体的扩散不是同时进行的，而是新品种扩散在前，其次才是施肥、灌溉等配套技术的扩散。如果说，该农作物的新品种是核心技术，那么，施肥、灌溉技术就是围绕这一核心技术所决定的技术平台的衍生性创新成果。不同农户采用相应衍生创新成果，并将其知识、经验与其他农户共享。如果这种共享能使得原来只采用其中一种技术的农户开始采用其他配套技术，那么，对这些农户自身来说，其技术采用过程就是顺轨性技术扩散，即沿着以该农作物新品种为核心技术的技术轨道的扩散。无论是顺轨性技术扩散，还是衍生性技术扩散，它们都能催化不同农业技术在不同经济使用主体之间的扩散，因此，它们都是农业技术扩散的交叉催化循环。

4. 农业技术向其发明使用主体扩散的交叉催化循环

农业技术向其发明使用主体扩散的交叉催化循环主要有以下三种类型。

（1）农业技术经由发明主体向发明使用主体扩散的交叉催化循环。当各个农业技术发明主体通过各种渠道将其发明成果向其他农业技术发明主体扩散时，就某一具体的农业技术发明使用主体而言，它所获得的农业技术发明中既有基础性发明成果，又有应用性发明成果，还有试验发明成果。一方面，这些发明成果极大地丰富了该主体的可用发明资源；另一方面，这三类发明成果之间既有较强的前向依存关系，又有一定的逆向关系。如果该主体将这些农业技术发明与其原有农业技术发明资源整合使用，那么，既有可能催化该主体在其原有发明领域中发明成果的产生，又可能使其对原有发明成果加以改进、完善和优化，甚至可能使该主体的发明转辙，产出与其原有发明完全不同的新的发明。这就是农业技术向不同发明使用主体扩散的交叉催化循环。

（2）农业技术经由其推广主体向农业技术发明使用主体扩散的交叉催化循环。由于农业技术推广主体是联结农业技术发明和采用主体的纽带和桥梁，农业技术推广人员既了解不同农业技术发明的优缺点，又了解农业技术采用主体的技术需求及其技术接受能力。当不同农业技术的推广人员将其所拥有的上述农业技术信息向农业技术的发明使用主体扩散时，获得上述信息的农业技术发明使用主体既可博采众长，优化其原有发明成果，又可根据"农业技术缺失"状况和农业技术发明现状产出新的农业技术发明。经过优化的原有技术或者根据"农业技术缺失"产出的新的农业技术发明成果，一般比原有农业技术发明更切合农业生产的实际，更能满足其采用主体的技术需求，因而能以更高的商业价值、更快的速度向其采用主体扩散，进而推动农业技术经由农业技术推广主体向农业技术发明主体扩散的交叉催化循环。

（3）农业技术经由其经济使用主体向其发明使用主体扩散的交叉催化循环。由于农业技术的经济使用主体是农业生产的实践者，他们既了解自己对农业技术的需求，又了解现有农业技术中存在的不足，甚至可能对适合其使用的农业技术提出自己的设想。当不同农业技术的经济使用主体将上述农业技术信息向不同农业技术的发明使用主体扩散后，获得上述信息的农业技术发明使用主体的发明活动可能更具针对性，其发明的实际使用价值也可能得到大幅度的提高，从而使其发明更易于扩散，进而促成农业技术经由其经济使用主体向其发明使用主体扩散的交叉催化。

农业技术创新链的催化循环在很大程度上体现了同一农业技术创新链的同一环节或者不同农业技术创新链的同类环节的不同主体之间的相互作用。通过农业技术创新链的催化循环不仅能增强上述主体之间的联系，而且能使农业技术相关成果实现指数式增长，从而为农业技术创新链的超循环奠定了基础。

农业技术向其经济使用主体扩散的催化循环是农业技术扩散环节的主要催化循环。伴随着这一催化循环的进行，采用同一技术和不同农业技术的农户或农业企业的数量不断增加。其结果是农业生产的专业化程度的提高，农村社会分工的细化，区域产业集群的继起和产业关联度的提高，进而促进区域内"技术—产业"的催化循环。

四　超循环机理

如前文的基础理论中所述，超循环的要求是：第一，催化循环不仅是内部自催化的，它还能产生其副产物，产生对其他催化循环有作用的催化剂；第二，通过这些催化剂，形成了相互催化和循环催化的超催化循环网络系统。复制误差、内在随机性和环境扰动是影响超循环的主要因素。

（一）农业技术创新链的超循环特征

如图 3—5 所示，农业技术创新链中各个环节催化循环的产出物能催化其他环节的催化循环，从而使农业技术创新链的不同环节之间形成相互催化和循环催化的超循环网络系统。因此，农业技术创新链的超循环是在其不同环节之间进行的。因为农业技术创新链是由三个基本环节所构成，所以，其超循环有三种，即农业技术发明和农业技术首次商业化使用的超循环、农业技术首次商业化使用和农业技术扩散的超循环、农业技术扩散和农业技术发明的超循环。

（二）农业技术发明和农业技术首次商业化使用的超循环

如图3—5所示，农业技术发明环节的催化循环使得农业技术发明呈指数增长，而农业技术发明数量的增加，使可供农业技术首次商业化使用主体选择的农业技术发明的数量增加，从而促进农业技术首次商业化使用环节的催化循环。农业技术首次发明使用的催化循环能增加农业技术发明的总量；农业技术首次经济使用能增加对农业技术发明的需求，从而拉动农业技术发明供给量的增加。可见，农业技术首次商业化使用中的两类催化循环，都能促进农业技术发明环节的催化循环。农业技术发明和农业技术首次商业化使用环节的催化循环之间相互催化形成它们之间的超循环，导致"农业技术发明—农业技术首次商业化使用"这一阶段循环不断进行，从而使农业技术发明和农业技术首次商业化两个环节中产出物的结构不断合理和优化，进而使得农业技术发明和农业技术首次商业化使用环节实现紧密结合，增强其耦合度。此外，农业技术发明和农业技术首次商业化使用之间超循环的进行，一方面能够在一定程度上提高农民的素质，培养和造就

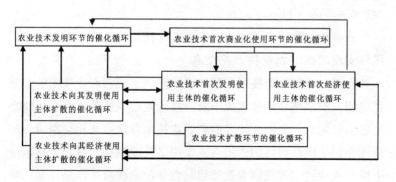

图3—5　农业技术创新链中不同环节形成的超循环

大量农业专业人才；另一方面，农业专业人才的增加能促进农业科研机构和农业高等院校的发展。而农业科研机构和农业高等院校的发展，又使它们能产出更多的科研成果，从而促进"教育—科技—人才"的超循环。

（三）农业技术首次商业化使用和农业技术扩散的超循环

农业技术首次商业化使用和农业技术扩散的超循环主要体现在不同催化循环之间的互催化上。一是农业技术首次发明使用主体的催化循环和农业技术向其发明使用主体扩散的催化循环之间的互催化；二是农业技术首次经济使用主体的催化循环和农业技术向其经济使用主体扩散的互催化。上述两种超循环促成农业技术首次商业化使用环节和农业技术扩散环节的超循环。农业技术首次商业化使用和农业技术扩散的超循环，使得"农业技术首次商业化使用—农业技术扩散"这一阶段循环不断进行，使农业技术首次商业化使用中成熟技术的数量不断增加，结构日趋合理和优化；并使农业技术扩散中生产出更多的满足市场需求的新产品，增加了农业技术发明主体、农业技术首次商业化使用主体的利润和它们对农业技术发明和农业技术首次商业化使用的投资，进而实现农户或企业和农业科研机构与农业高等院校的"技术—产品"超循环。

从表面上看，农业技术首次商业化使用与农业技术扩散的超循环实现的是"农业技术首次商业化使用—农业技术扩散"这一阶段循环。但农业技术扩散的成功依赖于成熟农业技术的大面积应用，而成熟农业技术源于农业技术发明成果首次商业化使用的成功；同时，农业技术发明和农业技术首次商业化使用两个环节在它们之间超循环的作用下，实现了高度耦合。所以，从本质上讲，农业技术首次商业化使用与农业技术扩散的超循环是"农业技术发明—农业技术首次商业化使用—农业技术扩散"的循环。据此可知，每进行一次农业技术首次商业化使用和农业技术扩散之间的超循环，就完成一次"农业技术发明—农业技术首次商业化使用—农业技术扩散"的循环，即有一种农业技术完成了从其产生到扩散使用的循环，农业技术创新链就完成一次整体循环。从国民经济的角度看，农业技术创新链循环就是"农业技术发明—农业技术首次商业化使用—农业技术扩散"这一链条循环在空间上并存，时间上继起，永无休止地进行的过程。从实际的角度看，正是无数个"农业技术发明—农业技术首次商业化使用—农业技术扩散"的循环推动着农业增效、农民增收，乃至整个国民经济的持续、稳定、健康发展。

（四）农业技术扩散和农业技术发明的超循环

农业技术扩散和农业技术发明的超循环也是从两个方面进行的：一方面是农业技术发明通过农业技术首次商业化使用环节，促进农业技术扩散的催化循环；另一方面是农业技术扩散环节的两类催化循环，促进农业技术发明环节的催化循环。其中，农业技术向其发明使用主体扩散的催化循环，通过增加农业技术发明的总量而促进农业技术发明环节的催化循环；农业技术向其经济使用主体扩散的催化循环，通过向农业技术发明环节提供农业技术需求信息，使农业技术发明主体"以需定产"，从而促进农业技术发明环节的催化循环。农业技术扩散和农业技术发明的超循环，使得"农业技术扩散—农业技术发明"这一阶段循环不断进行。这一阶段循环的不断进行，一方面，使得农业生产的专业化程度逐步提高，农村社会分工日益细化，农业内部不同产业乃至农业与二、三产业的关联度逐渐增强，区域产业集群也因此而不断形成，从而推动区域"技术—产业"超循环；另一方面，使得农户或农业企业的技术需求不断扩张，从而拉动农业技术发明活动的有效进行，并使农业技术创新链在新的需求起点上开始下一轮循环。如此循环往复，农业技术创新链循环得以"永续"。伴随着农业技术创新链循环的不断进行，国民收入将不断增加；而国民收入的增加又能为农业技术创新链循环注入新的活力，从而实现国民收入的超循环。最终实现教育、科技、经济与社会的和谐发展。

可见，农业技术创新链的超循环不仅能通过其功能耦合将其不同环节联系起来，使它们能够稳定地、受控制地共存，相干地生长和进化，而且能增强其不同环节之间的协同性，进而使农业技术创新链循环能够顺畅运行。

综上分析可知，农业技术创新链循环的机理是：同一条农业技术创新链中各环节的反应循环，推动着同一农业技术创新链中同一环节及不同农业技术创新链中同类环节之间的催化循环，再由上述催化循环推动农业技术创新链中各环节之间的超循环，进而实现农业技术创新链的阶段循环和整体循环。其中，反应循环是基础，催化循环是核心；催化循环是反应循环作为一个整体催化的循环；超循环是催化循环的催化循环，即超催化循环。由于农业技术创新链中各环节的反应循环底物都包括现有农业知识和技术，所以，现有农业知识和技术不仅影响农业技术创新链的反应循环，而且影响其催化循环和超循环。因此，要实现农业技术创新链的顺畅循环，其各个构成环节的主体都要掌握必要的农业知识和技术。同时，各环节主体的相应技术创新活动，又能增加其现有农业知识和技术的存量，进而在一定程度上催化其技术创新活动过程。农业技术创新链循环过程，既是各环节主体技术创新能力的自我强化过程，又是它们之间紧密协作，实现各环节技术创新活动有机衔接的过程。只有各环节主体自身的技术创新能力不断增强，不同环节主体之间实现高度协同，各个环节实现有机衔接，才能推动农业技术创新链循环。农业技术创新链的超循环通过其整合功能，可以实现农业技术创新链中各环节之间的有机衔接，并保障农业技术创新链沿着高效路径完成其整体循环。首先，通过农业技术发明和农业技术首次商业化使用的超循环，将二者耦合成共生的结合体。其次，通过农业技术首次商业化使用和农业技术扩散的超循环，实现农业技术创新链中三个环节的耦合，完成农业技术创新链的一次循环；通过农业技术扩散和农业技术发明的超循环，使整个农业技术创新链在新的需求起点上开始循环。如此循环往复，新的农业技术不断产生，并不断被植入农业生产系统，从而推动农业技术进步，农业结构调整和优化，乃至整个国民经济的持续、稳定、健康发展。

第 四 章

农业技术创新链循环的要素构件

如果说上一章关于农业技术创新链循环机理的研究是从国民经济发展的角度，在宏观上设计了农业技术创新链循环与国民经济发展良性互动的理想图景，那么，本章对农业技术创新链循环中要素构件的研究，将从微观的角度探索农业技术创新链循环的要素作用过程和要素优化，以探求农业技术创新链循环的内在规律。

第一节　农业技术创新链循环的要素

根据不同要素在农业技术创新链循环中地位的不同，可以将农业技术创新链循环的要素分为主体要素、客体要素和支撑要素三种类型。

一　主体要素

主体要素是指影响农业技术创新链循环的重要主体，主要包括政府、农户、农业技术发明主体、农业技术首次商业化使用主体和农业技术扩散主体。

首先，根据前文的分析，农业技术创新链中各环节活动的有机衔接和各环节主体的高度协同是农业技术创新链循环的重要保障。因为农业技术创新链中各环节活动的有机衔接是各环节主体协同的结果，所以，农业技术创新链中各环节主体，即农业技术发明主体、农业技术首次商业化使用主体和农业技术扩散主体，对农业技术创新链循环具有重要影响。其次，政府和农户对农业技术创新链循环也有重要影响。一方面，农业是我国的基础产业，发展农业不仅是一个经济问题，而且是一个经济问题，所以，政府必然会利用农业政策影响农业技术创新活动的相关主体，进而影响农业技术创新链循环；另一方面，农户既是农业技术创新活动的重要实施主体，又是农业技术的需求主体，其行为必然会影响农业技术创新循环。因此，农业技术创新链循环的主体要素包括政府、农户、农业技术发明主体、农业技术首次商业化使用主体和农业技术扩散主体。其中，农业技术发明主体和农业技术首次商业化使用主体主要包括农业科研机构、农业高等院校、农业企业（包括农业生产资料生产企业和农产品加工企业）和农户；农业技术扩散主体主要包括农业技术推广组织、农业企业和农户。

　　不同主体对农业技术创新链循环产生影响的方式和影响程度的大小是不同的。农业技术发明主体、农业技术首次商业化使用主体和农业技术扩散主体都通过自身的行为直接影响农业技术创新链中各环节的技术创新活动，以及各个环节之间有效衔接，从而影响农业技术创新链循环。因为它们直接作用于农业技术创新链循环，所以，将它们称为"直接主体"。政府主要通过农业政策影响农户的技术需求和直接主体的行为，并通过农户的农业技术创新活动、农户的技术需求和直接主体的行为影响农业技术创新链循环；农户既可直接作为某类直接主体而影响其他直接主体的行为，又可通过其农业技术需求间接影响直接主体的行为。政府和农户对农业技术创新链中任何一个直接主体行为的影响，都会影响农业技术创新链循环，而农业技术创新链的直接主体主要通过影响其上下游环节主体的行为而影响农业技术创新链循环。从这一意义上讲，政府和农户又是关键主体（为便于分析，下文一般用主体代替主体要素）。

二　客体要素

客体要素主要指农业技术创新链循环的对象。主要包括农业技术发明、农业技术（包括农业技术的物化成果，如农药、化肥、农膜等）以及它们的供求信息。其中农业技术发明是农业技术发明主体的产出，也是农业技术创新链循环的起点；农业技术是农业技术发明被农业技术首次商业化使用主体用于农业生产实践的产出，也是农业技术扩散主体开展工作的前提条件；农业技术发明与农业技术的供求信息源于某类主体，又作用于其他主体，它们是联结主体、推动农业技术创新链循环的序参量。

总体而言，客体要素都是源于某类主体，又作用于其他主体。它们对农业技术创新链循环的影响，主要取决于主体对它们的产出和投入使用情况。从这一意义上讲，客体要素在农业技术创新链循环中处于从属地位，但这并不是说客体要素在农业技术创新链循环中不重要。事实上，客体要素是主体要素的创新活动得以进行的基础和前提，也是主体从事创新活动的目的。因此，客体要素在农业技术创新链循环中的作用不容忽视。

三　支撑要素

支撑要素主要指农业技术创新链循环的主体从事正常活动和实现相互之间有机结合所必需的共性要素。主要包括现有农业知识和技术、市场、资金、人才、物质设施、信息和管理等。

1. 现有农业知识和技术

首先，根据前文对农业技术创新内涵的界定，现有农业知识和技术的供给能为农业技术创新提供支持，是农业技术创新的基础；其次，政府要对其他主体产生有效的影响，也离不开现有农业知识和技术的支持；再次，农户对农业技术的采用及其农业技术需求的产生等都要以掌握必要的农业知识和技术为前提；最后，现有农业知识和技术是农业技术创新链各环节反应循环的底物，现有农业知识和技术的存量、结构影响农业技术创新链各环节的反应循环，并通过反应循环影响农业技术创新链的催化循环和超循环，进而影响整个农业技术创新链循环。当现有农业知识和技术的存量充足、结构合理时，就能促进农业技术创新链循环，反之，就会制约农业技术创新链循环。因此，现有农业知识和技术是农业技术创新链循环的支撑要素。

2. 市场

市场的功能主要体现为指示功能、调节功能、价值实现功能和劳动比较功能。首先，市场供求关系反映农业技术创新链各环节主体之间的比例关系，供求关系的变化实质上是农业技术创新链各环节主体之间生产与消费关系的变化，市场是显示农业技术创新链中各类主体关系是否协调的晴雨表；其次，市场能通过供求关系的变化调节资源的合理流动，使创新资源在农业技术创新链中不同主体之间流通、组合，最终实现创新资源在农业技术创新链各环节的优化配置；再次，农业技术创新链中各类主体通过市场销售其产出物，实现其价值，并获取相应的利润，从而为其创新活动的再生产创造条件；最后，市场通过以质论价、优质优价，淘汰那些高于社会必要劳动时间的创新产品，阻止相关农业技术创新主体的创新活动，从而使其资源配置功能得到更好的发挥。因此，市场是农业技术创新链循环的支撑要素之一。

3. 资金

这里的资金是指农业技术创新链中各类主体从事创新活动所占用的物质财富和劳动的货币形态或价值形态。资金在农业技术创新链循环中的作用主要体现为：第一，资金是农业技术创新链循环的先决条件，农业技术创新链中各类主体要进行创新活动，客观上需要一定数量的生产资料，而这些生产资料必须先用资金购买。如农民生产所需要的农机具、种子、化肥等生产资料必须先用资金购买，然后才能与劳动力有机结合，进行具体的农业生产活动。因此，资金是农业技术创新链循环的先决条件。第二，资金是农业技术创新链中各类主体的交换手段和核算工具。农业技术创新链中各类主体都要以资金为交换手段，在市场中获取自己所需要的生产资料，实现自己创新成果的价值，而各类生产资料和各种创新成果的价值核算一般以货币为工具。因此，资金是农业技术创新链中各类主体的交换手段和核算工具。第三，资金是调节农业技术创新链各环节关系的重要手段。由于资金是农业技术创新链循环的先决条件，通过资金在农业技术创新链各环节投放数量的调整，可以调节各环节的关系，把资金投放在农业技术创新链的薄弱环节，能够调节和改善农业技术创新链各环节的关系，进而有利于农业技术创新链循环。第四，资金是促进农业技术创新链循环的催化剂。当农业技术创新链各环节主体都能获得足够的资金时，他们就能获得并有效整合创新资源，对其下游环节主体的技术需求作出及时的反应，从而使农业技术创新链中各环节主体的关系更加协调，进而加速农业技术创新链循环。只有通过资金在农业技术创新链中各环节主体内部和相互之间的不断运动，发挥其生产功能，并创造价值，实现价值增值，才能促进农业技术创新链循环。因此，资金是农业技术创新链循环的重要支撑要素。

4. 人才

人是生产力中唯一具有能动作用的要素，人的素质直接影响着主体的正常活动过程及其产出物。人才的数量、质量和结构是农业技术创新链循环中任何主体有效开展生产活动、提高产出效率和效益的重要支撑。首先，农业技术发明是以现有农业知识和技术为基础，以创造性思维为主的创新活动，需要大量高素质人才；农业技术首次商业化使用需要具有企业家素质的人才；农业技术扩散需要农业技术推广人才和敢于、善于运用成熟农业技术的农业生产人才。农业技术创新链中任何环节人才的缺乏，都会制约农业技术创新链循环。

5. 物质设施

在农业技术创新链循环中，主体的正常生产活动、不同主体之间的有机结合，以及主体的资源获取和产品销售等都必须借助于必要的物质设施才能进行，因此，物质设施是农业技术创新链循环的主要支撑要素之一。物质设施主要包括农业生产基础设施、发明设施、推广设施、农产品加工设施、农业生产资料生产设施、交通设施（如公路、铁路、港口、机场等）、通信设施（如电话、移动通信、网络等）等。

6. 信息

信息是农业技术创新链循环中主体的重要战略资源，及时、完备的信息供给及其有效开发和利用，对于主体获取资金和人才等资源、适应市场，以及实现主体之间的有机结合具有十分重要的意义。离开了信息，农业技术创新链各环节主体将无法获取需求信息和供给信息，难以进行资源的有效整合和价值创造活动，从而使农业技术创新链难以顺畅循环。

7. 管理

管理是农业技术创新链循环的主体整合内部资源、有效利用外部资源，以及适应外部环境的重要手段。可以说，主体从事正常生产活动的过程就是管理过程。缺乏科学管理手段，将使农业技术创新链各环节主体的资源整合能力和效率受到极大的制约，从而制约其技术创新活动，乃至整个农业技术创新链循环。这里的管理包括创新管理、生产（制造）管理和营销管理等。其中，营销管理至关重要。营销管理能力对农业技术创新链循环的各类主体都具有十分重要的意义。营销管理能力具体包括市场调查与预测能力和销售能力。市场调查与预测管理能力是创新主体的第一位管理能力，主体的创新成果要能被其消费者或用户成功接受，必须在事前做一系列的市场调查和预测活动，包括调查与预测消费者（用户）的技术需求、竞争态势、成本和收益、创新成果的可接受性和创新的方向等。只有在充分考虑上述因素的基础上，才能开展有效的创新活动。因此，创新主体必须有较强的市场调查和预测能力。同时，在竞争日益激烈的市场条件下，创新主体的销售能力也不容忽视。销售能力包括不可分割的两个方面。一方面，创新主体应使自己的目标消费者（用户）了解并愿意接受自己的创新成果；另一方面，创新主体要有自己的销售网络，使创新成果能通过销售渠道顺畅流通，实现其价值。不经过充分市场调查与预测的创新必然存在"先天性不足"，容易"夭折"；缺乏销售能力的创新主体会使创新活动"善始而不能善终"，从而前功尽弃。因此，各类主体要高度重视市场调查与预测能力和销售能力的培养。

上述七类要素共同构成农业技术创新链循环的支撑环境。支撑要素是农业技术创新链循环的前提、基础，它们直接影响主体的正常生产活动及其产出效率和效益。同时，主体的需求也影响支撑要素的供给，如政府对支撑要素的供给具有很大的影响。支撑要素对农业技术创新链循环的影响取决于主体对它们的获取和利用情况。如果主体获得并有效利用支撑要素，那么，它们就能推动农业技术创新链循环，否则，就会制约农业技术创新链循环。

综上分析，客体要素和支撑要素都是通过主体影响农业技术创新链循环；主体通过对支撑要素的整合，产出客体要素，并通过客体要素在主体之间的传播、转化、转移，实现它们之间的有机结合，进而推动农业技术创新链循环。主体是农业技术创新链循环的主导要素。

第二节　农业技术创新链循环的要素作用过程

一　农业技术创新链循环中要素的关系分析

（一）要素关系的总体分析

如图4—1所示，农业技术创新链循环的要素之间相互作用、相互依存。支撑要素直接作用于主体要素，并通过主体要素间接作用于客体要素；客体要素直接作用于主体要素，并通过主体要素间接作用于支撑要素；主体要素同时作用于支撑要素和客体要素，它是农业技术创新链循环的主导要素。主体要素之间的关系对农业技术创新链循环的影响最为深远。因此，这里主要分析主体要素之间的关系。

（二）主体要素之间的关系分析

1. 政府与其他主体的关系

政府与其他主体的关系主要是：政府通过农业政策的制定与实施，影响其他主体对客体要素的生产、利用，以及对支撑要素的获取、利用；其他主体在获取和利用支撑要素的基础上生产客体要素，并通过客体要素影响政府行为及其对农业政策的制定和实施。

首先，政府通过农业政策（如农村基础设施投资政策、农业组织政策、农业结构调整政策等）影响农户的生产和生活条件；生产和生活条件影响农户对客体要素的生产和利用能力，以及对支撑要素的获取、应用能力；农户对客体要素和支撑要素的生产、获取和利用能力影响其经济行为；农户的经济行为影响其收入和消费水平；农户的收入和消费水平又影响农业发展水平和农村消费市场的活力，进而影响整个国民经济发展水平和政府的行为。其次，政府通过农业政策影响农户的技术需求，并通过农户的技术需求对直接主体产生影响。最后，政府通过农业政策影响直接主体对客体要素的生产、利用能力，及其对支撑要素的获取、应用能力，从而影响它们的技术创新活动；后者通过其技术创新活动影响农业增长的科技贡献率、农业科技成果的转化率以及农业技术的规模使用率等；农业增长的科技贡献率和农业科技成果的转化率等又影响农业乃至整个国民经济的发展，进而影响政府的行为。

2. 农户与直接主体的关系

首先，农户自身既可能会成为农业技术发明主体，又可能成为农业技术首次商业化使用主体，还可能成为农业技术扩散主体，即农户可能会成为直接主体；当农户成为某类直接主体时，其行为会影响该类直接主体的数量、整体结构和竞争格局等，从而影响直接主体的行为。其次，当农户不作为直接主体时，其技术需求直接影响直接主体技术创新活动的效率，而技术创新活动的效率影响直接主体的收益，收益又影响直接主体的技术创新活动。最后，直接主体通过其技术创新活动影响农业技术的供给；农业技术的供给影响农户技术需求的满足程度；农户技术需求的满足程度影响其收入的增长速度和总体水平；农户收入的增长速度和总体水平又影响农户的行为。

3. 直接主体之间的关系

就农业技术创新链的基本环节之间的关系而言，农业技术发明是农业技术首次商业化使用的始点和源泉；农业技术首次商业化使用是农业技术发明之后和农业技术扩散之前的一个重要环节，它是农业技术发明的继续和农业技术扩散的前提；农业技术扩散是农业技术首次商业化使用的继续和深化，也是农业技术发明的始点和源泉。可见，农业技术创新链的基本环节之间是相互衔接的，前一环节是后一环节的基础和条件，后一环节是前一环节的运行结果，并反作用于前面的环节。因此，农业技术创新链循环的直接主体之间是相依为命的"共生体"。

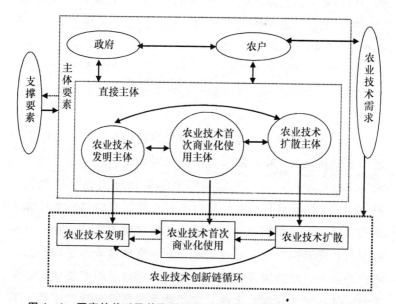

图4—1 要素的关系及其作用于农业技术创新链循环的过程示意图

说明：图中双头箭线表示客体要素在主体之间的传播、转化和转移；实线单箭头表示作用，虚线单箭头表示反作用。

二 要素对农业技术创新链循环的作用过程

不同要素以不同方式作用于农业技术创新链循环。其中，客体要素和支撑要素都通过主体要素对农业技术创新链循环产生影响，而主体要素直接作用于农业技术创新链循环。因此，这里重点分析主体要素对农业技术创新链循环的作用过程。

（一）政府通过农户影响农业技术创新链循环的过程

如图4—2所示，农户的技术需求与农业企业的技术创新是相互作用、相互影响的。

（1）农户的技术需求影响农业企业的发展和农业技术创新。农户的技术需求对农业企业发展和农业技术创新的影响主要体现为：一是农户自身就是农产品生产和储存技术的需求主体，他们对上述技术的需求影响农产品生产和储存技术创新；二是农户的技术需求影响其农业收入，农业收入决定其对农业生产资料的需求，进而决定农业生产资料生产企业的发展和农业生产资料生产的技术创新；三是农户的技术需求影响其对原料农产品的供给能力，进而影响农产品加工企业的发展和农产品加工技术创新。

（2）农业企业的技术创新影响农户的技术需求。农业企业的技术创新对农户技术需求的影响主要表现为：一是农业生产资料生产企业通过技术创新可将禽畜粪便加工成种植业的肥料，完成养殖业到种植业的接口工程；同时也将作物秸秆加工还田，完成不同作物之间、上下茬作物之间的接口工程。二是农业生产资料生产企业通过技术创新可将种植业的主副产品和农产品加工企业的废弃物加工处理，生产成养殖业发展需要的饲料，完成种植业向养殖业、加工业到养殖业的接口工程；同时，它们能将畜禽粪便、屠宰下脚饲料化，完成养殖业内部不同畜种之间的接口工程。三是农产品加工企业通过技术创新可将种植业和养殖业的产品加工后投放市场，完成系统向外环境的接口工程[①]。可见，农业企业的技术创新有利于完成农业接口工程，延长农业产业链，进而增加农民收入。农民收入的增加，又能刺激其技术需求。

可见，只有当农户的技术需求与农业企业的技术创新行为实现良性互动时，才能促进农业技术创新和农业技术创新链循环。其中，农户的技术需求起着引擎作用。因为没有农户的技术需求，农业生产资料生产企业的产品将无法销售，农产品加工企业的原料供给也得不到保障，从而使农业企业的生存和发展面临危机，进而影响它们的技术创新行为。因此，如果政府的农业政策有利于刺激农户的技术需求，有利于推动农户的技术需求与农业企业技术创新之间良性互动关系的形成，那么，政府就能通过农户促进农业技术创新链循环；反之，则会制约农业技术创新链循环。

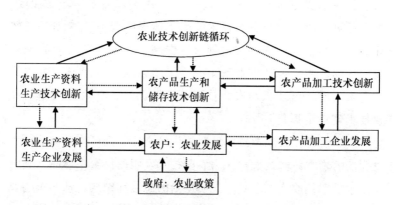

图4—2　政府通过农户影响农业技术创新链循环示意图

①　蒋和平等：《农业科技园的建设理论与模式探索》，气象出版社2002年版，第22—23页。

（二）政府和农户通过单个直接主体影响农业技术创新链循环的过程

政府和农户可以通过三种途径影响单个直接主体，进而影响农业技术创新链循环（如图4—1）。

（1）政府和农户通过农业技术发明主体影响农业技术创新链循环的过程。农业技术发明是农业技术发明主体利用一定的人、财、物和信息资源投入所进行的创造性活动。政府通过农业政策影响农业技术发明主体的农业技术发明活动。如政府通过农业科技政策影响农业科研机构和农业高等院校的人、财、物和信息供给，进而影响它们的农业技术发明活动。因为农业技术发明是农业技术首次商业化使用的始点和源泉，农业技术首次商业化使用是农业技术扩散的前提，农业技术扩散又是农业技术发明的始点和源泉，所以，农业技术发明的供给能影响农业技术首次商业化使用和农业技术扩散。同时，农业技术发明的供给也受农业技术首次商业化使用和农业技术扩散的影响。可见，政府通过农业技术发明主体影响农业技术创新链循环的过程是借助于农业技术创新链中基本构成环节之间的关系而实现的。当政府的农业政策有利于增强农业技术发明主体的发明实力时，就能推动农业技术创新链循环；反之，则制约农业技术创新链循环。

农户既可作为农业技术发明的供给主体，又可作为农业技术发明的需求主体。当农户作为农业技术发明的供给主体时，其农业技术发明能改变农业技术发明供给的总量和结构，从而影响农业技术创新链中后续环节的活动和农业技术创新链循环；当农户作为农业技术发明的需求主体时，农户通过其对农业技术发明的需求影响农业技术发明的供给，并通过农业技术发明供给状况的改变，影响农业技术首次商业化使用和农业技术扩散，进而影响农业技术创新链循环。一般来说，作为农业技术发明主体的农户数量增加或农户对农业技术发明的需求增加，有利于推动农业技术创新链循环；反之，农户就可能成为农业技术创新链循环的制约要素。

（2）政府和农户通过农业技术首次商业化使用主体影响农业技术创新链循环的过程。农业技术首次商业化使用是连接农业技术发明和农业技术扩散的纽带和桥梁。政府通过农业政策影响农业技术首次商业化使用主体技术创新活动的成本、收益和获利水平，从而影响农业技术首次商业化使用。当农业政策有利于农业技术首次商业化使用主体降低成本、增加收益和提高获利水平时，就能刺激农业技术首次商业化使用活动，并通过农业技术首次商业化使用的纽带作用，实现农业技术创新链中不同环节之间的有机结合，进而推动农业技术创新链循环。反之，政府就会成为制约农业技术创新链循环的要素。

农户通过农业技术首次商业化使用影响农业技术创新链循环的过程主要有两种方式。一是农户直接从事农业技术首次商业化使用活动；二是农户作为农业技术首次商业化使用环节产出物的需求主体。当农户直接从事农业技术首次商业化使用活动时，一方面能增加农业技术首次商业化使用主体的数量，改变农业技术首次商业化使用环节中不同主体之间的竞争格局；另一方面，能够影响农业技术首次商业化使用产出物的供给数量和结构。通过上述两方面的作用，农户可以影响农业技术首次商业化使用环节的功能，从而影响农业技术创新链循环。参与农业技术首次商业化使用活动的农户数量增加，有利于促进农业技术创新链循环；反之，则可能制约农业技术创新链循环。当农户作为农业技术首次商业化使用产出物的需求主体时，其需求的增加能够提高农业技术首次商业化使用主体的获利水平，从而刺激农业技术首次商业化使用活动的不断进行，进而推动农业技术创新链循环。反之，则能在很大程度上制约农业技术创新链循环。

（3）政府和农户通过农业技术扩散主体影响农业技术创新链循环的过程。农业技术扩散是农业技术首次商业化使用的继续和深化，也是农业技术发明的始点和源泉。政府通过农业政策影响农业技术扩散主体的资源投入、资源产出效率和资源获利水平，从而影响农业技术扩散和农业技术创新链循环。目前，我国农业技术扩散工作主要通过各级农业技术推广组织完成，政府对农业技术推广组织在人、财、物和信息资源的有效供给，对于促进农业技术扩散，推动农业技术创新链循环具有十分重要的意义。当农业政策有利于农业技术扩散主体增加资源投入、提高资源产出效率和获利水平时，就能刺激农业技术扩散活动的不断进行，进而推动农业技术创新链循环；反之，政府就会制约农业技术创新链循环。

就农户而言，一方面，农户可以通过自身的农业技术扩散活动，增加被扩散农业技术的数量或改变其供给结构，从而影响农业技术扩散和农业技术创新链循环；另一方面，农户可以通过自身对扩散农业技术需求的变化，影响农业技术扩散主体的收益，进而影响农业技术扩散和农业技术创新链循环。从事农业技术扩散活动的农户数量增加或农户对被扩散农业技术的需求增加，能够推动农业技术创新链循环。相反，从事农业技术扩散活动的农户数量少或农户对被扩散农业技术的需求不足，则会使农户成为农业技术创新链循环的制约要素。

可见，政府和农户通过单个直接主体影响农业技术创新链循环的过程，就是通过影响并借助单个直接主体的技术创新活动，影响农业技术创新链中各环节之间的衔接而实现的。当政府的农业政策和农户的行为有利于增强单个直接主体的技术创新能力时，他们就能推动农业技术创新链循环；反之，则会制约农业技术创新链循环。因此，推动农业技术创新链循环必须增强单个直接主体的技术创新能力。

（三）政府和农户通过多个直接主体影响农业技术创新链循环的过程

从图4—1可以看出，政府和农户可以通过四种途径影响多个直接主体，进而影响农业技术创新链循环。根据政府和农户对不同直接主体组合中单个直接主体及多个直接主体之间有机结合的不同影响，可以将他们影响农业技术创新链循环的过程分为不同的路径，具体路径如表4—1所示。

表4—1　　政府和农户通过多个直接主体影响农业技术
创新链循环的可能过程表

直接主体 政府（农户）	农业技术 发明主体	农业技术首次 商业化使用主体	农业技术 扩散主体	有机结合
农业政策或农户行为的影响：+表示提高对应主体的技术创新能力和增强不同主体之间的有机结合；-表示制约。	+ 1	- 2	- 3	+13 -14
	- 4	+ 5	+ 6	+15 -16
	- 7	- 8	+ 9	+17 -18
	+ 10	+ 11	+ 12	+19 -20

（1）政府和农户通过两类直接主体影响农业技术创新链循环的过程。由表4—1可知，根据直接主体组合的不同，可将政府和

农户通过两类直接主体影响农业技术创新链循环的过程分为三种类型，即"农业技术发明主体＋农业技术首次商业化使用主体"、"农业技术首次商业化使用主体＋农业技术扩散主体"和"农业技术扩散主体＋农业技术发明主体"。上述三种类型分别表示政府和农户通过农业技术发明主体和农业技术首次商业化使用主体共同影响农业技术创新链循环的过程；政府和农户通过农业技术首次商业化使用主体和农业技术扩散主体共同影响农业技术创新链循环的过程；政府和农户通过农业技术扩散主体和农业技术发明主体共同影响农业技术创新链循环的过程。对应于直接主体的上述三种组合中的每一种组合，政府和农户影响农业技术创新链循环的过程都有八种可能。如对应于"农业技术发明主体＋农业技术首次商业化使用主体"组合的过程主要有（1、2、13），（1、2、14），（4、5、15），（4、5、16），（7、8、17），（7、8、18），（10、11、19）和（10、11、20），其中，（7、8、18）对农业技术创新链循环的制约最强，（10、11、19）最有利于推动农业技术创新链循环。即当政府的农业政策或农户的行为既能提高农业技术发明主体的发明能力，又能提高农业技术首次商业化使用主体的商业化使用能力，还能增强农业技术发明主体和农业技术首次商业化使用主体的有机结合时，则对农业技术创新链循环具有很强的促进作用；反之，则对农业技术创新链循环形成极大的制约。

同样，对应于"农业技术首次商业化使用主体＋农业技术扩散主体"组合，（2、3、14）最不利于农业技术创新链循环，（11、12、19）最有利于推动农业技术创新链循环；对应于"农业技术扩散主体＋农业技术发明主体"组合，（6、4、16）对农业技术创新链循环的制约最强，（12、10、19）对农业技术创新链循环的推动作用最明显。

（2）政府和农户通过三类直接主体影响农业技术创新链循

环的过程。由表4—1可知，在假定政府的农业政策或农户的行为对三类直接主体之间有机结合的影响只有增强和削弱两种可能的前提下，政府和农户通过三类直接主体影响农业技术创新链循环的过程共有16种可能。其中（10、11、12、19）最有利于推动农业技术创新链循环，即当政府的农业政策或农户的行为有利于同时提高三类直接主体各自的技术创新能力，并有利于增强三类直接主体之间的有机结合时，政府和农户对农业技术创新链循环的推动效果最明显。

可见，政府和农户要通过多个直接主体推动农业技术创新链循环，必须实现提高各个直接主体的技术创新能力和增强不同直接主体之间有机结合的统一。因此，促进农业技术创新链循环既要提高单个直接主体的技术创新能力，又要增强直接主体之间的有机结合。

（四）直接主体影响农业技术创新链循环的过程

直接主体影响农业技术创新链循环的过程主要有四种方式：一是通过自身技术创新能力的改变，以及与其他直接主体关系的改变，影响农业技术创新链循环。当每个直接主体都不断提高自身的技术创新能力，并增强与其他直接主体之间的合作，实现不同直接主体之间的有机结合和农业技术创新链中各环节之间的有效衔接时，则能促进农业技术创新链循环。二是通过影响农户的技术需求而影响农业技术创新链循环。当直接主体的技术创新活动与农户的技术需求形成良性互动时，则能推动农业技术创新链循环；反之，则可能制约农业技术创新链循环。三是通过影响政府的行为而影响农业技术创新链循环。如果直接主体通过自身行为影响政府行为，使政府制定和实施有利于提高他们自身的技术创新能力和增强相互之间有机结合的农业政策，则能推动农业技术创新链循环。四是直接主体通过自身的技术创新活动影响农户的行为，并通过农户影响政府的行为，使政府制定和实施相应的农业政策，进而影响农业技术创新链循环①。当直接主体通过对农户行为的影响，使政府制定和实施有效的农业政策，则能推动农业技术创新链循环。

可见，促进农业技术创新链循环，不仅要提高直接主体的技术创新能力，增强他们之间的有机结合，而且要推动政府、农户和直接主体之间良性互动关系的形成。只有这样，才能增强主体对客体要素的生产、利用能力，以及他们对支撑要素的获取、应用能力，进而促进农业技术创新链循环。

第三节　农业技术创新链循环的要素优化

根据前文分析，只有提高直接主体的技术创新能力，推动主体之间良性互动循环关系的形成，增强主体对客体要素的生产、利用能力以及它们对支撑要素的获取、应用能力，才能促进农业技术创新链循环。因此，要对农业技术创新链循环的要素加以优化。这里的优化，对支撑要素而言，就是保障其有效供给；对主体要素而言，就是提高各个主体自身的能力，改善不同主体结合的结构，增强主体之间的协同，以及提升它们作为一个整体的综合竞争力。

一　支撑要素的优化

支撑要素是农业技术创新链循环的前提、基础，没有支撑要素的有效供给，将会影响部分或全部主体的正常生产活动，从而

---

①　农户通过政府影响农业技术创新链循环的过程与此类似，所以，对其不再作具体分析。

制约农业技术创新链循环。因此，农业技术创新链循环要以有效的支撑要素供给作保障。当然，支撑要素的供给主要取决于主体要素对支撑要素的需求，以及支撑要素供给主体的供给能力之间的协调。当主体关于支撑要素的需求对支撑要素供给主体形成足够的吸引力时，就能在很大程度上保障支撑要素的有效供给，实现支撑要素的优化。具体来说，当主体之间关系协调时，它们能不断产出创新成果，从而增加现有农业知识和技术的存量；各类主体之间交换产出物的过程，能够逐步完善农业技术市场，并使各类主体在市场上实现其产出物的价值，获得相应的收益。而收益又能作为资金投入到它们的创新活动中，使它们能够引进和培养人才，建设完整的信息网络，购置必要的物质设施，进行科学管理等。因此，下文将重点分析主体要素的优化。

二　主体要素的优化

如前所述，农业技术创新链具有超循环特征。超循环结构只能在演化中存在。超循环结构存在、进化必须满足三个前提条件：一是以足够大的负熵流推动结构的新陈代谢；二是以足够强的复制能力使系统信息得以积累、遗传；三是以足够强的组元间的功能耦合保证结构的存在和发展。必须同时具备上述三个条件，超循环结构才能稳定存在，发展进化，否则，退化是不可避免的。农业技术创新链也是一个自组织系统，农业技术创新链循环是主体通过自组织过程所实现的对支撑要素的获取和应用以及不同主体的有机结合推动的结果。一个系统要成为自组织系统必须具备四个条件：开放性、远离平衡、非线性作用和存在涨落。通过自组织形成超循环结构进化的条件，进而推动农业技术创新链循环。因此，创造农业技术创新链循环中主体要素的自组织条件，是优化主体要素和促进农业技术创新链循环的重要手段。

（一）扩大主体对外开放

系统的开放即系统与环境之间不断交换物质、能量和信息，它使系统的总熵不断降低，熵值负增长。根据自组织理论，系统不断与外界进行物质、能量、信息的交换，才可能形成新的有序结构。扩大主体对外开放是指为促进农业技术创新链循环而不断推动其主体与外部环境（包括主体环境和支撑要素环境）交换物质、能量和信息。

如图4—3所示，农业技术创新链循环是主体根据可能提供的支撑要素，通过对内部资源的整合和有效利用，实现主体之间的有机结合和对支撑要素环境的适应而进行的。扩大主体对外开放，不仅有利于单个主体与外部环境的其他主体交换物质、能量和信息，从而提高各个主体的实力，促进主体之间的有机结合，而且有利于不同主体作为一个整体从支撑要素环境中获取它们所需要的人、财、物和信息资源，提高它们适应支撑要素环境的能力。同时，扩大主体对外开放还有利于支撑要素环境中相关主体

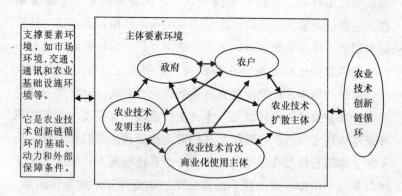

图4—3 农业技术创新链循环的主体开放促进示意图

说明：图中的双箭线表示物质、能量和信息在不同主体要素及主体要素与支撑要素环境中相关主体之间的交换。支撑要素环境主要指支撑要素构成的环境。

了解单个主体和全部主体的需求，为它们提供有效的支撑要素供给，从而促进农业技术创新链循环。具体而言，扩大主体开放程度对促进农业技术创新链循环的作用主要体现在：

1. 扩大政府对外开放对农业技术创新链循环的促进作用

扩大政府对外开放，一方面有利于政府借鉴发达国家政府发展农业的成熟经验；另一方面，有利于政府充分了解农业技术创新链循环中其他主体的政策需求，从而使政府制订和实施的农业政策能"符国情，顺民心，合民意"（其中，"民"主要指农业技术创新链循环中的其他主体），进而实现其他主体的有机结合和农业技术创新链循环的顺畅运行。

2. 扩大农户对外开放对农业技术创新链循环的促进作用

（1）农户技术采用行为的决策因素。推动农户技术采用行为的主要因素有：农户的技术需求欲望；农户技术采用行为的动机和农户技术采用行为的目标。其中，农户的技术需求欲望是推动农户技术采用行为发生的原动力；动机是农户技术采用行为发生的直接力量；目标是农户采用新技术所要达到的预期效果。一般来说，农户对技术采用行为的预期效果取决于两个因素：一是技术采用行为所产生的实际效果（报酬）；二是技术采用行为成功的可能性。面对一项可供选择的技术，农户是否采用取决于学习采用技术的成本与采用技术的预期收益的比较。农户采用新技术的决策点是学习采用新技术的边际成本等于采用新技术的边际收益。学习采用新技术的成本与农民的自身素质、农业技术推广组织及市场服务体系相关，包括学习采用技术的直接成本、机会成本和交易成本等。预期收益与采用新技术的边际收益直接相关。农户采用新技术所承担的风险较大，既有成功的机会，又有失败的可能。农户技术采用行为成功的概率是由农户成员的个人素质、行为环境、行为性质等决定的。若农户成员的素质差，采用技术的外在环境不利，则农户采用农业技术成功的概率就低，农业技术扩散的难度就大①。

（2）扩大农户对外开放，促进农业技术创新链循环的过程。扩大农户对外开放，一方面通过农户与外部环境中其他主体之间的物质、能量和信息交换，刺激农户的技术需求欲望，增强农户技术采用行为的动机，降低农户学习采用技术的成本，提高其采用技术的预期收益，从而增加农户对农业技术的有效需求；另一方面，农户能将自己的政策需求信息、农业技术需求信息等有效地传达给政府和直接主体，从而使农户能在有利的政策环境下，获得有效的农业技术供给，进而提高农户采用技术的获利水平，增加农户的农业收入。

伴随着采用农业技术获利水平的提高和农业收入的增加，农户对农业技术的有效需求增加。而农业技术的有效需求增加，又能刺激其有效供给，从而使农户与直接主体之间形成良性互动关系，进而促进农业技术创新链循环。

3. 扩大农业技术发明主体对外开放对农业技术创新链循环的促进作用

农业技术发明是农业技术创新链的首要环节，也是农业技术创新链循环的起始点。俗话说："良好的开端，是成功的一半。"农业技术发明决定农业技术首次商业化使用环节的技术供给，农业技术发明的质量在很大程度上决定首次商业化使用主体所生产的新产品和成熟技术的市场竞争力。而首次商业化使用主体所生产的新产品和成熟技术的竞争力又决定其商业化活动的成败和农业技术扩散的难易程度。因此，农业技术发明是决定农业技术创

---

① 朱希刚等：《技术创新与农业结构调整》，中国农业科学技术出版社 2004 年版。

新链循环的重要环节。

（1）农业技术发明的不确定性。农业技术发明的不确定性主要指：一是结果的不确定性。所谓结果的不确定性是指农业技术发明单位和个人，在农业技术发明工作开始前，尽管为其发明工作规定了某些具体的目标，但能否取得预期的发明以及发明活动最终将取得怎样的具体结果，他们是难以预先判定的。在农业技术发明领域，"有心栽花花不发，无心插柳柳成阴"的事司空见惯。二是路径的不确定性。农业技术发明路径的不确定性主要是指其技术路径的不确定性，这是由农业技术发明本身的技术不确定性所决定的。农业技术发明的技术不确定性主要表现在事先难以断定哪条技术途径能达到预定的目标，哪条技术途径是达到预定目标的最佳途径上。其中包括选择实现发明目标的最佳技术途径。但是，利用同样的底物进行农业技术发明的技术途径有很多，到底其中的哪些途径能实现预期的发明目标？哪些又是实现目标的最佳技术途径？这具有很大的不确定性。三是目标的不确定性。所谓目标的不确定性是指在农业技术发明活动开始前，农业技术发明主体难以判定通过发明活动是否能切合实际地、令人满意地达到预期目标。在我国现有的农业科研体制下，农业技术发明主体一般都是围绕完成政府相关部门的课题展开其发明活动的，一方面，虽然政府在课题立项时可能已考虑到农业生产对技术的需要，但政府部门认为需要的技术，不一定就是农户或农业企业实际生产所需要的技术；另一方面，农业技术发明活动要取得一定的成果，需要经历一个比较长的时间段，在这段时间里，农业技术发明主体内部可能会发生一些变化（例如，发明人员的流动、资金供给状况的变化），使得他们难以取得预期的成果。同时，在这段时间里，农户或农业企业的技术需求也可能会发生变化，这一变化很可能会使得原定发明的目标与他们的期望相差甚远。四是管理的不确定性。从管理学的角度讲，组织的任何活动首先要有明确的目标，然后根据目标确定期望的结果，再通过计划为实现目标选择合理的路径。然而，农业技术发明活动的目标、结果和路径都具有不确定性。农业技术发明主体事先难以断定采取什么样的管理模式、采用怎样的管理措施，才能保证发明工作顺利完成，并能通过资源的最佳配置实现期望的商业目标①。

农业技术发明的不确定性与其风险性密切相关。它意味着农业技术发明的风险，也意味着农业技术发明主体的努力不一定能取得预期成果和期望利润，甚至可能会出现亏损。在农业技术发明的风险防范机制不健全的条件下，农业技术发明必然会受到制约。

（2）农业技术发明的人员要求。农业技术发明是发明人员对现有农业知识和技术进行思维整合与实践加工的，是一项不确定性很强的创造性活动。因此，从理论上讲，农业技术发明人员应该具备以下素质：一要有多元的知识储存。农业技术发明要求发明人员具有敏锐的洞察力和科学的判断力。而敏锐的洞察力、科学的判断力以及意外现象的理解，都是以知识的积累为前提的。没有渊博的知识做基础就形不成开放的系统，就无法对事物进行创新的想象、判断、吸纳与综合，就很难"冒出"新思想，迸发出色彩斑斓的创新火化。所以，要发明有用成果，发明人员就不仅要钻研、更新专业知识，还应十分注意异质知识的补充，尽可能涉猎多领域的新知识，努力打造适合于发明的最佳知识限度、最佳知识结构和最佳知识层次②。二要有广泛的兴趣。兴趣是农业技术发明人员做好发明工作的原动力，是农业技术发明的

---

① 桑赓陶、郑绍濂：《科技经济学》，复旦大学出版社1995年版。
② 同上。

催化剂。所以，农业技术发明人员要善于培养自己广泛持续的兴趣，寻找和发现事物的内在美，保持持久的好奇心，让其发明的个性自由张扬。例如，我国小麦育种专家殷贵鸿，正是因为对小麦育种有浓厚的兴趣，才使他一年四季忙于小麦新品种的培育，为小麦育种奉献自己的青春。他先后培育出周麦系列 15 个新品种，其中周麦 11、12、16、17、18 经过国审，5 个通过省审，6 个品种正在参加国家和省级区域试验，累计推广种植 6077 万多亩，新增经济效益 15 亿多元①。三要富有勇敢精神。首先，农业技术发明是具有风险的探索活动，发明工作十分艰难曲折，其最危险的敌人就是胆怯；其次，农业技术发明的对象都是未知的世界，要在那里探索就需要大无畏的勇敢精神；再次，农业技术发明的周期长，风险大，只有勇敢者才能进入农业技术发明的殿堂；最后，我国农户习惯于传统农业经营模式，农业技术发明人员必须要有"思想上的大无畏"，只有这样，才能冲破沉重的传统束缚，挣脱习惯的羁绊，摒弃不合时宜的条条框框，取得一定的发明成果。可以说，没有勇敢精神，就没有农业技术发明的产生，也就没有农业技术创新。很难想象，如果没有勇敢精神，袁隆平能成为"杂交水稻之父"。

（3）扩大农业技术发明主体对外开放，促进农业技术创新链循环的过程。扩大农业技术发明主体对外开放，一方面能够帮助农业技术发明主体获取充分的信息（如农业技术发明需求信息、农业基础知识和技术的供给信息、农业基础研究信息等），降低农业技术发明的不确定性；另一方面，能使农业技术发明主体获得有效的人员和设施供给，提高其农业技术发明能力。

---

① 邵文杰：《从农民到小麦育种专家》，《光明日报》2006 年 9 月 18 日。

农业技术发明活动不确定性的降低和农业技术发明主体发明能力的提高，能够增加农业技术发明的有效供给；农业技术发明的有效供给，能够提高农业技术首次商业化使用活动的成功率，推动农业技术首次商业化使用活动的不断进行；农业技术首次商业化使用活动的不断进行，能够产出大量的成熟农业技术；成熟农业技术数量的增加，能够提高农业技术扩散的速度和效率，从而推动农业技术创新链循环。

4. 扩大农业技术首次商业化使用主体对外开放对农业技术创新链循环的促进作用

农业技术首次商业化使用是连接农业技术发明和农业技术扩散的桥梁和纽带，也是将农业技术植入农业生产系统的试验环节。农业技术发明不经过这一环节在经济和技术上的检验，并使其变为成熟的技术，就难以进入扩散环节，也就不可能在农业经济发展中发挥"第一生产力"的作用。因此，农业技术首次商业化使用是农业技术创新链循环的核心环节。

（1）农业技术首次商业化使用的特征。农业技术首次商业化使用的特征主要体现在以下几个方面：

第一，要对农业技术发明进行筛选。从理论上讲，农业技术在一定程度上具备了在农业生产或农业技术发明中使用的条件。但是，从实际的角度看，并不是所有农业技术发明都能自然而然地进入首次经济使用环节或首次发明使用环节。其原因主要在于：无论农业技术首次发明使用，还是农业技术首次经济使用，它们都是一种以获取商业利润为主要目标的活动。同时，由于使用主体的条件有限，它必然要选择在商业上最有前途的农业技术发明，而且在选择过程中，经济准则主宰着农业技术的命运。经济前景不太好的农业技术发明难以进入首次商业化使用环节。同时，农业技术发明在很大程度上只是概念性的东西，要将它转化成实用技术，还需要解决一系列技术问题，以保证其技术上的可行性。因此，农业技术发明的首次商业化使用主体，要选择技术上可行的发明成果。

第二，农业技术的首次商业化使用未必都会获得成功。对于有幸进入商业化阶段的农业技术发明来说，最终能否成功地商业化仍然存在着很大的不确定性。这种不确定性主要来源于：一是技术上存在着有待解决的问题；二是成本估计存在困难；三是市场风险大；四是对补充条件的依赖。

对农业技术的首次经济使用主体来说，从技术的角度看，农业技术发明尚未经过技术准则的严格检验，也没有置备较为完善的成套技术文件和样品样机，农业技术首次经济使用主体缺乏"使用手册"或"应用指南"，在技术上存在不少问题。同时，一方面，我国农业技术首次经济使用主体的核心是农户，农户的文化水平比较低，对新技术的理解、掌握能力比较差，容易出现技术理解上的偏差和技术掌握上的偏误；另一方面，农业生产具有很强的地域性，而农业技术发明一般是在某一地区、在实验或试验条件下取得的，要将该成果成功地用于该地区或其他地区的农业正常生产活动中，还需要解决农业技术的适应性问题。此外，新技术的许多不足之处和缺陷只有当生产规模达到一定的水平、在正常生产和销售时才会暴露出来。这些在经济使用过程中暴露出来的技术问题得不到有效的解决，技术发明就不可能获得经济的成功。而且在经济使用过程中所暴露出来的技术问题有时很难解决。从成本估计的角度看，农业技术首次经济使用主体是追求利益最大化的经济主体，它们选择欲加以首次经济使用的农业技术发明的标准是边际收益大于边际成本，即只有当它们预期到采用农业技术发明的边际收益高于其边际成本时，才会将其加以首次经济使用。由于农业生产的高风险性及农业对农户的生存保障功能，它们在做出首次经济使用决策时，一般将相应技术的采用成本估计得比较高，而将其收益估计得比较低，最终可能会使一些具有较好应用前景的农业技术发明，因成本估算的偏差而被拒绝于农业生产之外。从市场风险的角度看，农业技术发明经济使用获得成功的标志不仅要使新技术能够投放市场并被其潜在采用者所接受，而且要使采用新技术生产的产品被消费者所接受。农业技术发明的首次经济使用要经过两种市场和两类主体的检验，即农业技术发明既要经受农业技术市场上农业技术的潜在经济使用主体的检验，又要经受农产品消费市场上最终消费者的检验。只有经受住上述双重检验的农业技术发明，才算在经济使用中获得了成功。由于两种市场和两类主体在需求内容、需求特点、市场竞争的激励程度等方面存在差异，而且两种市场和两类主体分别由农业技术发明主体和农业技术首次经济使用主体来面对，它们在了解、把握和开拓市场的能力等方面也存在差异，农业技术首次经济使用面临着较大的市场风险。从补充条件依赖的角度看，一个创新项目在经济使用阶段能否获得成功，不仅取决于项目自身的因素，还取决于外界的补充条件是否具备。补充条件的缺乏或不适当都会阻碍农业技术首次经济使用的成功。拿19世纪末的重大发明——摘棉机为例。摘棉机是1889年在美国被发明的，到1922年该机器的技术开发获得了成功并获得了有关的专利。然而，尽管摘棉机在技术上已很完善、生产效率十分高、可节省大量的劳动力，但是，面对20世纪30年代美国的高失业率和低工资水平，该机器迟迟不能投入一定规模的生产。1942年，当美国的劳动力逐渐变为一种稀缺资源时，这种机器才开始小规模生产。而大多数人认为，直到1948年这种机器大量投入市场并得到广泛应用时，它的经济使用才算获得了成功。

同样，对农业技术首次发明使用主体来说，它也要考虑自己是否具有将某项技术用于其农业技术发明活动的技术条件，以及自己能否解决将该技术用于其发明活动的相关技术问题；利用该技术的发明成本和收益是否合理；能否为自己利用该技术产出的发明成果找到相当数量的"买主"；自己能否创造相应的补充条件，以充分利用该技术等。即农业技术首次发明使用主体也面临着前文所述的风险。这使它对某项技术的首次发明使用未必能获得成功。

第三，农业技术的首次商业化使用是农业技术创新链上最花钱的活动。就农业技术首次经济使用而言，农业技术首次经济使用过程是技术发明在一个新产品或一项新工艺中具体化的过程，也是具有商业价值的农业技术创新成果产生的过程。它往往涉及需要建造新厂房或购买新机器、新设备等，这是农业技术首次经济使用需要投入大量资金的原因之一。农业技术首次经济使用需要投入大量资金的原因之二是，在市场上投放一种新产品通常伴随着需要在销售活动方面投入大量费用。例如，陕西省周至县的燕君芳，2000年从西北农林科技大学毕业后，为将自己在上学期间配制的饲料商业化，投资5万多元在杨凌兴建了一个饲料加工厂；为了让农民所养的猪具有竞争力，以调动他们养猪的积极性，进而带动他们对饲料的需求，她决定建一个种猪场，为农民提供良种猪崽。2002年她又投资几万元建成一个年出栏1万头的规模猪场，并由深圳一家公司提供价值100万元的635头种猪入股经营，她的种猪场才投资到位。为了解决农民养猪的技术问题，她请专家给农民讲课，教给他们养猪的相关技术，并给听课的农民支付"工资"，听一次课每人发给10元钱。仅2003年上半年，就发出5万多元。同时，她给养猪农户免费提供饲料，这也需要一大笔费用。此外，为了解决农户卖猪难问题，她自己收购生猪，并开设专卖店销售猪肉，这在租赁店面、雇佣人员等方面也需要很高的费用。农业技术首次经济使用的费用之高由此可见。

对农业技术首次发明使用主体来说，它要使用某项技术发明所产出的新成果，并借此获得合理的报酬，一般也需要支付很高的费用。例如，某农业高等院校想从国外获得一个较好的农作物新品种开发思路，并想通过生产和销售这些新品种获得收益。为此，该院校需要建立不同农作物的小试和中试基地，购买相应的设备，培育相关人员。同时，为了促进新品种的销售，它还要建立一个新品种示范基地，这样，该院校可能还要征用耕地，并对其进行改良（如新建灌溉设施，对耕地进行平整，建造温棚等），这些都需要大量的投资。

（2）农业技术首次商业化使用的成功条件。要获得农业技术首次商业化使用的成功，相关主体必须重视以下工作：

第一，要善于利用外部的农业科技成果。就农业技术首次经济使用主体而言，农业技术首次经济使用是以获得农业技术发明为起点的，这里的农业技术发明既可以是农业技术首次经济使用主体自行研发的，又可以是它们从外界引进的。从我国农业技术首次经济使用主体来看，它们一般不可能自己进行农业技术发明，一方面，我国农业企业的数量少，实力弱，缺乏农业技术发明能力；另一方面，我国农户由于其经营规模小，家庭成员的知识水平较低，也缺乏进行农业技术发明的能力。因此，我国农业技术的首次经济使用主体一般倾向于从外部获得农业技术发明。为此，农业技术的首次经济使用主体必须与外部的农业技术发明主体保持广泛、良好的联系，必须密切跟踪外部的农业科研动态，善于从众多的外部农业科研成果中选取与自身所处环境最适宜的成果来进行首次经济使用[①]。同时，农户或农业企业在首次

---

① 桑赓陶、郑绍濂：《科技经济学》，复旦大学出版社 1995 年版。

将某一项农业技术发明进行经济使用时往往会遇到一系列技术问题，这些技术问题的解决对于其经济活动的成功具有十分重要的意义。而仅靠农户或农业企业自身则难以解决这些问题，往往需要借助农业技术发明主体已有的发明，或者需要它们进行配套技术的发明才能解决。从这一意义上讲，与外部的农业科技界保持专门化的联系是农业技术首次经济使用获得成功的重要因素之一。例如，近年来，宝鸡市农业发展取得了显著的成效，这在很大程度上应归因于其专家大院为农户或农业企业获取外部农业科研成果搭建了平台。

对农业技术首次发明使用主体来说，他应该更善于利用外部的农业科技成果。首先，农业技术首次发明使用主体要取得成功，必须了解农业技术发明动态，了解农业技术发明的供求状况，了解哪些农业技术发明比较"畅销"；其次，它要结合自身条件，看哪些"畅销"的农业技术发明适合自己使用，并了解这些发明的主体是谁，它们是否愿意转让自己的发明，以及转让方式、转让价格等；再次，它还要了解使用某种"畅销"的农业技术发明需要哪些配套技术，自己需要从外界获得哪些配套技术，这些配套技术能否获得等。此外，它还要预期自己在利用该发明过程中可能会遇到哪些技术问题，有哪些农业技术发明主体能够而且愿意帮自己解决这些问题等等。这些都要求农业技术首次发明使用主体善于利用外部的农业科研成果。

第二，要重视销售环节。农业技术首次商业化使用主体在其产品销售中要重视几个方面的问题：一要了解市场需求。农业技术首次发明使用主体与首次经济使用主体都要通过销售其产品获得收益，因此，二者都要关注市场需求。其中，前者主要了解后者对农业技术发明的需求，因为后者的需求决定前者"产品"的销售；后者主要了解市场对其产品的需求，因为后者要通过对前者发明的实践应用，生产出能满足市场需要的产品，并通过销售产品获得利润。只有当市场对其产品的需求达到一定的规模，它才能实现自己的经济目标，并可能会进一步将前者的发明投入经济使用。从这一意义上讲，农业技术首次发明使用主体要了解两种市场需求，即农业技术发明成果本身的市场需求及其经济使用中所产产品的市场需求。许多经济学家的研究表明，以市场需求为导向的农业技术首次商业化使用活动的成功率要相对地高得多。而农业技术首次商业化使用活动要做到以市场需求和需要为导向，就必须事先开展深入细致的市场调查和研究工作，以确定市场需求。二要对用户进行教育。尽管是否以市场需求为导向可能对农业技术首次商业化使用活动的成败会产生巨大的影响，但是，在众多的农业技术首次商业化使用活动中仍有相当比例的活动是在"科技推力"的推动下开展的。对于这类农业技术首次商业化使用活动来说，其"产出物"可能并不存在一个现成的市场。但是，这并不等于消费者（包括农业技术发明的首次商业化使用主体）没有需求，关键在于从事这类农业技术首次商业化使用活动的主体能否对消费者进行教育，激发消费者对其"产出物"的需求。即使对以市场需求为导向的农业技术首次商业化使用活动来说，也存在对消费者进行教育的问题。农业技术首次发明使用主体及首次经济使用主体对市场需求做出反应并不是完全消极和被动的，它们往往会利用新的农业科学技术知识对消费者目前所需要的功能和功效加以改进和提高。对于这些改进和提高消费者未必是了解和理解的，因此就有必要对他们进行教育。许多经济学家的研究表明，对消费者进行教育，通过教育把"新概念"推销给消费者，也是农业技术首次商业化使用活动获得成功的重要因素。需要特别强调的是：农业技术首次发明使用主体尤其要重视消费者的教育工作，因为消费者对农业技术发明的掌握程度直接决定着它们采用该发明的预期收益和预期成本（包括风险成本），并决定它们对该发明的需求，所以，对农业技术首次发明使用主体来说，通过教育让其发明的消费者掌握相关技术与知识颇为重要。三要重视科技人员与销售人员的沟通和密切合作。农业技术首次商业化使用是科技人员和销售人员合作的领域。从农业技术首次发明使用主体的角度看，目前，我国农业技术发明的销售工作主要由农业技术推广部门来完成，农业技术推广人员就相当于销售人员。因此，就农业技术发明与其销售领域的合作而言，农业技术推广人员应该把自己捕获的市场信息及时地传递给科技人员，以便科技人员能根据市场需求和需要来设立技术发明和商业化项目。同样，科技人员应把农业技术发明活动的进展情况和获得的成果及时地报告给农业技术推广人员，以便他们能有针对性地去调查消费者的需求情况或对消费者进行教育，为农业技术发明活动计划的制定提供可靠的依据，为其发明成果的销售开辟新的市场。从农业技术首次经济使用主体的角度看，由于其主要由农户所构成，其产品销售中存在着小农户与大市场的矛盾，社会各界正在筹划并采取相应的措施以解决这种矛盾，所以，在这一领域的合作中，负责农业技术产品销售工作的中介机构的销售人员应将市场的产品需求信息及时传递给农户，以便他们能利用合适的农业技术发明，生产出能满足市场需求的产品。同时，农户也应将自己利用农业技术产品的相关信息传递给销售人员，以便他们及时进行消费者教育，为自己的产品开辟市场。大量事实证明，科技人员与销售人员之间的沟通和密切合作是农业技术首次商业化使用获得成功的重要因素之一。四要重视"关键人物"的特殊作用。在一个农业技术首次发明使用主体中，虽然与农业技术发明活动直接有关的人员很多，但是，其中常常只有一两个人员的行为主宰着农业技术发明活动的命运。同样，在一个农业技术首次经济使用主体中，往往也只有一两个人的行为主宰着该发明实践应用的最终效果。在此把这样的人员称为"关键人物"。因此，农业技术首次商业化使用要重视"关键人物"的特殊作用。五要重视管理工作。对农业技术首次发明使用主体而言，应该重视两个方面的管理工作：其一，要重视发明过程的管理，因为农业技术发明源于发明活动过程，发明活动过程的工作质量和效率，决定着农业技术发明的质量和成效。从本质上讲，农业技术发明属于无形产出。因此，不能套用有形产出活动的管理方法来管理这类活动。其二，要重视销售管理，由于农业技术发明一般都是无形产品，其实践应用的效果具有不确定性，且其应用过程中还存在很大的风险，所以，农业技术首次发明使用主体必须采用适合其发明销售的管理方式①。同样，农业技术首次经济使用主体也应该重视生产过程管理和销售管理，这是由农业技术、农业生产和农产品等的特点所决定的。六要进行预测。农业技术首次商业化使用活动涉及农业技术发明、农业技术和农产品等的销售问题，而且，相关主体都是先有农业技术发明、农业技术和农产品等，然后为它们寻求市场。从这个意义上说，农业技术首次商业化使用活动主要是为未来服务的。因此，对未来进行预测，把握未来的发展趋势，就可能对农业技术首次商业化使用的成功产生重要影响。

（3）扩大农业技术首次商业化使用主体对外开放，促进农业技术创新链循环的过程。扩大对外开放对于农业技术首次商业化使用主体充分获取和利用外部的农业科技成果、了解市场需求、进行用户教育、增强科技人员与销售人员之间的沟通与合作、进行市场预测等具有十分重要的作用。这些作用又能提高农

---

① 桑赓陶、郑绍濂：《科技经济学》，复旦大学出版社1995年版。

业技术首次商业化使用活动的成功率，增加农业技术首次商业化使用主体的收益，从而刺激它们不断进行农业技术首次商业化使用活动，进而促进农业技术创新链循环。

5. 扩大农业技术扩散主体对外开放对农业技术创新链循环的促进作用

农业技术扩散是农业技术创新链一次循环的落脚点，也是再次循环的起始点。它不仅是将一次循环所形成的成熟的农业技术植入农业生产系统，形成新产业、培育新农民的"播种机"，而且是农业技术创新链再次循环中农业技术需求信息的"跟踪仪"。因此，农业技术扩散是农业技术创新链一次循环的攻坚环节，也是其再次循环的助推环节，它是农业技术创新链循环的"维生素"。

（1）影响农业技术扩散的主要因素。第一，农业技术本身的特征。农业技术本身的特征对农业技术扩散的影响主要体现在以下几个方面：一是农业技术的类型。如前所述，农业技术包括农业生产资料生产技术、农产品加工技术、农产品生产和储存技术。其中，农业生产资料生产技术类似于私人物品或准公共物品，农产品加工技术类似于私人物品，农产品生产技术类似于准公共物品，农产品储存技术类似于准公共物品。在上述农业技术中，前两种农业技术的需求主体主要是农业企业，而后两种技术的需求主体主要是农户。就农业生产资料生产技术和农产品加工技术而言，由于其试验期比较短，演示性比较好，受自然环境约束比较弱，标准化程度比较高，而且其采用过程中"搭便车"的机会比较少，它们的扩散相对来说比较容易。就农产品生产和储存技术而言，由于其试验期比较长，演示性比较差，受自然环境约束比较强，标准化程度比较低，而且采用过程中"搭便车"机会比较多，再加上采用上述农业技术不仅影响农户的收益，其至会影响他们的生存，农户对它们的采用决策十分谨慎。它们的扩散相对比较困难。二是农业技术的模仿比例。一般来说，农业技术的模仿比例越高，其成熟度越高，示范主体也越多，后期采用者的风险就越低，因此，模仿比例高的农业技术比较容易扩散。相反，模仿比例低的农业技术的扩散难度比较大。三是采用农业技术的相对盈利率。农户和农业企业采用农业技术的目的是增强市场竞争力，以获取较高的利润。采用农业技术的相对盈利率越高，农户和农业企业的技术需求就越强。因此，采用后相对盈利率比较高的农业技术比较容易扩散。四是采用农业技术所需投资额。一般来说，采用农业技术所需投资额越高，采用者需要筹集的资金就越多，其承担的风险也就越高，这在一定程度上制约了采用者的技术采用行为。因此，农业技术所需的采用投资额高，其扩散难度就大；反之则反是。第二，农业技术扩散的类型。如前所述，农业技术扩散可分为农业技术向经济使用主体的扩散和向发明使用主体的扩散两种类型。第一种类型的农业技术扩散主要是农业技术经由相应主体向个体农业经济组织（包括农户）的扩散，其扩散过程分五个阶段①：认知阶段、说服阶段、决策阶段、执行阶段和确定阶段。不同农业经济组织在接受同一种技术时，上述五个阶段所经历的时间不同，农业技术扩散的速度也不同。这类农业技术扩散中技术采用主体所追求的是利润最大化，所以，只要它们对采用农业技术的预期收益和预期成本之差的估计值为正，则农业技术的扩散就比较容易。对于第二种类型农业技术扩散，由于扩散技术的供给主体通过这类扩散能够获得的收益比较低，他们缺乏扩散技术的动力。同时，农业技术发明使用主体对不同主体所提供的农业技术具有不同的接纳意

---

① Rogers, E. M., *Diffusion of Innovation*, 3th ed., New York Press, 1983.

愿，这使这类农业技术扩散相对比较困难。第三，农业技术市场和农业科研体制的完善程度。第一种农业技术扩散过程是农业技术由潜在生产力向现实生产力的转化过程。在这一过程中，农业技术成果要转化为农业生产手段一般要经过农业技术市场，农业技术市场是农业企业和农户获取农业技术的主渠道。在我国，由于农业技术市场不完善，农业技术市场是科委设立的综合行政职能部门，是一种借助于行政手段进行中介服务的机构。它既要完成政府赋予的任务，又要通过中介服务收取费用以求生存。在这种情况下，农业技术市场往往容易把赢利放在第一位，而忽视技术成果转化率①。因此，农业技术市场不完善成为制约我国农业技术向其经济使用主体扩散的主要原因之一。第二种农业技术扩散在很大程度上取决于农业科研体制的完善程度，它要求将农业技术发明、推广和农业教育等有机结合起来。但我国现有农业科研体制不完善，无法使上述几方面实现有机结合，从而影响这类农业技术扩散的进行。第四，农业技术需求主体。在农业技术向其经济使用主体扩散中，由于农业技术的经济使用主体主要是农户和农业企业，同时，农户的技术需求对农业企业的技术需求有很大的影响，而我国农户的技术需求不足，增加了这类农业技术扩散的难度；在农业技术向其发明使用主体扩散中，因为我国农业技术发明主体主要是农业高等院校和农业科研机构，它们利用各种农业技术进行发明活动的目的十分复杂，而且它们的发明经费主要源于政府的资助，所以，它们的发明活动在很大程度上体现了政府的意愿和偏好。这使它们对发明活动中需要的农业技术具有较强的选择性，这种选择性往往脱离农业生产对农业技术的

① Reinganum, J. F., "Market Structure and the Diffusion of New Technology," *Bell Journal of Economics*. 1981, 12: 618-624.

实践需要。然而，通过各类主体扩散的农业技术大多反映了"农业技术缺失"问题，这与农业技术发明主体的主导需求相距甚远。这类农业技术扩散也受其需求主体的影响，并制约了农业技术向农业技术发明主体的扩散。此外，农业技术扩散还受农业技术推广经费、推广人员和推广设施，以及农业技术供求信息等因素的影响。

（2）扩大农业技术扩散主体对外开放，促进农业技术创新链循环的过程。对外开放有利于农业技术扩散主体充分了解农业技术、推广人员和推广设施等的供求状况，使它们不仅能够获得有效的人员和设施供给，而且能根据不同农业技术本身的特点，选择合适的扩散渠道，还能根据不同需求主体自身的特征制定有效的沟通和推广方案，从而保障农业技术扩散活动的有效进行。农业技术扩散活动的有效进行能够增加扩散主体的收益；扩散收益的增加又能刺激农业技术扩散主体的技术扩散活动。伴随着农业技术扩散主体对某项农业技术扩散活动的不断进行，采用该项农业技术的主体数量会不断增加；采用同一项农业技术的主体数量增加，使得晚期采用者无利可图，从而使晚期采用者产生新的技术需求，或者对原扩散技术进行"二次创新"，进而推动农业技术创新链循环。

（二）打破主体的低层次平衡

远离平衡态是有序之源。处于平衡态的系统，由于其内部各处可测的宏观物理性质都处于均匀分布的状态，缺乏宏观变动趋势，很难产生新的有序结构。只有当系统远离平衡态时，才有可能通过涨落或突变形成新的有序结构。

人类社会就是在不断追求平衡与打破平衡的对立统一中发展的。追求平衡是任何组织（包括个人）的基本特征，因为平衡可以使它们"居安"；同时，任何组织都处在不断变化的环境中，并通过对环境的适应而求得生存和发展。因此，它们又要不断打破低层次平衡，寻求高层次平衡，并在寻求新的平衡中实现自身发展。同样，农业技术创新链循环的主体也要不断打破自身的低层次平衡，在寻求新的平衡中实现自身发展，并通过自身发展促进农业技术创新链循环。

打破主体的低层次平衡，就是让主体"思变"，让它们通过改变自身的行为，求得更好的生存和发展。打破政府的低层次平衡，可以使政府认识到现有农业政策的缺陷和不足、优化农业政策能够"富国安民"，从而使政府不断调整和优化农业政策；打破农户的低层次平衡，可以使农户认识到传统的、经验式的、自给型农业生产不适合市场经济条件，认识到采用农业技术能够使自己早日过上"小康生活"，从而使农户的技术需求不断增加；打破农业技术发明主体的低层次平衡，可以使农业技术发明主体认识到"闭门造车"只能找死、"按需发明"能够"名利双收"，从而增加农业技术发明的有效供给；打破农业技术首次商业化使用主体的低层次平衡，可以使农业技术首次商业化使用主体认识到不创新就是等死，创新可以使自己"起死回生"或者"锦上添花"，从而刺激其不断进行农业技术首次商业化使用活动；打破农业技术扩散主体的低层次平衡，可以使农业技术扩散主体认识到市场是"衣食之源、生存之本"，从而使农业技术扩散主体有效发挥其联结农业技术生产和消费的功能。

农业政策的调整和优化、农户技术需求的增加、农业技术发明主体"按需发明"、农业技术首次商业化使用主体不断将农业技术投入首次商业化使用、农业技术扩散主体联结农业技术生产和消费功能的发挥等，不仅有利于各个主体做好自己的"本职工作"，而且有利于促进主体之间的有机结合，以及农业技术创新链不同环节之间的有效衔接，从而促进农业技术创新链循环。

（三）增强主体之间的非线性作用

自组织理论说明，涨落加上非线性相互作用，能够促进系统序参量的形成。序参量是系统演化的支配力量，因为它可以通过系统构成要素的"伺服"而主宰系统的演化方向和模式。农业技术创新链循环的主体之间存在着非线性相互作用。首先，农业技术创新链的自组织性，决定了直接主体之间存在着非线性相互作用；其次，根据前文的分析，政府和农户之间具有多种相互作用方式，它们可以通过多种方式影响直接主体的行为，同时，它们也受直接主体的多种影响，所以，政府和农户以及它们与直接主体之间也存在非线性相互作用。

非线性相互作用一方面可以使农业技术创新链循环中各主体丧失独立性而互为因果，形成双向或多向信息传递的催化循环或超循环，增强主体之间的协同，促进农业技术创新链中不同环节的有机结合，进而促进农业技术创新链循环；另一方面可以使农业技术创新链循环中某一主体内部的微小涨落不断放大为巨涨落，并通过巨涨落形成序参量，借助各个主体对"序参量"的"伺服"而推动农业技术创新链循环。如每个农户对农业生产资料的需求略微增长，就能对农业生产资料形成巨大的需求增量，促使农业生产资料生产企业扩大生产能力。为此，农业生产资料生产企业可能要进行农业生产资料生产技术创新（如采用新设备、改变生产要素的配置方式等）。同时，农业生产资料投入的增长，能够增加农产品的供给数量，促进农产品加工企业进行农产品加工技术创新。农产品加工企业的发展能够延长农业产业链、提高农产品的附加值、增加农户的总收入。农户总收入的增加又能刺激其生产资料需求，形成农业生产资料生产企业、农户和农产品加工企业之间的良性互动关系，进而促进农业技术创新链循环。

一般来说，主体之间的非线性相互作用越强，它们的互为因果关系就越强，涨落放大能力也越强，从而有利于促进农业技术创新链循环。因此，促进农业技术创新链循环要增强主体之间的非线性相互作用。

（四）刺激主体涨落的形成

涨落是系统对稳定状态的偏离，是对系统稳定性的破坏，但它可以使系统在失去稳定之后获得新的稳定性。当农业技术创新链循环的某一主体通过涨落，率先认识或发现"外面的世界很精彩"，然后，这种涨落得到其他主体的响应，并通过主体之间的非线性相互作用而放大为巨涨落，就能推动农业技术创新链循环。例如，当农业技术首次商业化使用主体率先将某项农业技术发明成功地用于其生产活动，并获得超额利润时，该主体的率先创新活动就能发挥引擎作用。一方面，该主体的成功能够刺激其他主体对其所用农业技术（或农业技术发明）模仿活动的扩张，适度的模仿扩张又能通过其乘数效应、增值效应和优化效应强化经济增长；另一方面，当模仿扩张达到一定程度时，晚期模仿者为了获得期望收益，可能对模仿技术进行"二次创新"，而"二次创新"又相当于对新技术的首次成功商业化使用，即对新技术的率先创新。这样就实现了"率先创新—模仿扩张—创新更替"之间的良性互动，并推动农业技术创新链循环。

农业技术创新链循环的涨落主要是政府对农业政策的调整或优化、农户技术需求的消长、直接主体技术创新成果的产生等。在农业技术创新链循环过程中，往往要解决农业生产领域中出现的新问题。这些新问题的解决包括提出解决相应问题的创造性方案和措施。其结果可能是政府对农业政策做了调整或优化，农户产生了新的技术需求，农业技术发明主体有了农业技术的新发明，农业技术首次商业化使用主体为现有农业技术找到了新用途或用现有农业技术生产出新的产品，或者是农业技术扩散主体将现有农业技术扩散到新的领域等。上述结果的产生往往能打破农业技术创新链循环中主体原有结构的平衡性，触发不同主体改变自身行为的动机；主体行为的改变会引起该主体内部的涨落；单个主体内部的涨落通过主体之间的非线性相互作用可能会被放大为巨涨落；巨涨落又能推动序参量①的形成，并借助序参量主宰农业技术创新链循环。

　　农业技术创新链循环中主体涨落的产生都具有很大的随机性。首先，直接主体涨落的产生具有随机性。如我国期望研制开发优质高产农作物新品种，以缓解耕地资源稀缺问题和化解农产品供求结构失衡的矛盾，然而，开发出来的具有这些特征的新品种很少，真正扩散使用的则更少。这是因为农业技术创新成果的产生必须在现有农业技术创新成果的基础上进行，不可能脱离现有农业技术创新水平而跨越农业技术创新时代。从一个农业技术创新时代到另一个农业技术创新时代并不是凭空任意的，而是累进的。农业技术创新历史上虽然不乏突破性农业技术创新成果，但它们在技术原理等方面不可能脱离现有的农业技术创新水平，除非有新的农业科学理论及农业技术原理出现，因而农业技术创新往往既有继承又有创造。整个农业技术创新链循环就是直接主体在继承原有农业技术创新成果的基础上创造新的农业技术，并将其植入农业经济系统。其次，政府和农户的涨落产生也具有很大的随机性。一方面，政府对农业政策的调整是以现有农业政策为基础进行的，通过农业政策调整不仅要协调农业技术创新链循环要素之间的关系，而且要统筹工农、城乡、经济、社会的协调发展，这使得政府的涨落产生具有很大的随机性；另一方面，农

---

① 农业技术创新链循环的序参量是客体要素。

户的技术需求受多种因素的影响，如农民自身的素质、农业生产条件、农业技术的供给状况等，不同因素作用的结果是引起农户技术需求的消，还是长，具有很大的随机性。主体的随机涨落能否促进农业技术创新链循环，关键还要看它们对外开放和偏离平衡态的程度，以及不同主体之间非线性相互作用的强度。

可见，优化农业技术创新链循环中主体要素的四个条件密切相关、缺一不可。其中，扩大主体对外开放是基础、前提，没有主体的对外开放，就很难打破主体的低层次平衡，增强主体之间非线性相互作用，刺激主体的涨落；打破主体的低层次平衡是关键，只有打破主体的低层次平衡，才能破坏主体之间的结构平衡，形成新的主体结构，进而推动农业技术创新链循环；增强主体之间非线性相互作用和刺激主体涨落的形成是促进农业技术创新链循环的手段，因为在主体远离平衡态的条件下，涨落加上非线性相互作用，可以加速序参量的形成，并借助序参量主宰农业技术创新链循环。

综上分析，农业技术创新链循环的内在规律是：主体通过对支撑要素的整合，生成有效的客体要素，并实现其在主体之间的传播、转化和转移，增强主体之间的有机结合，以及农业技术创新链中不同环节之间的有效衔接，进而推动农业技术创新链循环。农业技术创新链循环的要素条件主要是：支撑要素能够有效供给，主体要素具备自组织条件。

第 五 章

农业技术创新链循环的机制

前面两章分别从宏观上设计了农业技术创新链循环与国民经济发展良性互动的理想图景，从微观上探索了农业技术创新链循环的内在规律和要素条件。本章研究的重点是寻求优化农业技术创新链循环的要素，实现农业技术创新链循环与国民经济发展良性互动理想图景的保障机制。

第一节 农业技术创新链循环的机制构成分析

"机制"指的是有机体的构造、功能和相互关系，泛指一个工作系统的组织或部分之间相互作用的过程和方式。在此，笔者将主要研究主体之间以怎样的过程和方式相互作用，才能创造农业技术创新链循环的要素条件，促进农业技术创新链循环。在市场经济条件下，农业技术创新链循环主体之间的相互作用主要是通过供求机制、竞争机制、价格机制、激励机制、协同机制和信用机制等进行的。上述机制是诱导农业技术创新链循环的主体扩大对外开放、打破平衡、增强相互之间非线性相互作用和形成涨落，进而优化主体要素的重要保障机制。

一 供求机制

市场经济是通过供求平衡实现供求双方利益最大化的资源配

置机制。在农业技术创新链循环中，供求关系的形成过程既是主体与外部环境（包括主体要素环境和支撑要素环境）中其他主体交换物质、能量和信息的过程，又是主体不断扩大对外开放的过程；稳定的供求关系是主体之间有机结合，是实现农业技术创新链循环的前提条件，而良好的供求机制是形成稳定供求关系的基本保障。因此，供求机制是农业技术创新链循环的基本机制。

（一）供求机制的基本功能及其作用机理

供求机制可以从多方面调节市场经济的运行，它的基本功能有两个：

（1）调节市场价值的形成过程，使市场价格以市场价值为轴心上下波动。供求机制调节市场价值形成过程的机理为：当供求基本平衡时，供求机制将使市场价值取决于社会必要劳动时间。当供不应求时，供求机制可能会迫使市场价值暂时取决于最差条件下生产的商品价值。当供过于求时，供求机制可能会迫使市场价值暂时取决于最好条件下生产商品的价值。

（2）调节市场对商品的供求数量，使之趋向均衡。供求机制调节市场供求的作用机理为：当生产者愿意继续供给市场的货物数量，较大幅度地超过消费者愿意继续从市场上购买的货物数量时，供求机制一方面通过竞争压力减少供给，另一方面通过价格引力增加需求，从而使供过于求的买方市场走向供求一致的均衡市场；当消费者愿意继续购买的某种物品的数量较大幅度地超过生产者愿意继续供应的该物品的数量时，供求机制通过高价一方面减少消费者的需求，另一方面吸引企业增加物品的供给，从而使供不应求的卖方市场走向供求一致的均衡市场①。

---

① 张明龙：《正确认识与把握供求关系、供求机制》，《经济学文摘》1999 年第 11 期。

（二）农业技术创新链循环中的供求关系

农业技术创新链循环中的供求关系具有复杂性。从总体上讲，可以将其供求关系分为两种类型，即内部供求关系和外部供求关系。其中，内部供求关系是主体要素之间的供求关系。如政府对其他主体要素的政策供给以及其他主体要素对政策的需求；农户（农业技术扩散环节）对农业企业（农业技术首次商业化使用环节或农业技术发明环节）、农业科研机构和农业高等院校（农业技术发明环节）的技术需求以及它们对农户的技术供给；农业企业对农业科研机构和农业高等院校的技术需求以及后者对前者的技术供给；农业企业、农业科研机构和农业高等院校对农户技术需求信息的需求以及农户对它们的信息供给等。外部供求关系是农业技术创新链循环的单个主体或全部主体与支撑要素环境中相关主体之间形成的供求关系，如最终消费者的农产品消费需求和农业技术创新链循环主体对其需求的满足；主体对资金、信息、人才、交通和通信设施、农业生产基础设施等的需求以及支撑要素环境中相关主体对其需求的满足等。农业技术创新链循环中内部供求关系和外部供求关系是相互作用、相互影响的。外部主体的需求是主体要素之间形成内部供求关系的动力，主体要素之间的供求关系是外部主体需求得以满足的保障；主体要素的需求是外部供求关系形成的动力，外部供求关系是满足主体要素需求的保障。外部环境主体的农产品需求，以及它们对人、财、物和信息的供给可能会制约主体要素之间的供求关系，从而制约农业技术创新链循环。

（三）农业技术创新链循环中供求机制的作用机理

1. 外部供求机制的作用机理

（1）外部农产品供求机制的作用机理。当市场对某种农产品的需求①与其供给处于均衡状态时，该农产品的生产主体缺乏采用技术的激励，不产生相应的技术需求。当市场对某种农产品的需求大于其供给时，该农产品的生产主体产生技术创新的内在冲动，形成技术需求，并对整个农业技术创新链循环产生拉动作用。通过农业技术创新链循环，产出相应的农业技术和农产品，该农产品生产技术的供求和该农产品本身的供求都趋于均衡。当市场对某种农产品的需求小于其供给时，该农产品的部分生产主体会放弃对该农产品原有生产技术的需求，减少创新资源在该农产品原有生产技术创新方面的投入，进而减少该农产品原有生产技术的供给和该农产品本身的供给，该农产品生产技术的供求和该农产品本身的供求都趋于均衡。

（2）外部其他供求机制的作用机理。外部其他供求主要指支撑要素环境中相关主体对农业技术创新链循环的主体在人、财、物和信息等方面的供给，以及后者对它们的需求。因为支撑要素环境中相关主体对上述资源的供给主要以市场调节为主，所以，外部其他供求机制的作用机理与外部农产品供求机制的作用机理类似。

2. 内部供求机制的作用机理

（1）直接主体之间供求机制的作用机理。一般来说，农业技术创新链中上游环节主体的产出是下游环节主体的投入，即下游环节主体对上游环节主体的产出存在需求。因此，当农业技术创新链下游环节的主体对上游环节主体产出物的需求与其供给保持均衡时，上游环节主体就维持原有的创新资源投入状态。当下游环节主体对上游环节主体产出物的需求大于其供给时，一方面，由于该产出物的价格上升，该环节的部分主体减少对该产出

---

① 这里的需求既包括现实需求，又包括潜在需求。

物的需求量；另一方面，上游环节的主体会增加创新资源的投入，以增加该产出物的供给，上下游环节的供求趋于均衡。当下游环节主体对其上游环节主体产出物的需求不足时，一方面，上游环节的主体会降低其产出物的价格，引起下游环节主体需求的增加；另一方面，上游环节的主体会减少创新资源的投入，进而减少该产出物的供给，最终农业技术创新链上下游环节主体之间的供求关系趋于均衡。

（2）农户与直接主体之间供求机制的作用机理。无论是作为农业技术的需求主体，还是作为供给主体，农户都是直接或间接地作为某类直接主体参与农业技术创新链循环，所以，农户与直接主体之间供求机制的作用机理类似于直接主体之间供求机制的作用机理。

（3）政府与其他主体之间供求机制的作用机理。当政府的农业政策供给恰好满足其他主体的政策需求时，其他主体没有对农业政策的新需求，政府也缺乏调整农业政策的需求动力，农业政策的供给保持均衡状态。当政府的农业政策供给不能满足其他主体的需求时，其他主体自身的发展以及它们之间的有机结合将受到一定程度的制约，农业发展的速度和效益不能得到有效提高。为提高农业发展的速度和效益，政府将对农业政策进行调整和优化，增加农业政策的供给，使其供求趋于均衡。当政府的农业政策供给超过其他主体的需求时，其他主体自身的发展以及它们之间的有机结合将得到有力的推动，从而使农业发展的速度和效益提高过快，破坏国民经济整体的有效运行。为保持国民经济持续、稳定、健康发展，政府将对农业政策进行调整和优化，减少农业政策的供给，使其供求趋于均衡。

正是通过供求机制的作用，农业技术创新链循环的主体之间以及它们与支撑要素环境中相关主体之间实现了供求均衡，农业技术创新链循环得以顺畅运行。因此，合理的供求机制是农业技术创新链循环的前提条件。

二　竞争①机制

在农业技术创新链循环中，竞争是打破主体平衡、刺激主体涨落形成的外部推动力量，也是主体合理利用内部资源，寻求外部合作（获取和利用支撑要素）的重要促进因子。因此，合理利用竞争机制对促进农业技术创新链循环具有十分重要的作用。

（一）竞争机制的内涵和特征

在农业技术创新链循环中，竞争机制是指不同主体或同类主体在竞争过程中所引起的关联和制约关系，并通过主体内部资源组合的调节以适应外部环境（包括主体要素环境和支撑要素环境）的变化，从而求得生存和发展的活动机能。它具有三个基本特点：

（1）关联性。竞争机制对任何一个主体的作用都会引起其他主体的连锁反应。它包括两层含义：一是不同农业技术创新链循环中同类主体之间的关联，即参与竞争的任何一个主体所采取的行动都会引起其他农业技术创新链循环中同类主体的连锁反应；二是同一农业技术创新链循环中主体之间的关联，即同一农业技术创新链循环主体之间是相互联系、相互制约、相互作用的。其中任何一个主体发生变化，都要求其他主体相应地作出改变，以使该条农业技术创新链能够顺畅循环。

（2）约束性。竞争机制的作用要受内部和外部一系列条件

---

① 这里的竞争主要是指不同农业技术创新链循环中同类要素之间的竞争；由于政府的农业政策在不同农业技术创新链循环中的需求状况是不同的，不同农业技术创新链循环中存在农业政策供求的竞争。从这一意义上讲，政府也参与农业技术创新链循环的竞争。同时，政府还面临着外国政府的竞争。

的约束。在农业技术创新链循环中，竞争机制所受的约束分两种情况：一是不同主体作为整体所受的约束；二是单个主体所受的约束。每一种情况所受的约束都可分为内部约束和外部约束。对第一种情况而言，内部约束主要指竞争机制发生的原动力来自于各个主体的切身利益，它们从自身利益出发，主动地驾驭或被动地接受竞争机制的调节；外部约束主要指竞争机制受外部环境条件的制约。就第二种情况来说，内部约束主要是各个主体受自身条件的约束；外部约束主要指其他主体受某个具体主体的约束。竞争机制的这种内部和外部的约束力量，决定着竞争机制作用的方向、力度等。

（3）盲目性。主要指竞争机制在实际发生作用的过程中所表现出来的无规则性或无序性。竞争机制的盲目性主要源于各竞争主体利益的独立性和不一致性。

（二）竞争机制的构成要素

1. 动力机制

这里的动力机制指在主体参与竞争过程中对其竞争产生刺激作用的因素及其相互关系的综合作用，使主体的竞争目标得以实现的刺激机能。在农业技术创新链循环主体中，除政府以外的其他主体都在进行某种生产经营活动，在生产经营过程中，争夺顾客、争夺市场、扩大市场占有率是刺激它们参与竞争的最直接因素；对物质利益的追求是刺激它们开展竞争的最根本的动因；物质利益是它们竞争的真正轴心，而利润是它们追求的主要利益目标，利润的高低决定了刺激的强弱，由此直接影响到它们开展竞争活动动力的大小和竞争的强度。对政府而言，其竞争动力主要体现为：在国际竞争中要维护主权独立和领土完整；在所有政策的制定和实施中要兼顾经济、社会、生态的和谐发展；在农业政策制定和实施方面，要照顾好农业技术创新链循环中其他主体的利益，保证它们的统筹、协调发展。

2. 约束机制

约束机制是指在竞争过程中，对主体竞争构成约束的因素及其相互关系的综合作用，使主体的竞争行为限制在不越出规定范围的制约机能。对主体竞争行为构成约束的因素包括宏观约束和微观约束两个方面。宏观约束主要是国家（对政府而言，它指其他国家）在一定时期里政治、经济、科技和文化的发展方针与政策、社会经济运行机制的有关规则及对各经济主体行为的法律规定等。微观约束主要是指为适应宏观约束并谋求自身经济利益，主体对其内部各构成部分及经营机制进行调节、控制的过程中对自身行为所产生的限制。在主体竞争过程中，宏观约束和微观约束往往结合在一起，共同对其竞争行为构成约束。具体来看，约束机制的主要内容包括：市场约束，即市场实现条件的约束。主要有买者约束、卖者约束、生产要素供给约束。法律约束，它具有强制性，它的约束作用主要是通过立法和执法来实现的。合法的竞争行为受到法律的保护和鼓励，违法的竞争行为要受到法律的制裁。预算约束，它是一种刚性约束，它要求经济主体开展竞争活动时，以自己的收入弥补支出，并取得盈利。道德准则约束，它的约束作用主要是通过公众对公共的社会道德准则的认可程度以及社会公众舆论对社会道德准则的维护来实现的，它是柔性约束。除此以外，还有行政干预（对政府而言，这里的行政干预是其他国家的行政干预）约束、责任约束等①。

3. 导向机制

导向机制是指在竞争过程中，对主体竞争活动起引导作用，

---

① 杨建华、李桂萍：《对我国企业竞争机制的研究》，《北京市计划劳动管理干部学院学报》1999 年第 4 期。

并使竞争结果达到竞争目标要求的一种机能。导向机制主要包括两方面的内容：一是目标导向；二是观念导向。目标导向就是规划竞争目标，并据此调节、控制竞争者的价值取向和行为走向，从而使竞争结果达到竞争目标的要求。竞争目标对竞争行为的调节和控制是通过信息的传递与反馈实现的。主体根据所接收到的各种信息，作出行为反应，指导和修正其下一轮的竞争行为，以达到竞争目标的要求。观念导向即主体所具有的参与意识和对竞争规律的认识等对其具体竞争活动的引导与约束。它要求主体敢于竞争、善于竞争，能制定正确的竞争策略、采取有效的竞争手段等；它对主体的竞争活动加以引导和约束，使竞争结果达到竞争目标的要求。观念导向的竞争是自觉的竞争，它使经济运行变得有序[①]。

4. 保障机制

保障机制指保证主体开展公开、公正、有序的竞争，以及尽量减轻竞争风险对社会（对政府而言，它主要指国际社会）所造成冲击的一种机能。它包括对主体参与竞争的权利、利益和责任给予明确保护以实现公平的竞争；明确主体行为规范，对其竞争行为进行约束以实现合理、有规则的竞争；还包括对竞争风险进行保障，以减少竞争失败对社会所造成的震荡[②]。

竞争机制的上述四个构成要素是相辅相成的，其中，动力机制是核心，约束机制是竞争的范围，导向机制是对主体竞争活动的引导，保障机制则是主体竞争机制有效运转的保证。在农业技术创新链循环的主体中，除政府以外的其他主体在竞争动力、约

---

① 杨建华、李桂萍：《对我国企业竞争机制的研究》，《北京市计划劳动管理干部学院学报》1999 年第 4 期。

② 同上。

束条件、竞争导向和需要的保障条件等方面是有区别的。因此，政府要针对不同主体的特征，制定和实施有效的政策，增强它们参与竞争的动力，削弱它们所面临的约束，引导它们有序竞争，保证竞争有效进行。同时，政府还要为自己参与竞争寻求动力、突破约束、选择导向和建立保障机制，以充分发挥竞争机制在农业技术创新链循环中的作用。

三　价格机制

价格（对政府而言，价格指税率或汇率）是主体获取利润（对政府而言，利润指财政收入）的有力手段。在农业技术创新链循环中，价格的形成过程也是主体之间非线性相互作用的过程。有效的价格机制有利于主体之间的利益分配，使它们都能获取平均利润，从而使它们都能发挥自身在农业技术创新链循环中的作用，促进农业技术创新链循环。

（一）价格机制的含义及其功能

价格机制是指与价格有关的各个因素相互联系，相互制约，从而发挥特定经济功能（对政府而言，价格机制还发挥政治功能和社会功能等）的运行过程。构成价格机制的基本要素有价值（价格机制的运动是以价值为中心展开的）、货币、供求关系、竞争、生产者和消费者[①]。价格机制的运行就是上述各个要素相互联系、相互制约、相互作用的过程。其中竞争是价格机制运行赖以进行的基本环境状态，没有竞争就不存在价格机制的作用，竞争的程度规定了价格机制作用的程度。一般来说，充分的竞争是价格机制正常运行的标志。价格机制的功能主要体现为：调节社会再生产的比例，分配收入、传递信息和刺激生产。它能

---

① 　穆鸿铎：《价格机制论》，重庆出版社 1991 年版。

给生产者（包括政府，政府是政策生产者）一种刺激，促使它采用新的技术，加强经营管理，选择正确的生产方向，用最低的成本获得最高收益（对政府而言，这里的收益包括经济收益、社会收益和生态收益等）。

（二）价格机制的作用机理

价格是商品价值的货币表现，也是经济主体赢得竞争优势和获取利润的基本手段，它是市场经济调节资源配置的"无形的手"。价格机制主要通过价格影响商品的供求，进而引导资源的流向，并使市场供求关系趋于均衡和资源配置最优化。

1. 价格机制的一般作用机理

在一般情况下，价格机制的作用机理分三种情况。当某种商品的价格等于其价值时，消费者没有增加或减少该商品需求量的动力，企业也没有受到增加或减少该商品供给量的刺激，因此，该商品处于供求均衡状态。当某种商品的价格高于其价值时，一方面，消费者的需求会因该商品价格提高而有所减少；另一方面，商品价格提高刺激该商品的生产者（包括新加入的竞争者）增加对该商品生产资源的投入，从而使资源流向该商品的生产环节，增加该商品的供给，实现该商品的供求均衡。当某种商品的价格低于其价值时，部分企业会变得无利可图，甚至亏损，它们会将用于生产该商品的资源投向获利更高的行业，使得该商品的生产能力减弱，供给量减少。同时，较低的价格，还能刺激消费者需求，增加该商品的总需求量。价格机制正是通过对该商品供求双方的不同作用，使该商品的供求趋于均衡。

2. 农业技术创新链循环中价格机制的作用机理

（1）价格机制对直接主体的作用机理。由于农业技术发明主体、农业技术首次商业化使用主体和农业技术扩散主体都处在同一条供应链上，它们互为供求关系，上游环节主体的产出是下游环节主体的投入。所以，价格机制对直接主体的作用机理等同于其一般作用机理。

（2）价格机制对农户的作用机理。如前所述，无论是作为农业技术的供给主体，还是作为需求主体，农户都是作为某类直接主体参与农业技术创新链循环的。所以，价格机制对农户的作用机理也等同于其一般作用机理。

（3）价格机制对政府的作用机理。税率或汇率的变动会影响政府的财政收入和支出，财政收入和支出的变动会影响政府的宏观调控能力。同时，税率或汇率的变动还会影响农业技术创新链循环中其他主体的收益，进而影响政府宏观调控的效果。由于政府主要借助于相关政策的制定和实施进行宏观调控的，当税率或汇率合适时，政府宏观调控的能力和效果比较理想，相关政策维持供求均衡。当税率或汇率过高时，政府的宏观调控能力增强，但其效果可能不甚理想。为改善宏观调控的效果，政府将通过调整税率或汇率，增加有利于其他主体的政策供给，使其供求趋于均衡。当税率或汇率过低时，政府的宏观调控能力减弱，但其调控效果可能比较好。为了增强宏观调控能力，以更好地进行宏观调控，政府将通过调整税率或汇率，减少有利于其他主体的政策供给，使其供求趋于均衡。

（三）农业技术创新链循环中价格机制的应用

价格机制的作用源于经济主体的利益最大化追求，价格是经济主体获取利润的手段。在农业技术创新链循环中，合理的价格是协调主体之间供求关系、提升它们乃至农业技术创新链整体竞争力，并促进农业技术创新链循环的关键。农业技术创新链循环中价格机制的应用必须处理好以下商品的价格关系。

1. 农业政策的价格

农业政策的价格主要取决于其制定成本、实施成本和预期收益。

$$P_t = C_m + C_d \qquad (5—1)$$

（5—1）式中 P_t 表示针对某类主体的农业政策总价格，C_m 表示该农业政策的制定成本，C_d 表示其实施成本。一般来说，C_m 与 C_d 呈负相关，即农业政策的制定成本高，其实施成本就比较低。农业政策的制定成本高，说明考虑农业政策该类主体的需求比较多，制定和实施的农业政策对该类主体有利，所以，其实施比较容易，实施成本就低。作为宏观调控主体，政府在制定和实施针对某类主体的农业政策时，不仅要考虑政策的制定和实施成本，而且要考虑政策落实后的收益，并根据政策实施后的预期收益与政策制定和实施成本之和的比较结果，确定农业政策的价格。

$$R = B \times Q \qquad (5—2)$$

（5—2）式中 R 指针对某类主体的农业政策实施后政府的预期收益（其中包括政府期望的源于该农业政策落实的财政收入），B 指单位主体落实该农业政策后给政府的收益贡献额，Q 表示落实该农业政策的主体总量。只有当 $R \geqslant P_t$ 时，政府才会将该农业政策付诸实施。因为政府是非营利组织，所以，假定该农业政策的总价格总是等于其预期收益。这样，政府对单个农业政策落实主体（主要指农业技术创新链循环中的其他主体）所定的农业政策价格为：

$$P_s = （C_m + C_d） / Q \qquad (5—3)$$

（5—3）式中 P_s 表示农业政策的落实价格，即具体到单位主体的价格，C_m、C_d 和 Q 的含义同上。主体是否落实农业政策，取决于它们的收益预期。

$$\Delta R_f = P_l \times Q_l - P_a \times Q_a \qquad (5—4)$$

（5—4）式中 ΔR_f 表示主体落实农业政策后的预期净收益，

P_a、P_l 分别表示主体落实农业政策前、后销售单位产品（包括无形的技术产品）的预期收益净贡献，Q_a、Q_l 分别表示主体落实农业政策前、后产品的预期总产销量（假定产量等于销量）。

只有当 $\Delta R_f \geqslant P_s$ 时，主体才愿意落实政府针对其所制定和实施的农业政策，政府的目标才能实现。可见，政府针对某类主体的农业政策能否有效落实，取决于政府和该类主体非线性相互作用的结果。如果政府在制定政策中充分考虑该类主体的政策需求，而且在政策落实中，该类主体有较高的预期净收益，那么，农业政策的供给将十分有效，能够实现政府和该类主体的"双赢"。

2. 农业技术发明商品的价格①

农业技术发明商品的价格取决于其预期经济收益、发明成本和发明风险。预期经济收益是农业技术在其寿命期限内每年所产生经济效益的累加值。

$$W_1 = \sum_{n=1}^{T} F_n \qquad (5—5)$$

（5—5）式中 W_1 表示农业技术发明的预期经济收益，F_n 表示该发明在第 n 年预期产生的经济收益，它是在农业技术发明转化为有形资产的过程中由市场实现的，它等于第 n 年的市场规模 S_n 和其单位利润 B_n 的乘积。T 表示该发明的预期寿命周期（下同）。

考虑到农业技术发明贬值等因素，F_n 一般不等于农业技术发明实际产生的经济效益，而要按一定的贴现率 d 折现为现值，因此有：

$$W_1 = \sum_{n=1}^{T} S_n \times B_n / (1+d)^n \qquad (5—6)$$

---

①　包括农业生产资料生产技术发明商品和农产品加工技术发明商品。

农业技术的发明成本一般由三部分组成：直接成本 Y_1，主要包括资料费（包括调研费）、原材料费、人工费、设备费、管理费、水电费等；间接成本 Y_2，包括为推广该发明的展示费、广告费、人员培训费、转让发明的技术服务费等；知识产权成本 Y_3，包括引进技术的转让费、专利申请费等，于是有：

$$W_2 = Y_1 + Y_2 + Y_3 = \sum_{i=1}^{3} Y_i \qquad (5—7)$$

（5—7）式中 W_2 表示农业技术发明商品的发明成本。加上农业技术发明商品的发明风险成本 W_3，则有：

$$K = W_1 = \sum_{n=1}^{T} S_n \times B_n / (1+d)^n + \sum_{i=1}^{3} Y_i + W_3 \qquad (5—8)$$

假定（5—8）式中已经包含了发明者的正常利润。那么，发明者转让其发明的收益至少要等于 K。

3. 农业生产资料的价格

假定每种农业生产资料生产技术发明商品的需求主体只有一个，那么，该类发明的购买者必须支付 K 的费用，才能获得发明使用权。由于这类技术一般是在企业的生产车间使用，其保密性比较强，"搭便车"的可能性比较小，除了购买，该企业根本无法获得该发明的使用权。作为追求利润最大化的经济主体，该发明的购买者对其生产的农业生产资料所定的价格至少应该是：

$$P_m = \{ K \times i(1+i)^T / [(1+i)^T - 1] + C_m \} / Q_m \qquad (5—9)$$

（5—9）式中 P_m 表示单位农业生产资料的价格，Q_m 表示农业生产资料的预期年销售量，C_m 为农业生产资料的生产和销售成本的总和（其中不包含农业技术发明转让费，但包含正常利润），i 为贴现率。

4. 采用农业生产资料后农产品的价格

采用农业生产资料后农产品的价格为：

$$P_{mf} = (P_m Q_{md} + C_{mf}) / Q_f \qquad (5—10)$$

（5—10）式中 P_{mf} 表示采用农业生产资料后农产品的价格，Q_{md} 表示农户生产该农产品时购买上述生产资料的数量，C_{mf} 为农户生产和销售该农产品的成本（其中不包含购买上述农业生产资料所发生的费用，但包含正常利润），Q_f 是农户预期采用农业生产资料后销售农产品的数量（假定它等于该农户对该农产品的产量）。农户是否能以 P_{mf} 的价格，销售数量为 Q_f 的农产品不仅决定它们自身能否获得正常利润，而且决定农业生产资料生产企业和该生产资料生产技术的发明主体能否获得正常利润。而农户是否能以 P_{mf} 的价格，销售数量为 Q_f 的农产品又取决于最终消费者的支付意愿。即只有当最终消费者愿意以价格 P_{mf} 购买某一种农产品时，与该农产品生产相关的农业生产资料和技术发明的供给主体才能获得正常利润，农业技术发明才能沿着农业技术创新链顺次通过各个环节，进入农业生产系统，即完成农业技术创新链的一次循环。

5. 加工农产品的价格

与农业生产资料生产技术发明商品的价格相类似，假定只有一个企业购买该商品，那么，其加工农产品价格应该是：

$$P_n = \{K \times i(1+i)^T / [(1+i)^T - 1] + C_n\} / Q_n \quad (5—11)$$

（5—11）式中 P_n 表示单位加工农产品的价格，C_n 表示生产上述加工农产品的成本（其中不包括购买农产品加工技术的费用，但包含正常利润），Q_n 表示农产品加工企业预期能销售的加工农产品总量（假定等于其产量）。同样，只有最终消费者愿意以 P_n 的价格购买上述加工农产品时，该企业才会引进该农产品的加工技术，该农产品加工技术发明商品的供给主体才能获得正常利润。

6. 农产品生产和储存技术发明商品的价格

在确定农产品生产技术发明的价格时，（5—8）式中的 K 相当于盈亏平衡点收入。因为这类技术所面对的是数量众多的农户，所以，该技术的发明主体对单个农户收取的技术转让费不再是 K。这时，该发明的价格应该是：

$$P_i = K \times i \ (1+i)^T / \ [\ (1+i)^T - 1] \ / Q_i \qquad (5—12)$$

（5—12）式中 P_i 表示农产品生产技术发明商品的价格（它等于向每个农户转让该发明时的所收取的费用，而且假定发明主体向所有农户转让该发明时收取的费用相同），Q_i 表示该发明的预期转让次数（农户在一次转让中也许不能完全掌握该技术，所以，Q_i 可能大于采用该发明的农户总数）。

7. 采用生产（或储存）技术后农产品的价格

农户采用农产品生产或储存技术后，其农产品的价格应该为：

$$P_t = (P_i \times Q_{it} + C_{it}) \ / Q_t \qquad (5—13)$$

（5—13）式中 P_t 表示采用上述生产（或储存）技术后农产品的销售价格，Q_{it} 表示农户购买该生产（或储存）技术的次数，C_{it} 表示农户生产和销售该农产品的总成本（其中不包含生产技术购买费用，但包含正常利润），Q_t 表示农户销售该农产品的数量（等于产量）。

同样，农户能否以价格 P_t 销售其农产品，关系到农业技术发明主体和农户本身能否获得正常利润。只有当农产品的最终消费者愿意以价格 P_t 购买该农产品时，上述农业技术的发明主体和农产品的生产主体才能获得正常利润，农业技术创新链循环才能顺畅运行。否则，农业技术创新链循环将出现中断。

可见，在农业技术创新链循环中，主体所供产品（包括无形产品，如农业政策）的价格形成过程，是主体之间以及它们与支撑要素环境中相关主体之间非线性相互作用的过程，价格机制有利于增强主体之间非线性相互作用；如何确定主体所供产品的价格，以保证不同主体都能获得正常利润，是保证它们之间形成稳定的供求关系，实现农业技术创新链循环的关键。当然，由于农业技术的公益性和其正的外部效应，单纯市场机制很难保证其有效供给。因此，在确定上述几类商品的价格时，不能完全依靠市场，政府应进行必要的调控。

四 激励机制

在农业技术创新链循环中激励机制是形成序参量的重要推动力量，也是促进农业技术创新链循环的重要保障机制。

（一）农业技术创新链循环中激励机制的内容

1. 激励主体与客体

激励主体是指激励者，激励客体是指被激励者，即激励对象。农业技术创新链循环中由于其技术类型不同，技术的供给主体和需求主体不同，其激励主体和客体也不同。农业生产资料生产技术和农产品加工技术的发明主体与需求主体都是同类企业，因此，农业生产资料生产企业和农产品加工企业既是激励主体，又是激励客体。农业生产资料生产企业在销售其产品或农产品加工企业在购买生产资料时，它们都是激励主体，农户则成为激励客体。此外，农产品加工企业在销售其产品时，它也是激励主体，而加工农产品的消费者则是激励客体。农产品生产和储存技术的发明主体主要是农业科研机构和农业高等院校，需求主体是农户，因此，这类农业技术的激励主体是农业科研机构和农业高等院校，激励客体是农户。由于农业的公共产业特性和农业技术发明的公共物品属性，政府也成为农业技术发明、农业技术首次商业化使用和农业技术扩散的激励主体。此时，农业技术发明主体、农业技术首次商业化使用主体、农业技术扩散主体和农户都可能成为激励客体。同时，从农业政策制定和实施的角度看，政府又是激励客体，其他要素则成为激励主体。此外，还有农业技术创新链循环中各环节主体对其内部成员的激励。

2. 激励目标

激励目标主要是通过某些激励手段，调动委托人和代理人的积极性，兼顾不同要素的共同利益，消除由于信息不对称、败德行为等可能带来的风险，使不同主体通过合作实现"共赢"，进而推动农业技术创新链循环。

3. 激励手段

由于农业技术创新链循环中所涉及的激励主体和激励客体十分复杂，激励可以采用多种手段。但从激励理论的角度看，农业技术创新链循环的主体之间及每类主体对其内部成员的激励主要有正激励和负激励两类。正激励和负激励是一种广义范围的划分。正激励是指一般意义上的正强化、正向激励，是鼓励人们采取某种行为；而负激励则是指一般意义上的负强化，是一种约束、一种惩罚，是阻止人们采取某种行为。如近年来，我国政府一直将增加农民收入作为各项工作的"重中之重"，这就是正激励。就政府来说，一方面，应该分别对其他主体采取不同的激励手段，如对农业科研机构、农业高等院校和农业技术推广机构的激励，主要是增加投资，改善它们内部员工的工作条件、生活条件等；对农业企业应该改善它们的投资环境，给予税收、耕地占用等方面的优惠政策；对农户主要是改善农业生产的基础设施，加强对农村劳动力的教育和培训，对采用先进技术的农户给予必要的补贴，建立、健全农业保险体系等。另一方面，政府自身应尽量避免受到负激励。

（二）农业技术创新链循环中的激励模式

一般而言，农业技术创新链循环中有以下几种激励模式可供参考。

1. 制度激励

制度激励中最主要的是通过产权制度的建立和完善，有效发挥产权的激励作用。所谓产权，是指一个社会所强制实施的选择一种经济品的使用权利。由于产权规定了人们与创新成果的所有关系，这就使得产权成为激励创新的一个重要制度。产权的确定是最经济有效、持久的创新激励手段，因为确立产权关系的费用并不高，它使资产所有者与资产发生最直接的经济关系，成为资产能否增值的最直接的当事人。产权的法律性、持久性又使人们具有一种安全感①。

所谓产权激励就是通过确立创新者与创新成果之间的所有权来推动农业技术创新，或者通过实施股份制，产权多元化，给农业技术创新的关键人物部分产权，增加其切身利益，激励其进行农业技术创新。知识产权的确立是激励农业技术创新的直接手段，而我国在农业技术创新领域中知识产权的确立和保护等方面都存在一定的问题。因此，要建立健全农业知识产权的确立和保护体系，以促进我国农业技术创新活动有效进行。这是农业技术创新链循环的根本激励手段。

此外，制度激励还包括：一是政府从立法的角度确定一个适当的专利年限和专利宽度；二是政府制定和实施相应的政策，用经济手段对创新者予以激励，使创新良性发展，如鼓励农业企业加速折旧以及对其创新活动实行税收优惠政策、信贷政策、价格政策等②。

---

① 申仲英、肖子健：《自然辩证法新论》，陕西人民出版社 2000 年版。
② 蔡翔：《企业技术创新激励机制：基本内容与政策建议》，《经济界》2002年第 6 期。

2. 价格激励

主体之间形成风险共担，利益共享的经济利益共同体是农业技术创新链循环的基础。单纯的市场关系，由于市场机制的自发作用，一旦供求关系发生变化，市场价格便随之波动，甚至是剧烈波动。农业技术创新链循环的主体之间不是一般的市场关系，而是利益共同体与市场关系的结合，是系统内"非市场安排"与系统外市场机制相结合的特殊利益关系，它们风雨同舟，休戚与共。保证农业技术创新链循环中不同主体所组成的系统内部价格合理，实现各主体收益稳定增长，是农业技术创新链循环的基础。因此，农业技术创新链循环中要重视对价格激励的应用。价格激励是农业技术创新链循环的"催化剂"。

3. 服务激励

在农业技术创新链循环中，主体之间供求关系的维系主要依赖于服务。农业企业和农户是农业技术创新链循环中的主要需求主体，当然，农业企业也是相关产品的供给主体。由于它们所采用的技术中存在诸多不确定因素，这会增加它们的技术采用风险，因此，它们期望获得相关主体的技术服务。如农业技术首次经济使用主体在将初级农业技术应用于生产实践中时，需要农业技术发明主体的技术服务，以解决技术不确定问题。农户在采用农业生产资料或农产品生产与储存技术时，也期望获得农业企业或农业技术推广机构的技术服务。农业技术发明主体和农业企业能否将其产品转让或销售出去，在很大程度上受其服务水平的影响，良好的服务有利于它们转让或销售自己的产品。同时，其他主体也需要政府提供相应的服务，政府的服务是其他主体自我发展和协同发展的有力保障，因此，农业技术创新链循环中不同主体都要善于运用服务激励（尤其是政府，更要用好服务激励）。服务激励是农业技术创新链循环的"生命线"。

4. 信息激励

在信息时代，信息对各类经济主体意味着生存。一个经济主体获得更多的信息意味着它拥有更多的机会、更多的资源，从而获得激励。虽然信息激励是一种间接激励模式，但其激励作用不容忽视。如前所述，农业技术创新链循环中不同主体构成一个利益共同体，相互之间互为供求，互为合作伙伴关系，如果合作一方能率先获得合作伙伴的需求信息，并主动采取措施提供优质服务，必然使对方的满意度大为提高。这对合作双方建立起相互信任关系有着非常重要的作用。在农业技术创新链循环中，如果每个主体都十分关注合作方的运行情况，不断探索解决新问题的方法，那就达到了对它们激励的目标。信息激励是增强农业技术创新链循环主体之间的信任感，增进它们合作的"孵化器"。

5. 淘汰激励

淘汰激励是一种负激励。优胜劣汰是世间事物生存的自然法则[①]，农业技术创新链循环中也不例外。为了使农业技术创新链顺畅循环，农业技术创新链循环的核心主体必须建立对合作主体的淘汰机制。保持淘汰对农业技术创新链循环中不同主体都是一种激励。淘汰可以使农业技术创新链循环的主体由差变好、由好变得更好。

淘汰激励是要在农业技术创新链循环的主体中形成一种危险激励机制，让所有主体都有一种危机感。这样一来，每个主体为了能在农业技术创新链循环中获得群体优势的同时获得发展，就必须承担一定的责任和义务，对自己所承担的供货任务，从成本、质量、交货期等方面负有全方位的责任，这对防止短期行为和"一锤子买卖"给不同主体所带来的风险也有一定的作用。

---

① 马士华、林勇：《供应链管理》，高等教育出版社 2003 年版。

淘汰机制是优化农业技术创新链循环主体，促进农业技术创新链循环的"速成药"。

6. 共同开发

共同开发是指不同主体在农业技术创新链的某个环节进行合作的过程。如政府与其他主体合作从事农业技术创新链中某个环节的活动，政府出钱，其他主体出力，这能在一定程度上提高财政资金的使用效率，突破资金对其他主体的制约；农业技术发明主体在发明阶段让农户或农业企业参与，能够增进它们对技术的理解和掌握，也能使农业技术发明更具针对性；在农业技术首次商业化使用和农业技术扩散中让农业技术发明主体参与其中，不仅有利于农业技术首次商业化使用和农业技术扩散，而且能增强农业技术发明主体的市场意识，提高其发明能力。因此，共同开发是农业技术创新链循环中一种比较好的激励模式。共同开发是增强农业技术创新链整体竞争力的"杀手锏"，也是农业技术创新链循环的"加速器"。

五　协同机制

协同机制是整合农业技术创新链循环中主体的内部资源，发挥它们各自的优势，并形成整体竞争优势，进而推动农业技术创新链循环的重要机制。

（一）农业技术创新链循环中协同类型

（1）供求协同。指农业技术创新链循环的不同主体在相互合作、互为供求的条件下，双方或多方在供给产品（包括无形产品）的价格、质量和供货服务等方面进行协同。

（2）生产协同（包括共同开发）。在农业技术创新链循环中，生产协同既包括同一主体内部不同业务环节之间围绕主导产品的生产进行的协同，又包括不同主体在生产过程中的协同。就前者而言，如种子企业内部良种繁育、生产、包装、销售等不同业务环节之间的协同；对后者来说，如不同农户在种植同一农作物时，它们各有所长，有的善于栽培，有的善于施肥，有的善于灌溉，有的善于施用农药等。如果这些农户在生产过程中进行协同，则每个农户能各用所长，换取农作物产量的增加和质量的提高。再如政府在农业政策制定阶段多方征询其他主体的意见，了解它们的政策需求，这是单个主体与多个主体的协同。

（3）营销协同。营销协同指农业技术创新链循环的不同主体在联合销售、渠道共享、品牌共享、客户关系共享等方面的协同。如某农产品加工企业在市场竞争中确立了自己的竞争地位，有了良好的声誉，它可以用自己的销售渠道，以自己的品牌帮助分散的农户销售其农产品；政府对农户购买良种和农机进行补贴，这是政府与种子公司、农机生产企业和农户之间的营销协同。

（4）管理协同。如前所述，农业技术创新链循环中不同主体是以核心主体为"主机"形成的利益共同体，它们利益共享，风险共担。为了增强农业技术创新链循环的整体运行实力，需要进行管理协同。这里的管理协同主要是指不同主体在人、财、物的配置上应相互配套，能够与它们的业务合作相协调，尤其是要建立信息共享平台。

上述四种协同中，管理协同是基础，它能使农业技术创新链循环的不同主体成为一个整体，使它们"形散而神不散"；其他三种协同是手段，它们能增强农业技术创新链循环中主体之间的合作关系，使它们能真正成为利益共同体。

（二）农业技术创新链循环的协同实现机制

在农业技术创新链循环中，其他主体都以核心主体的战略导向为基础，共同寻求协同机会，并创造条件，增进协同。具体来说，农业技术创新链循环主体之间的协同应通过以下机制来实现。

1. 协同机会识别机制

协同机会识别机制就是解决如何寻求协同机会，也就是发现主体之间在哪些地方可能会产生协同。识别协同机会是不同主体实现协同过程中非常重要的一步，只有及时准确地识别协同机会，才能围绕协同机会采取种种措施和方法，取得应有的协同效果。所以，识别协同机会是实现主体之间协同的突破口。协同机会识别机制要把握以下几个方面：（1）识别协同机会的条件。主体处于非平衡状态是协同机会的前提条件。协同的目的就在于使某一主体在临界状态的微小涨落，通过不同主体之间的非线性相互作用将其放大为巨涨落，产生序参量，并在序参量支配下从宏观尺度上使不同主体作为整体呈现出特定的有序结构和功能模式，进而使农业技术创新链保持和具有整体性，使农业技术创新链循环保持和具有整体稳定性。因此，对农业技术创新链循环的不同主体作为一个整体而言，识别协同机会首先要把目光锁定在那些处于变革环境中或处于十字路口状态的主体。也就是说，农业技术创新链循环中主体之间协同机会的识别，主要是研究某个主体在处于变革阶段或"临界点"状态时，如何通过其他主体给他施加一定的影响而产生主宰全部主体的序参量，使农业技术创新链循环走向有序化。（2）识别协同机会的方法。协同机会除了认识其条件之外，还必须寻求一定的方法加以识别。从系统论角度看，系统的整体功能不是取决于其最强的环节，而是取决于其最薄弱的环节。因此，发现农业技术创新链循环中的薄弱环节（即处于临界状态的主体），并通过其他主体之间的协同增强该主体的实力，是农业技术创新链循环中主体之间实现协同的关键。从这一意义上说，识别农业技术创新链循环中薄弱环节的方法就是识别协同机会的方法。这些方法主要包括一般方法、建立数学模型的方法或价值链及其拓展等方法。

2. 协同价值预先评估机制

协同的实质就是实现协同效应。协同价值的大小不仅决定是否进行协同，而且也是协同追求的目标，即通过协同使每个主体都能借助整体功能的发挥而产生更多更大的价值。通过协同价值预先评估可以预评出协同所带来的效应，并能挖掘出协同主体的价值。协同价值预先评估时仅仅对协同过程中主体的价值进行判断是没有意义的，对主体使用协同价值的判断才能更好地了解协同主体的价值。协同价值评估就是要通过比较协同价值与协同成本的大小，决定协同的实际价值，即协同价值减去协同成本之后的结果。协同价值预先评估应以协同价值最大化，协同成本最小化为原则，只有挖掘出协同主体所产生的最大实际协同价值，并最大限度地降低协同成本，才是农业技术创新链循环中不同主体协同所追求的目标①。

3. 沟通机制

沟通机制是指为使主体之间能更好地产生协同并发挥它们的整体功能所采取的一切交流和沟通方式。有效的沟通机制是成功实现农业技术创新链循环主体协同的基础。协同机会识别与协同价值预先评估是通过在同一主体内部和该主体与支撑要素环境中其他主体、主体之间以及全部主体与支撑要素环境中其他主体进行广泛、深入、有效的相互沟通和交流基础上，被每个主体及其员工清晰地理解、认同和接受，并转化为各个主体内部员工的自觉行为。所以，沟通机制对增强主体之间的协同具有十分重要的意义。有效的沟通主要

① 潘开灵、白列湖：《管理协同机制研究》，《系统科学学报》2006 年第 1 期。

包括提高信任度和选择有效的沟通方式。无论是主体之间的协同，还是同一主体内部的协同，互相信任是进行协同的前提。从理论上看具有很好的协同机会和协同价值的协同，如果主体之间或主体内部不同业务单位之间缺乏信任，往往很难实现。对主体内部的协同来说，信任有助于整合组织内部各子系统或各个组成部分，使组织发挥整体功能效应；对主体之间的协同而言，相互信任有助于协同双方（或多方）意识到合作关系的潜力、实现资源共享、理解对方事务、定制信息系统或投入人力资源以便更好地为对方服务，弥补各自的不足，增强各方的能力。在主体内部和主体之间的协同过程中，应提倡"多向沟通"的方式，因为"多向沟通"具有反馈信息传递的功能，它能产生互动性的信息交流与沟通，便于沟通各方了解协同对象的相关信息而进行协同。有效的沟通，可以使主体之间以及主体内部人际关系和谐，有助于顺利达成协同意向，实现协同目标。

4. 整合机制

整合机制作用过程是农业技术创新链循环有序化的过程。整合机制是在协同机会识别、协同价值评估及沟通交流的基础上，为实现主体之间的协同而对协同主体及其内部条件进行的权衡、选择和协调。整合机制既包括对主体内部资源和业务活动的权衡、选择与协调（如农业技术首次经济使用主体的研发、采购、生产、营销、服务等子系统之间的衔接和配合，以及资金、产品、技术、人力资源等要素之间的配置），又包括对主体所供协同资源、主体在协同中应该从事的业务活动进行权衡、选择与协调，如农业技术发明主体与农业技术首次经济使用主体的并购、动态联盟及农业技术发明主体与政府、农业技术扩散主体和农户的合作等。整合的实质是最大化地挖掘各个主体的优势，弥补不足，使各个主体通过优势互补而产生整体功能效应，并获取协同收益。整合机制可以使主体更好地协同，改善或突破影响和限制农业技术创新链循环的"瓶颈"，实现其价值增值活动和整体功能优化效应，并使协同主体发挥最佳的作用。

5. 支配机制

支配机制是指农业技术创新链循环的某个主体在变革或不稳定阶段，由于其他主体的协同作用而创造了序参量，序参量反过来又支配各个主体按它的"命令"合作行动。同时，各个主体对"序参量"的"侍服"又强化着"序参量"自身，使不同主体自发地组织起来，致使该主体从变革阶段的无序状态走向有序状态，使农业技术创新链循环的主体组合从开始的无序状态或低级有序状态走向有序状态或高级有序状态，产生新的功能结构，进而推动农业技术创新链循环。

6. 反馈机制

在序参量的支配下，农业技术创新链循环中不同主体的组合将会从无序走向一种新的有序，或者从低级有序走向高级有序，使它们作为一个整体形成新的时间、空间和功能结构，进而实现整体功能效应。这种整体功能效应就是不同主体协同所达到的结果。但这种结果是否就是主体协同所追求的协同效应，还必须通过反馈，把其实际所达到的结果与协同目标相比较才能得出结论。如果协同实际所达到的结果和协同目标相一致，则说明实现了协同效应。反之，则说明没有实现协同效应，需要重新进行协同机会的识别、协同预先价值评估、交流沟通、主体及其内部资源的整合和配置等，以产生新的序参量，最终实现协同效应①。

----

① 潘开灵、白列湖：《管理协同机制研究》，《系统科学学报》2006 年第 1 期。

六　信用机制

信用是一种具有资本性质的、能够带来价值增值的特殊资源。在农业技术创新链循环中，信用机制对于维持主体之间供求关系的稳定，约束主体使它们运用合理的竞争手段，防止价格欺诈，增强相互信任，形成协同机制等都具有十分重要的作用。同时，信用机制本身也是一种激励机制。所以，信用机制在农业技术创新链循环中具有举足轻重的地位。

（一）信用机制的含义与运行

1. 信用机制的含义

信用机制是社会化信用管理体系的运行机制，是由信用运行、信用经营、信用立法、信用执法和信用教育等子系统构成的彼此交织的运行机制。从广义上讲，信用机制是一种社会机制，它通过对各种与信用相关的社会力量和制度整合，促进信用的完善和发展，制约和惩罚失信行为，保障社会秩序和市场经济的正常运行与发展。

2. 信用机制的运行

信用机制的运行主要包括以下环节：以征信机构（包括资信公司、银行、工商、税务、法院、质检、海关、担保公司等）为主体，客观、公正地收集、记录、制作、保存自然人、法人的信用资料，将市场主体的社会信息资源、金融资源、纳税资源等分散在各个部门的信息集中起来，形成统一的信用档案，对市场主体的信用状况作出整体评价，并建立起个人、企业和各类经济组织的征信体系；成立由银行、合作金融机构以及工商、质量技术监督、审计等部门共同参加的区域性信用等级评审机构；建立统一的信用评价指标体系和评审办法，形成个人、企业信用档案信息查询系统，要有公开、有效的信息传递机制，包括建立信息披露制度、交换制度等；建立信用信息共享机制，使征信企业和信用中介机构（咨询调查公司、担保公司）等公平、合理地采集和使用信用信息，并为全社会提供征信服务；建立起守信收益高、失信成本高的信用奖惩机制，对各类市场主体进行激励和监督；发挥中介组织作用，构建中介组织的自律性机制和监管体系，从重从严惩处中介组织的非信用行为，使其真正成为"信用"的重要载体①。

（二）农业技术创新链循环中信用机制的运行条件

发挥信用机制在农业技术创新链循环中的作用应该具备以下基本条件：

一是有不同主体的完整信用资料；二是不同主体的信用资料要具有可获得性；三是建立有效的奖惩机制，确保奖优罚劣，以收到惩前毖后的效果；四是建立信用中介组织，通过信用中介组织，为各个主体获取其他主体的动态信用信息提供服务，以增强相关信用资料的及时性、可靠性和完整性。

第二节　机制对农业技术创新链循环的作用

一　机制之间的关系分析

在农业技术创新链循环中，供求机制、竞争机制、价格机制、激励机制、协同机制和信用机制是相互影响、相互作用的，它们共同作用于农业技术创新链循环的要素，使它们不仅能通过内部资源的有效整合，解决自身所面临的主要问题，而且能使它们相互合作，实现农业技术创新链不同环节之间的平稳过渡和有效衔接，进而促进农业技术创新链循环。所以，农业技术创新链循环

---

① 吴学军等：《经济信用机制的缺失与建立》，《国家行政学院学报》2003 年第 4 期。

的以上机制缺一不可，但它们也有主次之分，切不可将它们等同看待。

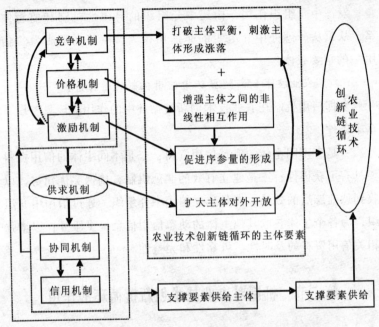

图 5—1 机制对农业技术创新链循环的保障作用示意图

（一）机制之间关系分析的说明

农业 技术创新链循环中六种机制之间的关系十分复杂，在此不便对它们之间的关系作具体、深入的分析。因此，在分析机制之间的关系时，笔者将供求机制单独列出，使它不与其他机制单独发生作用。其理由如下：

第一，价格机制和供求机制的相互作用不是直接发生的。从理论上讲，供求决定价格，价格又决定供求。但是，从实际的角度看，供求关系是通过对供求主体之间协同程度的改变而影响价格的。当某种商品的价格合理时，供给主体能销售其全部商品，需求主体也能按照自己的需要量买到这种商品，供求主体的协同度比较高，双方都没有改变相互关系的愿望。当该商品的价格过高时，供给主体的部分商品积压，需求主体对该商品的部分需求未得到满足，这使得双方都有与对方协同的愿望，从而使供给主体降低价格，需求主体增加购买量。最终使二者的关系协调，供求均衡，价格合理。当该商品的价格过低时，一方面，供给主体减少对该商品的生产，另一方面需求主体增加对该商品的需求，双方协同的结果是形成合理的价格。从这一意义上讲，供求机制并不是直接影响价格机制的；同样，价格机制也不是直接影响供求机制的。第二，供求机制对其他机制的作用也不是直接发生的。如供求机制与竞争机制的作用必须通过价格机制的作用，才能有效进行；供求机制与协同机制的作用必须通过信用机制的作用才能有效进行等。第三，竞争机制、价格机制和激励机制共同影响供求机制。通过竞争机制，形成合理的价格，使供求双方都有利可图，形成它们维持现有供求关系的激励机制。第四，供求机制对协同机制和信用机制的作用不是单独进行的。因为协同机制和信用机制是共生体，供求机制对其中一方的作用，必然会引起另一方的变化，而另一方的变化又能影响供求机制。第五，协同机制和信用机制对其他机制的作用也不是直接发生的。因为其他机制之间是相互作用、相互影响的。协同机制和信用机制对其他任何一种机制的作用，都会影响更多的其他机制，从而影响其他机制之间的关系，而其他机制之间关系的改变，又会影响协同机制与信用机制对其中某一种机制的作用。

（二）机制之间的关系

基于上述理由，结合图 5—1 可知，供求机制是农业技术创新链循环的核心机制，它是联结其他机制的纽带和桥梁。首先，在竞争机制的作用下，不同主体都参与同其他农业技术创新链循环中同类主体之间的竞争，使得它们各自的产出物能够形成合理的价格；在价格机制的作用下，将农业技术创新链循环所创造的价值在不同主体之间合理分配，使各个主体都有利可图，利润对它们形成激励；竞争机制、价格机制和激励机制相互影响、相互作用，使得主体之间形成有效的供求机制。其次，供求机制又促进协同机制和信用机制的形成，一方面，主体之间供求关系的形成有利于它们建立协同关系，形成协同机制；另一方面，供求关系的形成有利于主体之间建立相互信任关系，促进信用机制的建立和完善。此外协同机制和信用机制是"寄生体"，两种机制作用的结果是各自都得以建立和完善。最后，协同机制和信用机制又作用于竞争机制、价格机制和激励机制，并通过竞争机制、价格机制和激励机制之间的相互作用，进一步稳定主体之间的供求机制；供求机制又作用于协同机制和信用机制，依此循环往复。

二 机制优化农业技术创新链循环的要素

从图5—1可知，供求机制能扩大主体对外开放；竞争机制能打破主体的平衡，刺激主体形成涨落；价格机制能增强主体之间的非线性相互作用；激励机制能促进"序参量"的形成；协同机制和信用机制能通过对其他机制的作用，进一步扩大主体对外开放、打破主体平衡、刺激主体形成涨落、增强主体之间的非线性相互作用和促进"序参量"的形成，从而优化了农业技术创新链循环的主体要素。同时，通过上述机制对支撑要素供给主体的作用，使它们能进行支撑要素的有效供给，这又优化了农业技术创新链循环的支撑要素。可见，机制之间的相互作用，能够优化农业技术创新链循环的要素。

三 机制保障农业技术创新链循环的运行

如图 5—1 所示，通过不同机制之间的相互作用，以及它们对主体和支撑要素供给主体的作用，优化了农业技术创新链循环的支撑要素和主体要素。在支撑要素有效供给的基础上，主体生成客体要素，并使它们在不同主体之间有效地传播、转化和转移，从而实现主体之间的高度协同和对支撑要素、客体要素的有效整合，进而保障农业技术创新链循环的顺畅运行。

可见，机制优化了农业技术创新链循环的要素；优化后的要素共同促进了农业技术创新链循环；没有机制或某种机制的缺失，将会影响农业技术创新链循环的要素优化，从而制约农业技术创新链循环。因此，机制是农业技术创新链循环的保障。

第 六 章

农业技术创新链循环模式

本章将重点对几种不同农业技术创新链循环模式进行评价、比较与选择，以寻求实现农业技术创新链循环与国民经济发展良性互动的有效运行模式。

第一节　农业技术创新链循环模式的内涵界定

一　农业技术创新链循环模式的内涵

（一）农业技术创新链循环模式的概念

"模式"一词属于外来词，英语表达为"model"，它是由模型转化而来，其本意为尺度、样式和标准。《现代汉语词典》对"模式"的解释为："指某种事物的标准形式或使人可以照着做的标准样式。"

所谓农业技术创新链循环模式是指农业技术创新链循环中的各个主体，以某一主体为核心，以满足市场需求为导向，通过一定的机制联结所形成的相对固定的农业技术创新样式。

（二）农业技术创新链循环模式的特征

1. 农业技术创新链循环模式形成的动力是市场需求

它是以市场需求拉动为主的链结构模式。这里的市场需求包括内部需求和外部需求。其中，内部需求是不同主体之间互为供求关系，如农业技术首次商业化使用主体对农业技术发明的需求及后者对前者需求的满足；农业技术扩散主体成熟农业技术的需求及农业技术首次商业化使用主体对其需求的满足等。内部需求是不同主体联结的内在动力。外部市场需求是最终消费市场对农产品或加工农产品的需求及模式中主体共同对其需求的满足。外部需求是内部需求形成的动力，内部需求是外部需求得以满足的条件。只有通过内部供求关系，才能将不同主体有机结合起来，通过不同主体的协同，由某一主体生产能够满足外部需求的产品。

2. 参与主体的多元性和层次性

农业技术创新链循环的四类主体要素都以不同的方式参与模式的运行，它们在模式中的地位不同。从作用方式看，有的主体直接在模式中出现，有的主体在模式中不出现，缺位主体的作用可由某个在位主体来代替。从所处地位看，市场所需农产品或加工农产品的生产者是核心主体①，其他主体起辅助作用。这种辅助可以是供给核心主体客体要素，也可以是供给支撑要素。

3. 需要有效的机制做保障

农业技术创新链循环模式中的不同主体在利益追求、目标取向等方面存在差异，它们中有的追求发明成果的实践应用，有的追求成熟农业技术的规模利用，有的追求外部需求产品的生产等。因此，需要有效的机制将不同主体有机结合起来，实现农业技术的"供、产、销"一体化。

4. 需要支撑要素的有效供给

支撑要素是农业技术创新链循环的前提、基础，没有支撑要素的有效供给，模式中至少有一类主体的活动会受到制约，而不

---

① 如果没有该主体的生产活动，其他主体的目标将无法实现。

同主体的协同是模式有效运行的重要条件。因此，农业技术创新链循环模式的运行需要支撑要素的有效供给，即每类主体都能获得自己所需的支撑要素。

二　农业技术创新链循环模式与农业产业化模式的关系

1. 农业产业化模式不都是农业技术创新链循环模式。农业产业化模式强调的是农业生产的"供、产、销"一体化，而农业技术创新链循环模式强调的是农业技术的"供、产、销"一体化。农业产业化模式不一定是农业技术创新链循环模式。如某农产品加工企业以双方议定的价格收购农户的原料农产品，并对其进行加工，实现农产品的价值增值。其中农户向企业提供原料，企业进行原料农产品的收购和加工。这是一种农业产业化模式，但不是农业技术创新链循环模式。因为这里没有农业技术创新链循环的要素。

2. 农业技术创新链循环模式不一定是农业产业化模式。如政府从某科研机构引进成熟的农业技术，并将其推广给农户，这是农业技术创新链循环模式，但不是农业产业化模式。因为这里没有形成农业生产的"供、产、销"一体化。

3. 二者可以相互转化。一般来说，农业技术创新链循环模式的运行有利于实现农业产业化，从而使其转化成农业产业化模式；农业产业化模式大多涉及农业技术创新，所以，大多数农业产业化模式本身就是农业技术创新链循环模式。

三　农业技术创新链循环模式与农业技术推广模式的区别

农业技术推广模式主要是把经过首次商业化使用的成熟农业技术加以推广，扩大其使用面，以发挥农业技术的"第一生产力"作用。它是以现有农业技术发明和农业技术首次商业化使用成果为基础而进行的。农业技术的生产在前，"销售"在后，事先对技术接受主体的需求考虑不多，一般存在农业技术的供求脱节问题。农业技术创新链强调的是按需生产农业技术，一般不存在农业技术的供求脱节问题。

第二节　农业技术创新链循环模式的类型及其评价

一　政府推动模式

在政府推动的农业技术创新链循环模式中，政府主要起要素整合和服务作用，通过要素整合和服务为农业技术创新链中主体之间的协同，以及农业技术创新链不同环节之间的有效衔接创造必要的条件，从而推动农业技术创新链循环。

（一）"政府＋农户"模式

在这种模式中，政府根据市场对农产品的需求，结合区域农业生产条件，从外界引进技术，并提供相应的服务（包括技术服务、要素整合服务等）帮助农户采用先进技术，促进农业发展，增加农民收入，并通过农户采用技术后收入的增加，刺激其技术需求，从而使政府与农户之间以及政府与农业技术供给主体（包括农业技术发明主体）之间形成良性互动关系。这是一种最简单的政府推动模式，主要适用于农产品生产和储存技术创新，其核心主体是农户，模式运行机制由政府和农户共同建立。

1. 政府在模式中的作用

政府发挥三种作用：一是提供客体要素。政府代替农业技术发明主体或农业技术首次商业化使用主体向农户提供初级或成熟农业技术。当引进的是成熟农业技术时，政府代替的是农业技术扩散主体；当引进不成熟农业技术时，政府代替的是农业技术发明主体。二是提供支撑要素。政府根据农户对支撑要素的需求，以及自身的财政实力，为农户提供必要的支撑要素。如帮助农民获取信贷资金等。三是帮助农户建立模式运行机制。如选择适销对路农产品的生产种子，帮助农户开拓产品销售市场，促进农户之间的合作等。

2. 农户在模式中的作用

农户在模式中的作用主要体现在两个方面：一是进行农业技术的首次商业化使用（政府引进不成熟农业技术）或扩散使用（政府引进成熟农业技术）；二是通过内部资源的整合和对外部支撑要素、客体要素的有效利用生产能满足市场需求的农产品，并达到自身和政府各自的目标。

如延安市志丹县政府为促进该县小杂粮产业的发展，2006年，县政府大力推行科技入户和一村一品工程，推广无公害生产技术，坚持一个品种、一套操作规程、一支科技推广队伍，落实科技入户示范村 12 个，在建示范户 192 户。通过示范村、示范户的辐射带动作用，全县现已建成小杂粮集中连片 500 亩以上地膜玉米种植点 5 个，200 亩以上地膜玉米种植点 24 个，建成土豆、豆子、谷子千亩丰产带 12 个，百亩示范点 66 个，50 亩高标准样板田 37 个，并引进 8 大类、93 个优良品种，建成品种试验示范基地 3 个。同时建起大棚菜示范点 5 个，示范园区 1 个，秦川牛繁育基地 1 个，养殖示范户 36 个，走上了一村一品、一户一业的科技示范开发的路子①。

3. 模式的优点

一是政府在模式中发挥多个主体的作用，减少了农业技术创新链循环的主体数量，便于主体之间的协同；二是政府能凭借自身的资源优势为模式运行提供有效的支撑要素，并可将多个农户

---

① 由志丹县政府提供资料。

组织起来，从而在较短的时期内，实现农业技术的规模应用。

4. 模式的不足

这种模式的主要不足可能存在于两个方面：一是农户所面临的技术风险比较高。一方面政府引进的技术可能在区域内没有首次采用者，缺乏成功者的示范带动效应；另一方面政府可能缺乏提供有效技术服务的能力，无法解决技术采用中可能出现的问题。上述两方面的情况都会在一定程度上增加农户采用技术的风险。二是如果政府不能有效调动农户采用技术的积极性、主动性，而是通过行政手段使农户采用技术，则可能引发一系列问题。如干群关系恶化，风险给农户造成的损失无人承担等。

（二）"政府＋农业科技园＋农户"模式

这种模式是政府结合本地农业发展的实际需要，从外界引进先进技术，然后投资建设农业科技园。通过农业科技园的示范效应，辐射、带动周边地区农民采用相关技术，而农户对相关技术的需求又能刺激政府增加对农业科技园的投资，使农业科技园能够更好地发挥示范、辐射和带动效应，进而促进这一农业技术创新链循环模式的有效运行。

如广西藤县县政府为了改变该县主要传统农作物木薯品质单一和老化，管理粗放，种植投入低，单产低等的状况，做大做强木薯产业，增加农民收入，2005年和2006年连续两年在县财政中划拨资金实施《木薯新品种标准化栽培示范项目》。并从广西亚热带作物研究所等科研院所引进木薯新品种南植199、GR911、Sm1600、华南205等，安排在金鸡、太平、东荣、平福、大黎等乡镇建设示范基地，同时作为繁种基地进行建设。2006年新品种示范面积达3万亩。基地示范带动效果显著，周边的农民看到了良种加良法的高产效应，纷纷要求县农业部门为他们寻找新品种，培训新的栽培技术。2006年全县木薯种植总面积达到30

万亩。测产结果表明，全县示范区新品种平均亩产 3.08 吨，比本地品种平均亩增 1.60 吨，增幅 107.5%①。

该模式可以在一定程度上弥补"政府 + 农户"模式可能存在的不足。因为政府可以通过示范园将农业技术成熟化，形成农业技术应用规程，并吸引农户采用农业技术。这在一定程度上降低了农户采用技术的风险，能使农户主动采用农业技术，便于调动农户的积极性和发挥其创造性，同时，可以避免政府用行政手段迫使农户采用技术可能引发的问题。但是，该模式也有其不足之处。一是示范园可能无法解决形成农业技术应用的操作规程，不能有效降低农户的技术风险；二是示范技术可能不适合大田操作，大田操作中所出现的新问题也许无人能够解决。

（三）"政府 + 科研机构 + 示范园 + 农户"模式

这种模式是由地方政府充当农业科研单位（包括农业高等院校）与农户联系的纽带，通过建立农业科技示范园，把农业科研单位的农业技术成果引入可农业科技园进行试验、示范，然后再把成熟实用的农业技术推广到农户手中，并使农业科研单位与农户结成"风险共担，利益共享"的利益共同体，运用利益机制来加快先进农业科技成果对农业的技术改造，进而促进该模式的良性循环。

如北京市大兴区从 2003 年开始与中国农业科学院进行首次合作，经过三年合作，共引进和推广无公害混合饲料生产、新型青贮饲料制作等新技术 62 项，形成适合本地农业发展的实用技术 25 项，筛选出适合当地的蔬菜、花卉、甘薯等 10 类 59 个品种，创造新的种质资源 200 多个，制定了 2 个北京市标准和 1 个

---

① 广西藤县：《良种加良法木薯产量高》，http：// zhangpu. cctv7. net/ host/ newscontent. asp Id ＝111370。

区级标准，14 套技术规程。其结果是火鹤组培高等效繁殖技术使火鹤每亩产量提高 5 倍，优新果品贮藏保鲜技术使果品储藏期延长 6 个月，尝到甜头的大兴区政府 2006 年 1 月，再度牵手中国农业科学院，开展新的合作项目[①]。

这种模式可以借助农业科研机构的科研、技术实力，加强示范园管理，形成农业技术应用操作规程；农业科研机构可以帮助农户解决大田操作的相关技术问题。因此，该模式能在一定程度上弥补"政府＋农业科技园＋农户"模式的不足。同时，该模式实现了科研机构与农户的联合，这对科研机构自身的发展也有很大的推动作用。该模式的不足在于：农业科研机构不是经济组织，而是事业单位，这可能会使模式运行缺乏有效的利益激励机制，从而影响科研机构与农户的有机结合和模式的运行。

（四）政府推动模式总体评价

（1）政府推动模式的优势。政府在推动模式运行中，如果能有效利用其资源整合功能和服务功能，那么，可以在较短的时期内，将农业技术导入农业生产系统，促进区域农业发展，带动农民增收。这是该模式最大的优势。

（2）政府推动模式的缺陷。政府推动模式的缺陷主要体现在以下几个方面：一是由于政府不直接参与具体的经济活动，难以充分把握不同要素的动力来源、约束条件等，它难以有效利用自身的资源整合功能和服务功能为模式运行建立有效的机制；二是其他主体都处于被动状态，参与模式运行既不是他们的自主行为，又不是自觉行为，因而不能充分调动他们的积极性、主动性

① 邵文杰：《院区合作让技术变成生产力，北京大兴区与农业科研院合作再上台阶》，《光明日报》2006 年 9 月 18 日。

和创造性，这进一步增加了建立有效机制的难度，难以形成农业技术创新链循环的要素条件；三是政府在推动模式运行中，难以避免行政手段的使用和短期行为的存在，很容易恶化干群关系，甚至会引发严重的后果。

（3）采用政府推动模式的注意点。采用"政府＋农户"模式应注意：要引进成熟农业技术；引进技术要适合区域内农户大田操作、应用；运用引进技术生产的农产品要适销对路，能增加农户收入；要通过宣传、教育等方式调动农户采用技术的积极性、主动性，切不可通过行政手段强制农户采用技术。采用"政府＋农业科技园＋农户"模式应注意：要保证示范园中能产生成熟农业技术（包括技术操作规程）；要能实现成熟农业技术的大田操作转化，并对农户进行必要的培训；要能解决农户采用技术所发现的新问题。采用"政府＋科研机构＋示范园＋农户"模式要注意：尽量发挥科研机构的科研优势，提供成熟农业技术；通过科研机构为农户提供必要的技术培训或有效的技术服务；处理好科研机构与农户的利益分配关系。

二　农户主导模式

（一）发明带动模式

这种模式的运行过程是：首先，核心农户进行农业技术发明，并将其投入首次商业化使用获得成熟农业技术；其次，核心农户通过成熟农业技术在自身生产中的应用，甚至通过对成熟农业技术的扩散实现收入增加；再次，周边地区其他农户在核心农户示范效应的带动下，纷纷采用其农业技术；不同农户对同一农业技术的采用又能通过"农业踏板原理"的作用，产生新的农业技术发明需求，从而形成"农业技术发明—农业技术首次商业化使用—农业技术扩散"的循环。

如山东省沂南县西芙蓉村村民从洪利，一直酷爱钻研农业科技。为了提高自己的科技水平，他于 1994 年创办了食用菌研究所，在自家庭院里建起了实验室。十年来，他不仅自己依靠科技走上致富之路，还使周围很多村的农民从中受益①。再如，山东农民王乐义发明了冬暖式蔬菜大棚，并无私地将其大棚技术在全国推广，掀起了一场"菜篮子革命"，结束了冬季北方人只能吃白菜、萝卜的历史，使亿万农民走上了致富奔小康的道路②。

（1）核心农户的作用。在该模式中，核心农户的作用主要体现在：一是提供客体要素，主要是成熟农业技术及其供给信息。二是为模式运行机制的建立创造条件。一方面，核心农户的成功证明了现有支撑要素能够满足技术采用的条件，而且采用技术的增收效果比较明显；另一方面，周边地区农户可以通过邻里乡亲从核心农户获取相关经验，或者使核心农户为他们提供技术服务。这使得其他农户采用技术的动力增强，约束弱化，从而主动寻求核心农户的技术，进而为核心农户与其他农户之间形成农业技术供求关系创造了良好的条件。

（2）模式的优点。该模式的优点主要是：第一，技术成熟且可以直接进行大田操作；第二，技术采用过程对支撑要素的要求比较低，一般农户都具备相应的支撑要素，容易投入应用；第三，其他农户对技术采用完全是自觉行为，有利于充分发挥他们的积极性、主动性和创造性。

（3）模式的不足。该模式的不足在于：一是不具备普遍实施条件。这种模式需要农户掌握必要的知识、具有创新意识和能

---

① 《农民自建科研"实验室"　科技致富奔小康》，http：// www. people. com. cn/GB/keji/1056/2671614. html。

② 宋光茂、李章军、何勇：《他把蔬菜大棚推向全国——记山东省寿光市三元朱村党支部书记王乐义》，《人民日报》，2006 年 1 月 20 日。

力、敢于冒风险等，但我国大部分农户不具备这样的素质，所以，该模式不具备普遍实施条件。二是单个农户的实力有限，农村交通、通信设施条件又差，技术难以有效扩散。

（二）实业带动模式

这种模式是核心农户自己利用技术兴办实业，并给其他农户传授相关技术、提供相应的服务，使他们能为其实业的发展提供原料，从而使其他农户采用相关技术，实现科技致富，并支持核心农户实业的发展，实现双方"共赢"。其中，核心农户相当于农业技术发明主体、农业技术首次商业化使用主体和农业技术扩散主体；其他农户相当于农业技术的扩散采用主体。通过合作的"共赢"，它们之间形成良性互动关系，即核心农户不断引进新的农业技术发明或农业技术首次商业化使用成果，其他农户不断采用成熟农业技术，巩固核心农户与其他农户的关系。

如湖北省鹤峰县农民向宏建通过发展山羊养殖致富后，2004 年，他学习了烤羊技术，开了一家烤羊店，烤羊店生意兴隆，对肥羊的需求量很大。针对村里农民因缺技术和担心销售问题而不敢养羊，而自己店里对肥羊的需求量大，又无人力和时间自己喂养的现状，他想到了"赊借母羊一年还本"办法，即村民不花一分钱的成本，与他的烤羊店签订偿还合同，然后将母羊赶回家，等待产仔育肥后给向宏建偿还同重量的母羊或肥羊即可，余下的母羊或肥羊归村民自己。烤羊店负责搞好防疫和提供技术服务。当年，此举为养羊农民增加收入 20 多万元①。

---

① 唐红珍、张友新：《科技致富带头人》，http：//www. zhangguolaoqujianshe. com/ Article _ print. asp Article ID = 974。

（1）模式的优点。这种模式的优点体现在：一是在利益获取上，核心农户与其他农户密切相关，双方容易结合起来；二是核心农户与其他农户都比较熟悉，相互了解，可以靠信用维持双方的合作关系。

（2）模式的缺陷。该模式的缺陷在于：一是兴办实业需要核心农户具有一定的资本积累，而一般农户可能没有相应的投资能力；二是模式的运行对实业的依赖性比较强，一旦实业发展处于困境，则可能制约模式的运行；三是模式运行存在败德风险。

（三）农户主导模式的展望

从理论上讲，农业技术创新链循环的核心主体应该是农民，因为农民处于农业生产的第一线，他们自身就是农业生产的实践者，他们更清楚自己的技术需求，因此，他们发明或引进的技术往往对其他农户具有很强的参考和应用价值，这对于处于核心地位的农民，以及其辐射范围内的其他农民都是十分有益的事情。同时，在这类模式中，核心农户与其他农户的供求机制、协同机制等都是在市场机制作用下形成的，不需要专门建立运行机制。因此，农户主导的农业技术创新链循环模式，应该是最理想的农业技术创新链循环模式。但是，由于我国农民整体文化程度偏低，技术理解和掌握能力不足，风险承受能力有限等原因，上述模式还不具备大范围实施的条件。

发达地区的实践表明：随着农民科技意识的增强，将会有越来越多的农民不满足于简单地学技术，而是自办"家庭研究所"搞科研，让自己的科研成果在致富奔小康中发挥作用。如在山东省沂南县，农民自办的"家庭科研所"已有44家，研究领域有水稻、茶叶、蔬菜、果品等。近年来，全县有100多项农民科研所的科研成果得到推广应用，并创造了可观的经济效益和社会效益。沂南县"家庭科研所"的兴起，意味着农户主导的农业技术创新链循环模式具有强大的生命力①。

因此，政府应该加强农民教育和培训，提高他们的文化素养，增强他们的科技意识、市场竞争意识、协同意识、资源整合意识等。应该相信，随着农民科技意识的增强和整体素质的提高，农户主导的农业技术创新链循环模式将如雨后春笋，在全国各地萌发，我国农业发展将会迎来新的春天。注意该模式主要适用于农产品生产和储存技术创新。

三　"农民合作组织＋农户"模式

这种模式主要是农民合作组织从科技单位引进各种优良品种和先进的种植或养殖技术，向其成员推广；成员通过对农业技术的成功采用实现其收入的增加，并通过示范效应带动其他农户加入合作组织，进而促进合作组织的发展，形成农民合作组织与农户之间的良性互动关系；农民合作组织与农户之间的良性互动，又能拉动农民合作组织与农业技术供给主体之间的良性互动，从而实现农业技术创新链循环。该模式主要适用于农产品生产和储存技术创新，但也可用于其他农业技术创新，而且可以同时涉及几种农业技术创新。如山东省高密市神龙养牛合作社在中国社科院、农科院几位专家教授的指导和帮助下，在本市周戈镇建起了高密肉牛产业化与生态农业试验基地，培育繁殖世界优良牛种，同时创办养牛合作社，吸引周围 8 个乡镇中的 500 个养牛户参加，合作社以基地为依托，引进美国饲料玉米、甜高粱、小黑麦等饲料作物，为入社农户种植饲料作物提供良种和技术服务。同时引进世界上先进的意大利皮埃蒙牛胚胎和冻精颗粒，对入社农

---

① 董振国、李顺利：《农民自建科研"实验室"科技致富奔小康》，http：//www.edu.cn，2004.7.29。

户的黄牛进行改良，并承担防疫、科学饲养以及良种牛的回收。由此实现了农民合作组织发展和农户增收的良性循环①。

该模式中，农民合作组织负责客体要素的获取和供给，并建立机制使农户自愿结合起来；其他农户自主加入合作组织。

1. "农民合作组织＋农户"模式的优势

该模式的优势主要体现在：一是合作组织可以填补其他主体和农户之间的组织断层，实现分散经营的小农户与其他主体的连接，弥补其他主体在面对众多分散小农户时力不从心的缺陷，从而实现农业技术由其他主体向农户的顺利传递。二是合作组织更加了解农户的需求和意愿，从而能够将农户真实的意见反馈到政府或其他要素，实现技术供求之间有效、及时沟通。三是由于合作组织可以通过聘请专家解决技术难题，或者采取联合攻关，有的甚至成立自己的科技开发部门，从而保证农业科技成果适销对路，并使农户能以较低的成本获得它。所以，农民通过自己的合作组织能够降低单个农户采用新技术的成本，增强农户抵御技术风险、市场风险的能力。四是农民合作组织大多以当地的、在某些农业技术的转化应用上取得了一定成效的技术能人为主体，因而对周围农民的示范作用较大。五是该模式运行的投入一般由会员集资或者通过活劳动的义务奉献来解决，可以解决单个农户不能解决的问题。六是在技术选用上，该模式一般以适用性较强、成本相对低廉的农业技术为重点，有的则是把内部成员摸索、积累的成功经验向其他成员传授。此外，这种模式既适用于农产品生产和储存技术创新，又适用于农业生产资料生产技术和农产品加工技术创新。

---

① 张立峰：《我国农业科技成果转化模式研究》，河北农业大学2002年硕士学位论文。

2. "农民合作组织＋农户"模式的不足

一是农民合作组织缺乏原发农业技术创新能力，一般只能引进现有技术，并对其进行首次商业化使用和扩散。这样，该模式的运行一方面要受现有农业技术供给状况的影响，只有现有农业技术能够有效供给时，该模式才能有效运行；另一方面，不同区域农民合作组织的经营结构容易雷同，难以形成独特的竞争优势。二是合作组织存在资金筹措能力有限、市场开拓能力不足、缺乏科学管理能力等方面的不足，难以将产业做大、做强。

四　"公司＋基地＋农户"模式

这种模式以公司为核心主体，公司自己获取技术，并将技术（或其物化成果）传授给农户，同时，公司建立相应的机制让农户和公司实现利益的有机结合，形成公司与农户之间的良性互动关系。该模式既可用于农产品生产和储存技术创新，又可用于农业生产资料生产技术创新和农产品加工技术创新。

（一）模式的类型

1. 公司自行研制、开发农业科技成果

在激烈的市场竞争中，为了提高公司产品的市场竞争力，有些规模较大的公司招聘科技人员，组织科技攻关，研究开发新成果，依靠增加产品的科技含量，增强自身的竞争力，并借助公司利润的增加来推动该模式的有效运行。其中，公司通过自身的农业技术发明或农业技术首次商业化使用活动，将相关产出（包括物化成果，如良种等）向农户扩散，并使农户通过采用其农业技术创新成果而增加收入，最终使公司与农户实现"双赢"，并使该模式顺畅运行。如陕西省种业集团为了培育新品种，先后创建了秦丰玉米研究所、秦丰瓜菜研究所、秦丰农作物良种引育中心等科研机构，开发出"秦油二号"、"黄杂1

号"、"杂油 59"等新品种，为公司带来了巨大的经济效益①。公司效益提高后，其 R&D 投资增加，从而使这一模式进入良性循环状态。

2. 公司从国外引进优良品种或先进技术

这一模式是公司通过技术引进、示范和推广，带动农户收入增加，从而使公司与农户结成利益共同体。在利益共同体的作用下，公司将进一步引进技术，并推动利益共同体的发展、壮大，从而形成公司与农户、公司与引进农业技术的供给主体之间的良性互动关系，进而推动该模式的运行。如内蒙古宁城集团肉牛产业化中，建立了纯种繁育牛示范基地、草业基地、牛源基地和育肥牛基地等，并在不同基地的发展中给农户提供相应的技术和服务等。在牛源基地建设中，集团向农户提供廉价种公牛精液，提供配种、繁育母牛、犊牛饲养技术及农户的技术培训等，使农户改良牛种，农户生产的架子牛和淘汰的母牛由育肥场、屠宰加工厂长期优先收购；纯种繁育示范基地主要进行胚胎移植，集团向农户提供胚胎和技术，农户的受体母牛生产的牛种，饲养到 6 个月，由集团以优惠价收购；育肥牛基地发展中，集团赊销给农户部分精补料、预混料、添加剂以及贴息贷款等，提供不同阶段肥牛饲料配方，并对农民进行技术培训，集团以现金收购育肥牛；草业基地中，集团提供种子和技术，春天与农户签订合同，秋天现金收购青贮玉米和牧草②。正是通过上述方式，集团与农户之间才形成了利益共同体，最终使其肉牛产业化得到有序发展。

---

① 张立峰：《我国农业科技成果转化模式研究》，河北农业大学 2002 年硕士学位论文。

② 李学英、范海云：《内蒙古宁城集团肉牛产业化经营中的"公司＋农户"模式》，《内蒙古畜牧科学》2002 年第 6 期。

3. 公司与科研单位联合或委托科研单位进行科技成果的研制、开发

在这种模式中，公司通过与科研单位联合或合作，获得自己需要的技术，并通过技术采用增加其收入；收入的增加又进一步刺激其与科研单位的联合与合作，从而实现公司与科研单位的良性互动，并带动基地农户收入的增加，形成公司与农户之间的良性互动关系。如天津市宁河县的全国最佳养猪企业宁河原种猪场，为了治理牲畜粪便污染问题，从 20 世纪 80 年代开始，猪场与中国农业大学、东北农业大学、南开大学生物系合作，开始了一系列的实验。80 年代末期，猪场便在全国率先采用干清粪、粪尿分离的清粪方式，采用塑料薄膜覆盖的消灭苍蝇方式，采用生物净化的污水处理方式等。2001 年，针对猪场规模不断扩大和集约化程度不断提高的需要，宁河原种猪场又与德国科学家和中国农业大学合作，采用了先进的工艺流程，实现了养殖场粪污的高效处置和废物的综合利用。即将猪的排泄物进行干湿分离，将粪便制成有机肥料，而脏水则进入沼气发酵池，通过多级过滤，达标排放。通过采用这一新工艺，猪场不仅实现了零污染排放，而且实现了"饲料加工—种猪饲养—有机肥料制造—沼气生产"一条龙的循环经济链条。就有机肥料生产来说，农户使用其有机肥种植粮食每亩增产 6%—19%，蔬菜每亩增产 10%—30%，经济作物每亩增产 10%—36%，而且生产的是绿色食品，农民能从中获得可观的收入，因此，农户对其有机肥的需求不断增加，这使该场生产有机肥料的年利润达上百万元，年投资利润率高达 25%①。

---

① 赵婀娜：《天津宁河　科技变粪为宝》，《人民日报》2005 年 8 月 25 日。

（二）模式的优缺点分析

1. "公司＋基地＋农户"模式的优势

"公司＋基地＋农户"模式的优势主要体现在：一是通过公司使科技成果供需双方得以互动交流，实现供需平衡。二是公司有动力和能力建立有效的机制，创造推动模式运行的要素条件。在该模式中，公司十分注重双方协同机制和信用机制的建立，同时，公司十分重视收购原料农产品的价格，以保护农户的利益，增强双方之间的合作，这有利于形成合理的价格机制和有效的激励机制。三是该模式的运行经费（包括产品的宣传、技术使用方法的咨询等）完全由企业自身解决，这在很大程度上弥补了我国农业科研资金供给不足的缺憾。四是在技术选择上，该模式多以市场前景好、效益高和能够迅速开发应用并可以物化为新产品的高新技术为主或者可以为企业建立稳定的优质原料供应基地的农产品生产新技术为主。五是该模式中公司与农户是利益共同体。虽然公司是独立的利益主体，但是，只有与农户形成利益共同体，它才能在竞争中求得生存和发展。所以，公司愿意为农户提供产前、产中及产后的技术服务，向农民推广最新的技术成果以及农业科学技术知识。这对于提高农户的素质、解决"小农户"与"大市场"的矛盾，以及把农业中的相关产业做大、做强都具有十分重要的作用①。六是该模式可用于各种类型的农业技术创新。

2. "公司＋基地＋农户"模式的缺陷

该模式的缺陷主要体现在：一是龙头企业的农业技术创新能力整体不强，尤其是缺乏原发农业技术创新能力，这使该模式的

① 肖景伟：《"公司＋农户"产业化模式的探讨》，《饲料博览》2004年第7期。

运行在一定程度上受现有农业技术供给状况的制约，也难以形成有区域特色的产业。二是公司与农户在经营规模、经济实力、组织化程度、人员素质、信息获取等方面存在不对称，使得公司在整个模式运行中处于强势地位，而农户则处于弱势地位。这种情况容易导致公司对农户利益的侵占和剥夺。如农户只能获得原料农产品销售收入，而不能共享其加工增值收益。三是公司和农户都可能面临违约风险。目前，在这种模式运行中，公司和农户主要以松散的形式结合，农户要按照合同收购价格为公司提供原料农产品，但是，当农产品的市场价格高于合同收购价格时，农户可能将农产品以市场价格卖给其他买主；当农产品的市场价格低于合同收购价格时，公司可能违约，在农产品收购中不完全履行合同。

从总体上看，"公司＋基地＋农户"模式是一种比较适合我国现阶段农业生产力水平和农村经济现状的农业技术创新链循环模式。

五 "农业科教单位＋基地＋农户"模式

这种模式是科教单位利用自身的技术、人员优势，主动与当地政府或农户建立联系。通过为农户提供生产资料、技术和服务，在获得经济及社会效益的同时实现科技成果的转化，从而形成农业科教单位与农户之间的良性互动关系。

如宁夏农林科学院是宁夏回族自治区唯一的综合性农业科研单位。为了促进科研成果转化，宁夏农林科学院围绕自治区优势，进行特色农产品区域布局规划，将科研工作重心与自治区农业结构调整、特色产业发展和生态环境建设等重点工作紧密结合，加强科技攻关，提升农业科技对产业发展的支撑能力，取得了显著的社会、生态和经济效益。

宁夏农林科学院的"柠条饲料开发利用技术研究"针对自治区中部干旱带生态建设与产业开发相结合、与农民增收相结合的关键问题选题立项，并成功地运用了"科研机构＋基地＋农户"模式。首先，在课题组主导下，在盐池县建成3.33万公顷集约化示范林试验基地，复壮更新柠条42.6万亩，其生态效益总价值2.09亿元。同时，在试验基地研制柠条刈割、加工机械，开发柠条饲料配方8种，并申报两项专利。其次，建成柠条饲料中试加工示范基地7个，加工利用柠条6200吨，产值累计达到86.8万元；饲养1.24万只羊，畜产品增值累计为198.4万元；饲料加工产值累计40万元，总产值825.2万元，产出与投入之比达到4.67:1。宁夏农林科学院"柠条饲料开发利用技术研究"项目的成功不仅增加了学院自身的收入，而且圆了基地农户的致富梦。同时，该项目的成功对带动自治区700万亩柠条资源的合理开发利用和促进自治区生态环境的改善起了十分重要的作用[①]。

1. 模式的优点

该模式中，承担农业技术转化工作的主体是农业科研机构与农业高等院校中的科技工作人员。他们将本单位研制出来的科技成果直接导入农业生产过程，促使农业技术由潜在生产力向现实生产力转化。该模式对科研单位和农户都有利。

对农户来说，由于该模式中农业科技人员既是农业技术发明主体，又是其首次商业化使用和推广主体，减少了农业技术供给的中间环节，农户不仅能够以较低的价格及时获得所需的农业技术，享受高质量的技术服务，而且面临的技术风险比较小，成功概率比较高。对农业科教单位来说，一方面，教学、科技人员直

① 杨晓洁、王劲松：《宁夏农林科学院创新成果转化模式 提升服务"三农"能力》，《科技成果纵横》2006年第1期。

面农户，深入农业生产的第一线，便于他们在实践中检验和完善理论，提高他们的理论水平，从而提高其教学、科研质量；另一方面，科技人员可以针对农户的技术需求进行科研攻关，为农户提供适合其需要的技术，从而解决农业科教单位成果产生和转化的两难问题。可见，这是一种理论价值和实践价值都很高的农业技术创新链循环模式。

2. 模式的缺陷

从理论上讲，"农业科教单位＋基地＋农户"是一种比较理想的模式，但是，由于农业科教单位自身筹集资金的难度比较大，技术推广能力比较弱，不能为农户的产品打开销售市场，缺乏建立模式有效运行所需保障机制的能力等，该模式单独运行的难度比较大，效果也不一定理想。

六　农业科技示范园区模式

所谓农业科技示范园区，就是在经济相对较发达的城郊或农村，划出一定区域，并由社会各方共同投资兴建，以农业科研、教育和推广单位为技术依托，集农业、水利、农机、工程设施等高新技术于一体，引进国内外先进、适用的高新技术，对农业新产品和新技术集中投入、集中开发，形成农业高新技术的开发、中试和生产基地，以调整农业生产结构、增加农民收入的一种农业综合开发方式。这种模式主要适用于农产品生产技术创新。该模式通过农户与农业科技示范园区之间的良性互动而运行。

1. 模式的优点

从理论上讲，农业科技示范园区模式比较好，一是园区集农业技术的引进（或发明）、首次商业化使用和示范推广于一体，不仅证明了示范农业技术的区域适应性，而且解决了技术采用中可能面临的一系列问题，这在很大程度上降低了示范技术潜在使用主体的技术风险；二是农户自愿采用示范性农业技术，有利于发挥农户的积极性、主动性和创造性。

2. 模式的不足

该模式主要存在以下不足：一是需要政府提供系统的宏观指导，并有相应的政策作保障。如果宏观指导出现问题，或相关政策不配套，则会影响模式的运行。二是政府很容易搞形象工程，使农业科技园区的设计和建设容易脱离国情而盲目求洋。三是农业科技园区的运行机制、发展活力，对模式的运行会产生很大的影响。四是政府可能存在急功近利的倾向，使园区本身发展面临问题，从而使模式的运行受到不利影响。

第三节　农业技术创新链循环模式的选择与案例分析

一　农业技术创新链循环模式的选择

（一）不同模式的对照分析

根据表6—1对不同模式在技术成熟度、对农户支撑要素条件的要求、对核心主体的技术创新能力要求、运行机制和适用技术创新类型等方面的比较结果，农民合作组织主导模式在各方面都具有明显的优势；公司主导模式除了对核心主体的技术创新能力要求比较高外，其他方面也都具有明显的优势，但是该模式的主体是公司，与农户相比，其技术创新能力比较强；如果农户的整体素质提高，具有较强的技术创新能力，则农户主导模式的优势比较突出。

（二）模式的选择

虽然农业技术创新链循环模式与农业产业化模式不完全相同，但从实际看，农业技术创新链循环模式中的"农民合作组织＋农户"模式和"公司＋基地＋农户"模式大部分是农业产业化经营模式。大部分农业产业化模式也都涉及农业技术创新，是农业技术创新链循环模式。因此，农业产业化模式发展的现状，在一定程度上能够证明农业技术创新链循环模式的采用状况。农业产业化经营模式中的龙头企业带动模式和合作社等中介组织带动模式，相当于农业技术创新链循环模式中的"公司＋基地＋农户"模式和"农民合作组织＋农户"模式。

表6—1　　农业技术创新链循环模式的评价选择对照表

比较内容 模式类型	技术成熟度 （含适用性）	对农户支撑 要素条件的 要求	对核心主体 的技术创新 能力要求	机制 运行	适用技术 创新类型
政府推动模式	较好	较高	较低	较差	较多
农户主导模式	好	低	较高	较好	较少
农民合作组织主导模式	好	低	较低	好	多
公司主导模式	好	低	高	较好	多
科研机构主导模式	好	较高	高	较差	较多
农业科技示范园区模式	较好	高	高	差	较少

表6—2　　农业产业化经营组织类型占总数的比例

年份 类型	1996	1998	2000	2002
龙头企业带动型	45.51	49.93	41	44.4
合作社等中介组织带动型	28.62	26.44	33	34

　　资料来源：牛若峰：《农业产业化经营发展的观察和评论》，《农业经济问题》2006年第3期。

表6—2可以大体上反映出，"公司＋基地＋农户"模式和"农民合作组织＋农户"模式占我国农业技术创新链循环模式比例在70%以上，其中，"公司＋基地＋农户"模式所占比例比较高，但"农民合作组织＋农户"模式发展比较快。

另据资料表明，2006年我国已有各类农民专业合作经济组织15万个，成员263万户，占农户总数的9.8%；带动非组织成员3245万户，占农户总数的13.5%。两类合计占农户总数的23.3%。其业务活动涵盖各产、加、销领域：产、加、销综合服务占37.3%，加工服务占8.9%，贮运服务占2%，技术信息服务占19.5%，其他服务占19.5%。从产业分布看，种植业占47.6%，畜牧业占24.7%，渔业占5.1%，农机服务业占4.1%，其他行业占18.5%。近年来，年均培训农民1500万人次，销售农产品2亿多吨，购买生产资料近1亿吨，经营服务盈余180多亿元，成员年均获盈余返还和股金分红约400元，成员平均增收500元①。带动成员增收幅度比一般农户高出20%—50%。

基于以上分析结果，笔者认为，我国农业技术创新链循环模式应该重点采用"农民合作组织＋农户"模式和"公司＋基地＋农户"模式。另外，因为农户主导模式只是受农户自身综合素质的制约，其他方面的优势十分突出，所以，应该为农户主导模式的运行创新人力资源条件，以推动该类模式的应用。

二 农业技术创新链循环模式的案例分析

（一）吴起县退耕还林的农业技术链循环模式分析

作为全国退耕还林第一县，吴起县在退耕还林过程中进行了

---

① 《农村经营管理》编辑部：《让农民专业合作组织发挥更大作用》，《农村经营管理》2006年第6期。

一系列的农业技术创新,实现了"生态治理经济化,经济发展生态化",取得了良好的经济和生态效果。

退耕还林减少了吴起县农户的耕地面积,改变了他们的农业生产函数,进而改变了他们传统的生产和生活模式。不仅如此,退耕还林还为吴起县农户的农业生产引入新的生产要素——林草资源。同时,为保证退耕还林工作切实能做到"退得下、稳得住、能致富、不反弹",该县采取了相应的措施以培育新的主导产业,如发展草畜业、农产品加工业等。因此,无论是从熊彼特"建立一种新的生产函数"的角度看,还是从舒尔茨"现代要素引入"的角度看,吴起县的退耕还林都直接或间接地涉及农业技术创新,它与农业技术创新密切相关。

1. 吴起县退耕还林的农业技术创新链循环模式

如图 6—1 所示,吴起县在退耕还林中引入优质牧草种子和优质羊崽,不仅增加了农户对牧草和商品羊的供给量,而且提高了它们的质量;牧草和商品羊供给数量的增加和质量的改善,推动了相关企业的技术创新,进而促进牧草和羊产品加工业的发展;农产品加工业的发展延长了吴起县的农业产业链;农业产业链的延长和耕地节约型技术创新使得农户总收入增加;农户收入

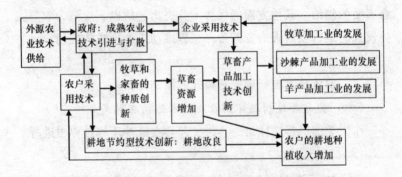

图 6—1 吴起县退耕还林的农业技术创新链循环模式

增加进一步推动该县退耕还林工作的进程。可见，吴起县退耕还林的农业技术创新链循环主要包括两个方面：一是农户与龙头企业之间技术和产品的良性互动；二是农户总收入与退耕还林进程的良性互动。正是通过上述两种良性互动，才使该县的退耕还林工作实现了政府、企业和农户的"共赢"。

2. 吴起县退耕还林的农业技术创新链循环模式运行分析

从模式类型看，吴起县退耕还林中农业技术创新链循环所采用的是政府推动模式，而且是将其用于农产品生产技术创新、农业生产资料生产技术和农产品加工技术创新；从主体构成角度看，该模式中政府主要发挥要素整合作用，政府下设的农业技术推广组织相当于农业技术的发明和推广主体，农户相当于农产品生产技术和农业生产资料的经济使用主体与原料农产品的供给主体，龙头企业相当于农产品加工技术的经济使用主体，而没有农业技术发明主体和首次经济使用主体。因此，从要素构成看，这是一种最简单的农业技术创新链循环模式。从运作层面看，虽然吴起县政府引进的是成套的成熟技术，但存在技术的区域化应用问题，又因为本地没有所推广技术的首次经济使用主体做示范，所以，农户和龙头企业都面临一定的风险。对农户而言，首先，退耕还林意味着其 90% 以上的耕地将变成草地或林地，无法继续种植农作物，其生存将可能失去保障；国家的退耕还林补贴能否按时、足额发放，是农户能否维持正常生活的决定因素，也是农户面临的最大风险。其次，种草养羊能否增加收入，使他们过上比以前更好的日子是农户关心的又一重大问题。一是种植优质牧草、饲养新品种羊都要投入一定的费用，而且需要一定的技术，自己又没有这方面的技术，种草、养羊的技术风险比较大；二是所种沙棘能否带来经济效益，所产牧草、羊毛和育成羊能否销售，价格如何等都难以确定，农户面临较高的市场风险。对龙头企业来说，如果作为生产资料的农产品不能有效供给，其生产将难以正常运行，那么，企业将不仅无利可图，而且可能连投资都无法收回。由于农户和企业都面临相应的风险，这一模式的初始运作很难。

该模式之所以能获得成功，关键是吴起县政府采取了一系列措施，建立了较好的运作机制。（1）吴起县政府为农户和龙头企业建立了供求机制。从农户与龙头企业的关系看，前者为后者提供原材料，后者加工前者的初级农产品。因此，建立农户与龙头企业之间稳定的原材料供求关系是这一模式运行的关键。吴起县"三个百万工程"（即建百万亩优质牧草种植基地、百万只优质肉用绵羊养殖基地和百万亩沙棘基地）的实施，将为龙头企业提供充足的原材料。同时，吴起县政府要求龙头企业按保护价收购农户提供的原材料，龙头企业由此造成的损失由政府承担，从而使农户与龙头企业在原材料购销中形成双方都能接受的价格机制，并使它们之间形成了稳定的供求机制。（2）吴起县政府成功运用了多种激励机制。一是产权激励，如对退耕还林农户实行"谁栽树，谁受益"的产权激励方式，并发放林权证。二是价格激励，如要求龙头企业按保护价收购原材料，这在一定程度上对农户和龙头企业都起到激励作用。三是服务激励，如为了发展舍饲养羊业，该县建立健全了县、乡、村、组四级良种繁育、技术服务、信息服务和疫病防治体系，降低了农户的技术风险，对农户产生很大的激励效果。四是政府激励，如吴起县政府为龙头企业提供耕地占用、税收减免、资金筹措等方面的优惠和便利；以县财政收入为基础，承诺保证按时、足额向农户兑现退耕还林补贴，免费为农户提供优质牧草种子和优质羊崽等，产生了很好的激励效果。（3）吴起县政府成功地运用了协同机制。从制度变迁的角度看，吴起县退耕还林是一种强制性制度变迁，其关键是调动农户的积极性，让农户的做法与政府的想法相一致、相符合。因此，有效的协同机制，对于促进该县退耕还林中农业技术创新链循环模式的运行具有十分重要的意义。为此，吴起县政府通过召开会议、印发资料、集中培训、广播电视宣传、刷写标语等形式宣传退耕还林的意义、目的和相关措施，并征询农户的意见。根据农户的意见对相关措施进行调整、修改和完善，使其整体规划科学化、合理化。针对农户存在的顾虑，如农户担心退耕还林、种草养羊后生活水平会下降，吴起县政府动员乡、村两级干部挨家挨户地做说服、教育工作，主要是通过帮农民算收入支出账，然后，让农户看到过好日子的希望，从而统一农户的认识，使农户退耕还林的自觉性增强，进而使农户与政府之间产生协同效应。

当然，吴起县退耕还林中农业技术创新链循环模式运行的成功还与该县的财政实力有关。吴起县政府充分利用本地资源优势，实施石油等能源开发与退耕还林还草互补的发展战略。通过石油等能源开发增加地方的财政收入，进而加大地方财政对农村经济和农业生产的政策扶持。如 2003 年，县财政投入资金 1600 多万元，2004 年上半年又投入资金 5000 多万元，专门用于草畜产业的开发。如果没有充足的资金供给，吴起县的上述模式将很难运行。

3. 吴起县退耕还林农业技术创新链循环模式评价

虽然从整体上看，吴起县退耕还林农业技术创新链循环模式的应用是成功的，但是，其中也存在不少问题：一是相关配套措施落实不佳。如退耕还林补贴发放中验收方法不科学，导致农户间补贴发放的差异大；生态移民中相关问题没有解决好，移民的生产和生活都受到不利影响等。二是龙头企业的生产能力与原材料供给能力不匹配，使龙头企业难以有效运转，如圆方集团生产的荞麦香醋和醋饮都比较畅销，但原材料供给不足；圆方集团肉制品加工厂的肉羊加工能力强，但肉羊的供给不能满足其需求；圆方集团沙棘茶厂的现有生产能力是日可加工沙棘鲜叶 8000 公斤，延河草业公司年产牧草加工产品 10 万吨的生产规模，但相应原材料供给不足。上述问题为吴起县退耕还林农业技术创新链循环模式今后的运行留下极大的隐患。即使目前，如果没有吴起县强大的财政实力做支撑，恐怕其运行也要受到极大的制约。

4. 吴起县退耕还林农业技术创新链循环模式分析结论

基于以上分析，笔者认为，政府作为宏观调控部门，不应该也无力直接参与农业技术创新链循环的具体运行环节，而应该制定有效的农业政策。有效的农业政策应该发挥以下作用：一是能调动农业科研机构和农业高等院校、农业技术推广组织和农业企业等的农业技术创新积极性；二是能为各类农业技术创新主体进行农业技术创新活动创造良好的软、硬环境，提高它们的农业技术创新能力；三是能增加农户的技术需求；四是能推动农业技术创新链循环中其他要素以其他模式实现有机结合，并能为每种模式的运行创造良好的支撑要素环境。有效的农业政策能为其他农业技术创新链循环模式的运行提供良好的条件，从而保障它们的有效运行。因此，政府推动模式不宜大力推行。

（二）豫东花卉有限公司农业技术创新链循环模式分析

豫东花卉有限公司是第四届"全国十大农民女状元"，河南虞城县农民李稳于 1998 年创办的。该公司主要运用高科技对国内外高档花卉品种进行引种和组培开发，公司采取"公司+基地+农户"的生产经营模式，以豫东花卉组培基地为中心，向四周辐射发展，并采用"统一供苗、分户管理、定期培训、统一销售"的办法，发展订单农业，年培训农民 8000 人次，带动了周边乡镇 6000 余户农民走上致富路。花卉基地周围农民的普通大棚能收入 1.5 万—3 万元，高档大棚 3 万—6 万元①。公司的运行模式如图 6—2 所示。

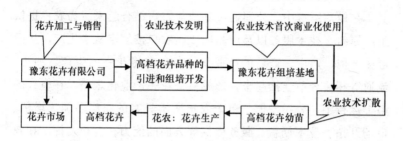

图6—2 豫东花卉有限公司的农业技术创新链循环模式

1. 豫东花卉有限公司农业技术创新链循环模式的主体构成分析

就模式类型而言，从公司领导看，豫东花卉有限公司采用的是农户主导模式中实业推动模式。从其运行过程看，该公司采用的是"公司＋基地＋农户"模式中引进技术型模式，该模式涉及农业生产资料生产技术创新、农产品加工技术创新和农产品生产技术创新。从要素构成来看，该模式的核心主体是豫东花卉有限公司，公司相当于农业生产资料生产技术的发明主体、农产品加工技术首次经济使用主体和农产品生产技术的推广主体，基地相当于农业生产资料生产技术的首次经济使用和推广主体，农户相当于农业生产资料和农产品生产技术扩散的经济使用主体，以及原料农产品的供给主体。所以，该模式构

---

① 邵文杰：《提高种田科技含量，收入成倍增长》，《光明日报》2006 年 9 月 18 日。

建了一条比较完整的农业技术创新链。农业技术创新促进了公司的发展，基地的壮大和农户收入的增加，进而使该模式不断实现良性循环。

2. 豫东花卉有限公司农业技术创新链循环模式的运行分析

在模式运行中，公司通过基地与农户结合起来，为农户提供生产原料、技术服务以及产品回收，农户按规定从事生产，从而形成产前、产中、产后的产业化链条，并将花卉的生产、加工、流通等相关环节连接起来，形成一条花卉产业化之路。在模式的整个运行中，公司发挥了单个农户所不具有的农产品加工增值、市场开拓、技术创新、服务提供等方面的能力，农户发挥了在农业生产环节独特的优势。运作的结果是公司以较低的交易成本和适宜的价格获得稳定的产品来源；农户可以以较低的交易成本按照较为稳定的价格销售自己的产品，并在信息、技术和生产资料等方面得到服务。

3. 豫东花卉有限公司农业技术创新链循环模式的评价

上述模式中公司与农户组成一个利益共同体，公司在技术、市场、管理等方面又有较大的优势，所以，它们之间能够建立有效的供求机制、价格机制、激励机制和协同机制。同时，公司可以通过对农户实施淘汰激励，使花农之间形成有效的竞争机制。正因为作为龙头的豫东花卉有限公司具有强大的资源整合能力，使其能够建立起农业技术创新链循环的有效机制，所以，该模式获得了成功。

4. 豫东花卉有限公司农业技术创新链循环模式分析的结论

豫东花卉有限公司的农业技术创新链循环模式既是农户主导的实业带动型模式，又是"公司＋基地＋农户"模式。该案例的成功在一定程度上证明，"公司＋基地＋农户"模式应该重点推行，农户主导模式应该培育。

（三）甘泉县劳山乡林沟村养鸡业农业技术创新链循环模式分析

甘泉县林沟村的自然资源比较匮乏，退耕还林后，该村人均耕地不足0.5亩，农民难以维持生计。2001年，该村成立了养鸡协会。在协会的带动和帮助下，该村农民的人均纯收入由2002年的1750元，迅速增长到4280元[①]，比同期全国农村居民人均纯收入高出近46个百分点。

1. 林沟村养鸡业农业技术创新链循环模式

从要素引入角度看，林沟村农民发展养鸡业属于农业技术创新。从图6—3可以看出，林沟村养鸡业发展模式是：养鸡协会低价为农户提供良种鸡和饲料，农户养鸡，然后将鸡蛋以适当的价格卖给协会，协会对鸡蛋进行包装、销售。可见，林沟村养鸡业的发展是借助种鸡孵化厂、饲料加工厂和养鸡农户之间，以及养鸡农户与鸡蛋包装、销售部门之间（即农户与协会之间）的良性互动而实现的。

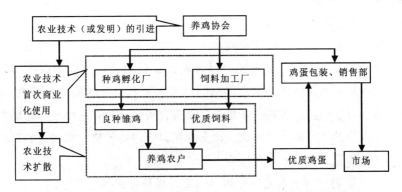

图6—3 甘泉县劳山乡林沟村养鸡业农业技术创新链循环模式

---

① 由林沟村养鸡协会提供资料。

2. 林沟村养鸡业农业技术创新链循环模式运行分析

从模式类型看，林沟村采用的是"农民合作组织＋农户"模式，该模式运作中同时涉及农产品生产技术创新、农业生产资料生产技术创新和农产品加工技术创新。从要素构成角度看，在林沟村养鸡业农业技术创新链循环模式中，养鸡协会是核心主体，它相当于农业生产资料生产技术的发明与推广主体、农产品加工技术的首次经济使用主体和农产品生产技术的推广主体，农户相当于农业生产资料的需求主体、农产品生产技术的经济使用主体和原料农产品的供给主体。可见，这一模式中没有农业生产资料的首次经济使用主体。

该模式主体中没有农业生产资料的首次经济使用主体的成功示范，养鸡协会提供的良种鸡能否在本地成功饲养，其所提供的饲料是否能保证鸡蛋的质量等都没有经受技术和市场的检验，这对农户来说存在一定的风险，所以，该模式的有效运作需要解决两个问题：一是降低农户的风险；二是增加农户的收入。

林沟村养鸡业农业技术创新链循环模式的成功，主要归因于协会对上述两个问题的有效解决。首先，协会低价为农户提供雏鸡和饲料，而且，农户还可以赊购，日后用销售鸡蛋的收入支付，这一做法降低了农户养鸡的总投入及其引发的风险；其次，协会对农户进行养鸡技术培训，并提供疾病防治技术服务，降低了农户的技术风险；再次，协会保证以合理的价格收购农户的鸡蛋，降低了农户的市场风险。

3. 林沟村养鸡业农业技术创新链循环模式评价

由于养鸡协会既降低了农户的风险，又增加了其收入，协会和农户之间建立起良好的供求机制、价格机制、激励机制和协同机制，最终使农业技术创新链循环模式得以顺畅运行。

4. 林沟村养鸡业农业技术创新链循环模式分析结论

本案例的成功在一定程度上支持了前文对我国农业技术创新链循环模式的选择结果，即"农民合作组织＋农户"模式应该重点推行。

第七章

农业技术创新链循环模式
运行效应的实证分析

第一节　农业技术创新链循环模式
运行效应的实证检验

一　农业技术创新链循环模式运行的农业总收入增长效应

农业技术创新链循环模式运行的结果首先表现为大量农业技术物化成果在农业生产中的使用，尤其是农户对农业技术物化成果的使用。农户生产中所使用的农业技术物化成果主要有农业生产固定资产、化肥、农膜、农药和有效灌溉面积。因此，这里在分析农业技术创新链循环模式运行对增加农业总收入的贡献时，主要分析农业总收入与全国农户对化肥、农膜、农药的施用（使用）量，以及农户拥有的农业生产固定资产原值和有效灌溉面积等的关系进行实证分析。其中，农业生产固定资产原值采用的是绝对指标，其他变量用的是相对指标，所以，笔者将前者的相关数值列入附表 2 和表 7—2 中。

根据 1995—2004 年我国农业总收入、化肥、农药、农膜（使）施用量和有效灌溉面积的相对值（以 1991 年的相应变量的绝对值为 100％)[①]，将化肥、农药、农膜（使）施用量和有效灌溉面积的相对值分别作为自变量，对它们与农业总收入的相对值进行线性回归分析，所得结果如表 7—1。

表 7—1　　1995—2004 年农业总收入与化肥、农膜、农药
施（使）用量和有效灌溉面积的相关分析

指标 \ 类别	化肥	农膜	农药	有效灌溉面积
b_0	− 107.32	140.09	− 72.20	− 350.57
b_1	2.62	0.68	2.13	5.72
R^2	0.830	0.724	0.702	0.525
r	0.911	0.851	0.838	0.725

当 $\alpha = 5\%$ 时，$r_\alpha = 0.632$。从表 7—1 可知，农业总收入与化肥施用量、农膜使用量、农药施用量和有效灌溉面积的相对值之间具有显著的线性关系，结合 1991 年它们各自的绝对值可知：化肥施用量增加 1 个百分点，农业总收入就增加 2.62 个百分点，即化肥施用量每增加 1 吨，农业总收入就增加 4.8 万元，化肥施用的边际收益是 24 元/斤；农膜使用量每增加 1 个百分点，农业总收入就增加 0.68 个百分点，即农膜使用量每增加 1 吨，农业总收入就增加 54.5 万元，农膜使用的边际收益是 272.5 元/斤；农药施用量每增加 1 个百分点，农业总收入就增加 2.13 个百分点，即农药施用量每增加 1 吨，农业总收入就增加 3.9 万元，农药施用的边际收益是 19.5 元/斤；有效灌溉面积每增加 1 个百分点，农业总收入就增加 5.72 个百分点，即有效灌溉面积每增

---

① 原始数据见附表 1。

1 千公顷，农业总收入就增加 0.62 亿元。

可见，农业技术创新链循环模式运行对增加农业总收入的效果十分显著。需要特别说明的是，这里将化肥作为自变量分析其与农业总收入的关系，说明当前农户使用化肥能增加其收入，但化肥不是用得越多越好，需要把握好度，实现化肥施用的边际产出最大化。过度施用化肥会影响食品安全、破坏耕地营养，甚至破坏生态环境，所以，我国农户应该在今后的农业生产中，尽量施用农家肥，并采用测土配方施肥技术，以实现农业发展与生态环境保护的有机统一。

二 农业技术创新链循环模式运行的产业关联效应

根据 1995—2004 年农业总收入、农业生产固定资产原值以及第二、三产业总收入的实际值[1]，将农业总收入作为自变量分别与第二、三产业总收入进行线性回归分析；将农业生产固定资产原值作为自变量与农业总收入进行线性回归分析。结果见表 7—2。

表 7—2　1995—2004 年农业总收入与农业生产固定资产
原值、第二、三产业总收入的相关分析

指标　　类别	固定资产原值	第二产业总收入	第三产业总收入
b_0	10501.44	−65680.55	−37118.53
b_1	0.46	7.75	4.63
R^2	0.740	0.832	0.752
r	0.860	0.912	0.867

---

① 原始数据见附表 2。

根据前文中 r_a 判定标准，农业总收入第二产业总收入和第三产业总收入之间具有显著的线性关系：表7—2中对应于第二、三产业的常数项为负数，说明只有当农业总收入达到一定数值时，第二、三产业才能得到发展；农业总收入每增加1元，第二、三产业的总收入分别增加7.75元和4.63元，单位农业收入增加额对第二、三产业总收入的贡献率分别为77.5%和46.3%。农业生产固定资产原值每增加1元，农业总收入就增加0.46元，单位投资的收益率是46%。

根据农业总收入与化肥、农膜、农药施用（使用）量以及有效灌溉面积相对值之间的相关关系，以及1991年全国农业总收入的实际值，化肥、农膜、农药的实际施用（使用）量和有效灌溉面积的实际值；结合农业总收入与农业生产固定资产原值、第二、三产业总收入之间的相关关系，以及2004年它们各自的实际值，可以得出表7—3中的结果。

表7—3　　农业技术投入指标增加值与农业及第二、三产业总收入增量的关系

投入增加值 产出增加值	化肥施用量（斤）	农膜使用量（斤）	农药施用量（斤）	有效灌溉面积（公顷）	固定资产原值（元）
	1	1	1	1	1
农业总收入（元）	24	272.5	19.5	62000	0.46
第二产业总收入（元）	186	2111.88	151.13	480500	3.57
第三产业总收入（元）	111.12	1262.68	90.29	287060	2.13

由表7—3可知，农业技术创新链循环对于增加第二、三产业总收入，提高农业与第二、三产业的关联程度具有十分重要的作用。

三　农业技术创新链循环模式运行的生态效应

以 1995—2004 年全国户均农业生产固定资产原值与全国除涝面积、水土流失治理面积，以及除涝、水土流失治理和治碱面积总和的相对值（以 1990 年同类变量的实际值为 100%）[①]为基础，分别将全国除涝面积、水土流失治理面积，以及除涝、水土流失治理和治碱面积总和的相对值作为自变量，将它们与全国户均农业生产固定资产原值进行线性回归分析，得出表 7—4。

表 7—4　　1995—2004 年除涝面积、水土流失治理面积等与
户均农业生产固定资产原值的关系

类别 指标	防涝	水土流失治理	治碱等三种面积之和
b_0	98.21	82.65	88.66
b_1	0.026	0.188	0.135
R^2	0.801	0.711	0.702
r	0.895	0.843	0.838

由表 7—4 中数据可得：户均农业生产固定资产原值增加 1 个百分点，除涝面积、水土流失治理面积，以及除涝、水土流失治理和治碱面积总和分别增加 0.026、0.188 和 0.135 个百分点。结合 1990 年全国户均农业生产固定资产原值、除涝面积、水土流失治理面积，以及除涝、水土流失治理和治碱面积之和的实际值可得：户均农业生产固定资产原值增加 1 元，除涝面积、水土流失治理面积以及除涝、水土流失治理和治碱面积之和分别增加

---

① 原始数据见附表 3。

559.25 公顷、11077.15 公顷和 11738.77 公顷。

可见，户均农业生产固定资产原值与农业生态环境之间有着显著的线性相关关系，而农业生产固定资产原值是农业技术创新成果扩散的结果；农业技术扩散又是农业技术创新链循环模式运行的结果。因此，农业技术创新链循环模式运行的生态效益良好。

四　实证分析结论

从我国农业技术创新链循环模式运行对增加农业总收入，加强农业与第二、三产业的关联性，以及改善农业生态环境等方面的作用看，其效果十分显著。

从增加农业总收入的角度看，全国化肥施用量、农膜使用量和农药施用量每增加 1 斤，农业总收入就分别增加 24 元、272.5 元和 19.5 元；有效灌溉面积增加 1 公顷，农业总收入就增加 62000 元。从增强农业与第二、三产业的关联度看，全国化肥施用量、农膜使用量、农药施用量每增加 1 斤，第二、三产业的总收入就分别增长 186 元、2111.88 元、151.13 元和 111.12 元、1262.68 元、90.29 元；有效灌溉面积增加 1 公顷，第二、三产业总收入分别增加 480500 元和 287060 元。从改善农业生态环境的角度看，户均农业生产固定资产原值增加 1 元，除涝面积、水土流失治理面积以及除涝、水土流失治理和治碱面积总和分别增加 559.25 公顷、11077.15 公顷和 11738.77 公顷。

农业技术创新链循环模式运行过程，就是将农业科技成果不断转化成现实生产力，并形成规模利用，从而提高农业增长的科技贡献率。但是，发达国家农业增长的科技贡献率和农业科技成果的转化率高达 70%—80%，而我国仅为 35%—40%，且真正具有规模的转化率不到 20%①。可见，我国农业技术创新链循环模式运行的整体效果不佳，与发达国家的差距仍然很大。

第二节 我国农业技术创新链循环模式运行效果与发达国家差距大的原因

一 农业科研机构和农业推广组织对农业技术的有效供给不足

农业技术是农业技术创新链循环模式运行的关键客体要素。从前文对农业技术创新链循环模式的分析看，大部分模式运行中所用的农业技术都是从模式之外的主体引入的，而不是模式内部生成的。农业科研机构（包括农业科研院所和农业高等院校）和农业推广组织是我国农业技术的主要供给主体。它们对农业技术的有效供给是促进农业技术创新链循环模式运行，提高其运行效应的重要保障。然而，我国农业科技体制和农业科学研究政策中存在着一系列问题，使得它们不能有效供给农业技术，进而制约了农业技术创新链循环模式的有效运行。

（一）我国农业科技体制中存在的主要问题

1. 农业科技体系结构不合理

我国农业科技体系的结构不合理主要体现为：一是专业结构不合理。我国农业科研机构·90% 以上集中在农业生产的产中阶段，产前、产后阶段科技人员的比例实在太少；二是组织结构不合理，按行政区设置，没有按农业生态区设置，机构重叠、课题

---

① 兰徐民、赵冬缓：《我国农业科技进步障碍因素分析与对策探讨》，《农业技术经济》2002 年第 3 期。

重复的问题很难避免；三是队伍结构不合理，种植业领域科技人员占总数的55%，畜牧业和水产业均为8%，2.2亿公顷的草原仅有7个研究机构，约700名研究人员；四是中央、省、地、县各级农业科技机构职能分工不明确，加剧了解决机构重叠、课题重复、重研究轻推广等问题的难度①。

2. 农业科研与推广的投资主体过于单一

政府是我国农业科研与推广的核心投资主体。以政府为主体的资金投入方式存在一定的弊端。一是政府投资容易导致农业技术的供求脱节问题。二是在政府投资体制下，农业科研与农业推广组织缺乏激励，因为它们花的是国家的钱。三是政府投资容易导致农业科研与推广投资的不足。由于我国是一个发展中国家，政府的财政收入有限，各方面对资金的需求又大，农业科研与推广的资金需求量大，资金回收期比较长，从而容易导致农业科研与推广投资不足。四是政府投资容易导致农业科研与推广资金的使用结构不合理。以农业科技投入在农业内部不同行业的分配比例为例。从1986—2001年，我国种植业、畜牧业、水产业在农业总产值中的比重分别由73%、23%和4%，变为55%、33%和12%，而相应的农业科技投入在上述行业中的分配比例却从69%、16%和15%，变为76%、14%和10%②，这表明政府对农业内部科技投入的分配比例严重滞后于农业内部产值构成的变化。

3. 农业科研与推广组织面临生存与发展危机

长期以来，政府一直是我国农业科研与推广的投资主体。然

①　钟甫宁、谭向勇：《农业政策学》，中国农业大学出版社2000年版。

②　朱希刚等：《技术创新与农业结构调整》，中国农业科学技术出版社2004年版。

而，我国政府的农业科研与开发支出占农业 GDP 的比例相当低，最高年份仅为 0.22%，而发达国家一般都在 2%①；我国政府对农业技术推广的投资强度仅为发达国家政府投资的 60%—70%。由于资金投入的不足，农业科研与推广组织面临生存危机。以农业技术推广组织为例，我国乡一级的农业技术推广部门大多是"只有人头费，没有工作经费"，基层农业技术推广组织"网破、线断、人散"的现象非常普遍②。

4. 科技储备不足，科技在农业生产中的作用受到影响

由于农业科研与推广组织面临生存与发展危机，它们只注重抓经济效益，而忽视了农业科研与推广的社会效益。农业基础研究和应用研究由于直接经济效益比较低，因而得不到农业科研组织的重视。农业基础研究涉及国家的农业科研潜力，应用研究涉及国家的农业技术发明，如果上述两方面的研究长期被忽视，将会造成农业科研后劲不足，科研储备下降，进而会延长农业技术创新的时滞。

5. 农业科研和推广的设施条件差

就农业科研来说，我国多数农业科研单位仅具有应用常规技术选育新品种的能力，缺乏育成突破性新品种的技术设备；仅具有一般田间栽培试验的手工作业设施，而缺乏可调控光、温、水、肥、气的现代大型野外实验设施，难以对生物的生长发育过程作模拟研究，难以开展农业工厂化生产的实验③。就农业技术推广而言，由于大部分基层农业技术推广机构面临生

---

① 刘仁平：《农业技术创新问题与对策研究》，《农业经济》2006 年第 6 期。

② 朱希刚等：《技术创新与农业结构调整》，中国农业科学技术出版社 2004 年版。

③ 李国祥：《加速我国农业技术创新》，《南方农村》2000 年第 2 期。

存和发展危机，它们无力、也不愿意进行农业技术推广设施方面的投资，从而使基层农业技术推广部门的推广设施不健全、不完善。

6. 农业技术创新信息供给不足

从信息需求的角度看：一是农业技术发明主体需要了解农业技术需求信息，农业知识和技术以及农业基础研究成果的供给状况，其他单位的农业技术发明进展情况等方面的信息。二是农业技术首次商业化使用主体需要及时、有效的信息供给，否则它们将难以利用外部农业科研成果，难以了解市场需求，无法对消费者进行有效的教育，难以实现科技人员和销售人员的有效沟通，难以进行有效的市场预测等，从而使农业技术首次经济使用很难取得成功。三是农业技术扩散主体需要充分、有效的信息供给。农业技术扩散过程实质上是农业技术供求主体之间相互沟通、交流的过程，充分、有效的沟通是农业技术扩散成功的关键。充分、有效的信息供给对于促进农业技术供求双方的沟通和交流，乃至促进农业技术扩散都具有十分重要的作用。从信息供给的角度看，我国政府没有为农业技术创新链中各环节之间以及它们与外部环境之间建立起有效的信息共享平台，从而使农业技术创新链中各环节的主体难以获得有效的信息。这在很大程度上制约了农业技术创新链循环的顺畅运行。

（二）我国农业科学研究政策方面存在的主要问题

1. 科研经费配置不合理，使用效率低下

在财政拨款资助科研的情况下，项目经费分配具有很强的行政性特征，从而使农业科研经费配置不合理。从代表政府主管科研项目经费的机构看，项目经费来源于政府，对主管部门获得这些经费来说，成本近乎为零。因为掌握经费多少与主管部门拥有的利益成正比，所以，无论国家还是地方科技主管部门，都更多地强调科研拨款的不足，而很少考虑科技资源配置的效率。从项目申请者的角度看，获得立项资助本身就会带来许多物质利益（如科研经费提成、加班补助等）和非物质利益（如科研能力的证明、学术声望的提高、职称晋升等），而且上述利益的大小与科研项目资助数额的大小成正相关。因而，项目申请者有夸大科研项目预算的内在冲动。考虑到主管科研项目经费的机构要对每一个申请者的预算是否合理加以审核是相当困难的，因而凭经验确定一项课题资助额或根据可分配资源与申请者的预算按一定比例确定资助额就不可避免。这在一定程度上使项目申请者可获得的资助额与其经费预算成正相关，而且由于基本无人核实其预算是否合理，所以，项目申请者具有提高经费预算的外在吸引力。此外，在我国现行成果鉴定与评奖机制下，一般不对通过鉴定或获奖的成果进行生产阶段或商业化应用检验，这使得成果应用或推广情况以及相应的社会、生态、经济效益证明可以存在大量水分[1]。这又进一步增加了项目申请者提高经费预算的外在吸引力而不顾经费使用的效率。

2. 农业科研和推广人员配置不合理

我国农业科研和推广人员配置不合理主要表现在：一是我国农业科研人员数量多，结构不合理。从数量来看，目前国外每千万美元的农业国民生产总值大约有 1—2 个农业科研人员，而我国目前每千万美元的农业国民生产总值所占有的从事农业科研活动的人数大约为 5.8 个（其中还不包括县级的研究所）；若按全体职工数计算，则高达 8.4 个[2]。从结构来看，我国农业科研人

① 熊银解、傅裕贵：《农业技术：创新·扩散·管理》，中国农业出版社 2004 年版。

② 黄季焜、胡瑞法：《我国农业科研投资与改革》，http://www.usc.cuhk/wk-files/1271_1_paper.doc。

员队伍的学历结构不合理。国际上一般所能承认的从事研究工作的最低资格是学士学位，比较通行的标准是只有硕士学位获得者才有资格从事研究工作，而很多发达国家规定只有博士学位获得者才能获得研究职位。而我国农业科研人员中具有学士学位的不到 30%，具有硕士学位的不到 3%，具有博士学位的仅为0.5%[①]。可见，无论根据上述的哪一种标准来衡量，我国农业科研人员的学历结构都偏低。二是农业技术推广人员数量不足，业务水平有待提高。从数量上看，我国平均 2000 多个农业劳动力中才有 1 名农业技术推广人员，而发达国家平均不足 400 人就有 1 名。1999 年，我国农科类学院在校生总计 17.6 万人，平均每 1 万农业人口中只有两名。而发达国家 20 世纪 90 年代初期平均每 1 万农业人口中拥有的农业在校生，美国为 200 多人，加拿大为 100 多人，日本和苏联为 50 多人。我国平均每万亩耕地不足 2 名技术人员，平均每 7000 头牲畜只有 1 名畜牧科技人员，全国 5 万个乡镇中，平均每万名农业人口中仅有 6 名农业技术人员[②]。从业务水平看，一方面，由于机构人员编制的原因，许多乡镇农业技术推广站的不少人员并不具备必要的农业技术知识和推广技能；另一方面，农业技术推广人员知识老化，又缺少外出学习的机会，从而使农业技术推广人员的业务水平有待提高。

二　农户的技术需求不足

根据前文分析，每种农业技术创新链循环模式都离不开农户，农户的技术需求是农业技术创新链循环模式运行的主要拉动

①　桑赓陶、郑绍濂：《科技经济学》，复旦大学出版社 1995 年版。
②　杨孝光、廖红丰：《关于推进农业科技化的思考》，《合作经济与科技》2004年第 21 期。

力。然而，农业技术供求脱节、农村剩余劳动力转移的负面影响、农村基础设施条件差、农户小规模分散经营等问题，使得农户本身的实力比较弱、对支撑要素的获取和利用能力不足，难以获取和传播客体要素，进而使其技术需求不足。

（一）农业技术供求脱节不利于农户采用技术

由于农业是我国的弱势产业，农业资金的积累还非常有限，农户经营的分散化，农业技术只能作为公共物品由政府来提供。因此，围绕农业技术的供给问题，必然会涉及三方面的关系，即农户与政府、政府与科研部门、农户与科研部门。但是，在对这些关系的梳理上，还存在一定的问题。作为购买决策主体的政府远离市场，在其对农业技术的采购和提供中，容易更多地倾向于政治目标而非经济目标；而作为需求主体的农户是微观经济受益主体，他们更清楚自己需要哪些方面的农业技术，但由于各种原因，他们没有也不易参与农业技术的购买决策。结果是政府购买和提供的农业技术常常并不是农民急需的，对增加农民收益方面的帮助不大①。这在很大程度上造成农业技术供求脱节，而农业技术的供求脱节又制约了农户的技术需求。

（二）农村剩余劳动力转移降低了从业农户的素质，不利于农户采用技术

据测算，从 1995—2004 年，农户的工资性收入净增644.76，占农户收入增长量的47.5%，工资性收入自身增长了182%，年均增长 12.2%。可见，实现农村剩余劳动力转移，增加农民的工资性收入，是增加农民收入的重要途径。因此，政府采取多种措施，以促进农村剩余劳动力转移。但是，农村

① 张军：《我国农业科技成果现存问题的政策探讨》，《宏观经济研究》2005年第10期。

剩余劳动力转移的负面影响对农户的技术采用行为造成极大制约。

一是农村劳动力转移以农业素质较高的青壮年劳动力为主，留在农村的从业人员出现了以老人、儿童和妇女为主的人口结构，导致农业发展的高素质劳动力资源缺乏，农业劳动生产率低下。二是大量劳动力外出以后，农田水利建设、防汛抗灾、植树造林、修建校舍、修筑公路等公用事业很难完成，不利于农业基础设施的维护与建设。三是农村劳动力的持续转移，在农村经济没有显著发展和农民收入没有明显提高的状态下，对其他在业农民务农的信心会产生不利影响①。

农村剩余劳动力转移的上述负面影响，使得农户的技术采用行为受到素质制约、基础设施条件制约和务农信心的制约。

（三）"小农户，大市场"的矛盾削弱了农户的技术需求

农业组织政策使得农户面临大市场与小规模生产的矛盾。其主要表现为：

一是自给性与商品性生产并存，导致了生产"小而全"的格局和兼业化的趋势，专业化生产程度低，产品批量小，使农户无力参与市场竞争。二是千家万户以分散、孤立的方式进入市场，不仅大大增加了交易摩擦和交易费用，而且农副产品以无组织分散的方式成交，使农户在交易中处于不利地位。分散的、势单力薄的、无组织的农户在市场经济交易中不可能取得平等的贸易资格。三是农户难以掌握瞬息万变和纷纭繁杂的市场信息，因而在生产和经营上都存在着较大的盲目性，致使农户不但要独自承担自然风险，而且要独自承担市场风险，不利于农户大力生产

---

① 郝爱民：《农业健康发展需要劳动力的合理转移》，《光明日报》2005年11月8日。

适销对路的农副产品。四是由于生产规模小，农户生产难以提高农业劳动生产率；加上农业生产受自然因素的约束，在一般情况下，农业劳动生产率的提高速率又低于以机械技术为主的工业部门的劳动生产率的提高速率，因而，进行工农业产品交换时，价格上处于不利的地位①。

农户经营的小规模与大市场的上述矛盾，在很大程度上增加了农户采用技术的市场风险和自然风险，从而不利于他们采用农业技术。

（四）农村基础设施条件不利于增加农户的技术需求

农村基础设施是农村经济、社会、文化发展以及为农民生活提供公共服务的各种要素的总和。它是关系到农民、农村经济整体利益和长远利益的、使用期限较长的物质基础设施，是农村经济、社会、文化发展和农民生活必不可少的基础性条件，也是农业技术创新链循环的主要支撑要素。我国农村基础设施建设滞后不仅是制约农村经济发展的"瓶颈"，也是农业技术创新链循环的主要制约因素。

从表7—5可以看出，1995—2004年，我国财政支农支出和其中用于农业基本建设的支出在总量上基本是逐年增加的，但支农支出中用于农业基本建设的支出在各年的波动比较大，10年内该项支出占支农支出的平均比重为43.14，最低年份这一比重仅为25.57，还不到平均比重的60%，最高年份这一比重达73.59，是平均比重的1.7倍。从1998年开始，农业基本建设支出的比重有较大幅度的增加，年均占支农支出的比重为49.95。因此，近年来，我国农业基础设施条件有了较大的改善，但总体上看，农业基础设施条件还比较差。

---

① 钟甫宁、谭向勇：《农业政策学》，中国农业大学出版社2000年版。

1. 农村基础设施总量不足

以双鸭山市为例，尽管该市农田水利建设已初具规模，拥有大中型水利设施19处，配套机电井4500个，排灌动力机械3661台，但远远不能满足农业生产的需求。全市耕地面积37.4万公顷，其中有效灌溉面积约2.9万公顷、机电排灌面积1.4万公顷、旱涝保收面积仅0.5万公顷，分别占耕地面积的7.7%、3.7%和1.3%。而易涝耕地面积19.6万公顷，占耕地面积的52.4%，水土流失面积22.7万公顷，占耕地面积的60.6%。再从该市农村基础设施看，全辖区未通电话的村占9.74%，未通公共汽车的占14.5%，电网老化亟待改造的占42.1%，未通有线电视的占63.89%，未通自来水的占71.2%，未通水泥或沥青硬化公路的占86.9%，农村地区"通话、通电、通水、通路、通车"状况堪忧，农村生活设施实现"五通"任重道远①。

2. 农村基础设施结构失衡

从结构上看，我国农村基础设施普遍存在"两多两少"的问题，即农业基础设施中低档和硬件设施供给多、高档和软件设施供给少。农村基础设施大多直接服务于农民生产生活建设项目，而农业综合开发，农业产前、产中和产后的各种服务设施供给明显不足。

由于我国农村基础设施总量不足、结构失衡，一方面使农户销售农产品难，销售成本也高，从而降低了农户的农业总收入；另一方面使农户获取农业技术的难度大、成本高，这在一定程度上降低了农户的技术需求。同时，农村水利设施条件差、耕地质量差、通信条件差等，使得农户采用农业技术支撑要素的支撑力

---

① 刘书祥、王克祥：《农村基础设施建设落后状况亟待改善》，《中国金融》2007年第6期。

不强，从而不利于增加农户的技术需求。

表 7—5　　　　1995—2004 年我国财政支农支出与

农业基本建设支出情况汇总表　　　　单位：亿元

类别 年份	支农支出	农业基本 建设支出	基本建设支出占 支农支出的比重
1995	430.22	110.00	25.57
1996	510.07	141.51	27.74
1997	560.77	159.78	28.49
1998	626.02	460.70	73.59
1999	677.46	357.00	52.70
2000	766.89	414.46	54.04
2001	917.96	480.81	52.38
2002	1102.70	423.80	38.43
2003	1134.86	527.36	46.47
2004	1693.79	542.36	32.02

资料来源：《中国统计年鉴》(1999—2004)，中国统计出版社相应各年版。

三　主要农业技术创新链循环模式的运行效率不高

（一）"农民合作组织＋农户"模式的运行效率不高

一是我国农民合作组织的行业分布不合理，导致该模式的运行效率不高。根据笔者测算，从 1995—2004 年，农民人均纯收入中的农业收入、牧业收入和渔业收入分别增长了 32%、112% 和 132%；从城镇居民的食品消费支出看，2004 年城镇居民对牧业和渔业产品的人均消费支出分别比 1995 年增加了 41% 和48%，而对粮食及其制品的需求则呈负增长。因此，无论是从牧业和渔业自身收入的增长速度看，还是从城镇居民对它们相关产品的消费支出看，农民合作组织都应该在牧渔业方面得到发展。

然而，从我国 19 个省份的农民专业合作经济组织在不同行业的分布情况看：种植业的比重最高，为 42.87%；养殖业（包括畜牧业、渔业）的比例为 33.98%；其他产业为 23.15%[①]。可见，我国农民合作组织的行业分布不合理。这在一定程度上造成"农民合作组织 + 农户"模式的运行效率不高。根据郑世来对日照市 17 个农业科技示范园的调查，其中，2000 年已投产的 15 个农业科技示范园，合计经营收入 730.3 万元，而费用则高达 827.9 万元，亏损 97.6 万元，平均每个亏损 6.1 万元，若包括折旧费等，亏损额更大[②]。二是我国农民合作组织大部分是依托于其他组织而创建的，农民自己创建的较少，而每一种依托的介入都有其特定的利益动机，这在一定程度上影响到农民合作组织与农户之间联系度的疏密以及合作组织生命力的强弱[③]，从而也在一定程度上影响了该模式的运行效率。此外，农民合作组织的区域跨度小、规模小、经济实力弱等问题，也在一定程度上导致农民合作组织所主导的农业技术创新链循环模式的运行效率不高。

（二）"公司 + 基地 + 农户"模式的运行效率不高

由于我国农业龙头企业的整体技术创新能力不强，大部分龙头企业都通过引进技术的方式带动农户参与上述模式；又由于我国农业技术的供求脱节问题，它们难以获得有效的外源技术供给。同时，农产品加工技术创新和农业生产资料生产技术的创新

---

①　王新利、李世武：《农民专业合作经济组织的发展分析》，《农业经济问题》2007 年第 3 期。

②　郑世来：《对农业科技示范园发展的调查与思考》，《理论学刊》2003 年第 1 期。

③　刘凤姣：《我国农民合作经济组织发展的困境成因及对策研究》，《益阳职业技术学院学报》2006 年第 6 期。

主体主要是龙头企业，它们自身的技术创新能力不强，影响上述技术的供给，这又进一步增加了它们获取技术的难度。农业技术的有效供给不足，在很大程度上影响了龙头企业的发展，使公司主导的农业技术创新链循环模式的运行效率不高。

第三节 农业技术创新链循环模式运行应妥善处理的几个问题

一 妥善处理农业科研和推广组织对农业技术的有效供给问题

农户是任何农业技术创新链循环模式中都必不可少的主体；农户需要的主要是农产品生产和储存技术，而农业科研机构、农业高等院校和农业推广组织是这些农业技术的主要供给主体。农业科研机构、农业高等院校和农业推广组织对农业技术的供给是否能满足农户的技术需求，直接影响农户采用技术的效益和农户的技术需求。同时，农户的技术需求能影响农业企业的发展及其技术创新活动，从而在更深层次上影响农业技术创新链循环模式的运行。因此，必须增强农业科研和推广组织对农业技术的有效供给能力，但问题的解决涉及农业科技政策、农业科学研究政策等，而这些政策的影响面比较广，所以，要妥善处理农业科研和推广组织的农业技术供给问题。

二 如何有效增加农户技术需求的问题

农户的技术需求与其农业收入密切相关，增加农户的农业收入有利于刺激农户的技术需求，但增加农户的农业收入不是一朝一夕的事情，需要从多方面解决问题。同时，农户的技术需求还受农业基础设施条件、农民自身素质等方面的影响。这些方面与农民的农业收入也是相关的，它们的关系十分复杂。此外，应该考虑发展农业不仅是经济问题，而且是政治问题。因此，如何有效增加农户的技术需求是一个需要妥善处理的问题。

三 妥善处理主要农业技术创新链循环模式运行效率不高问题

我国两种主要农业技术创新链循环模式的运行效率不高，其原因是多方面的。其中，既有农户方面的原因，又有龙头企业自身的原因，还有农业政策等方面的原因。各种原因相互交叉，相互作用，难以得到有效解决，需要妥善处理各方面的关系，否则，不仅不能解决问题，反而会引发更多的新问题。因此，要妥善处理主要农业技术创新链循环模式运行效率不高的问题。

第八章

促进我国农业技术创新链循环的建议

第一节 保障农业科研机构和农业推广
组织农业技术有效供给的建议

农业科研机构和农业推广组织对农业技术的有效供给不足，主要受农业科研和农业推广人才供给不足、农业科研和农业推广资金供给不足、对农业科研和农业推广管理不善等因素的影响。

一 增加农业科研和农业推广人才的有效供给

农业高等教育是培养农业技术发明和推广人才的主渠道。但我国现行农业高等教育制度对农业专业人才的培养数量和质量都存在不足。因此，建议从以下两个方面入手加以解决。

（一）重视农业专业人才的培养数量

从表8—1可知，从1998—2003年，我国普通高校农学专业在校学生总数占在校学生总数的比例逐年下降，5年内，农学专业在校人数增加109.74%，在校学生总数增加225.21%，农学专业学生的增长量占总增长量的1.7%。这与我国农业技术创新链循环对农业专业人才的需求不相适应①。因此，要增加高等院

---

① 主要考虑到我国农业技术推广人员总量不足，整体质量不高，农业科研人员整体质量不高，农学专业的毕业生改行者比较多。

校农学专业学生的招收量，并使其保持适当的增长比例。为保证农学专业学生的生源，建议采取以下措施：一是对第一志愿报考农学专业的考生给予一定幅度的降分；二是对农学专业的学生实施部分或全部减免学费的优惠政策，并由国家将相关费用转移支付给相应的高等院校；三是规定相关高等院校对农学专业的学生优先给予"勤工助学"的机会，并责令执行；四是对毕业后学以致用的农学专业学生适当提高工资标准和生活待遇。

表 8—1 1998—2003 年普通高校农学专业在校学生数及其占在校学生总数的比例

项目 \ 年份	1998	1999	2000	2001	2002	2003
总计（人）	3408764	4085874	5560900	7190658	9033631	11085642
农学（人）	119036	142415	181828	186022	216040	249671
比例（%）	3.49	3.49	3.27	2.59	2.39	2.25

资料来源：《中国统计年鉴》（1999—2004），中国统计出版社相应各年份版。

（二）重视农业专业人才的培养质量

要使农业专业人才能在农业技术创新链循环的某一环节发挥作用，必须改变农业专业人才的培养方式，以提高教育质量，使农学专业毕业生能学有所成。为此，在农学专业人才培养方式上应进行以下调整：

（1）调整本科生培养方案。建议将农学专业学生的学习时间做如下分配：前两年为在校学习期，重点学习专业理论和基础课程。第三年为实地学习期，深入农业生产第一线，结合实际，学习理论、农业技术和农业生产技能，以使学生能学有所成。第四年为实习期，将所学技术和技能用于农业生产实践，使学生能学有所用。

通过上述培养方式，一是能保证人才培养的质量。二是有利于农业技术的生产和扩散。实地学习过程是农业高等院校的农业技术发明过程，历届学生的动态衔接，能使农业高等院校不断产出具有较高实际使用价值的发明成果；实习过程也是农业技术的首次经济使用或扩散过程，能促进农业高等院校农业技术发明成果向农业生产领域的渗透和转移，推进其首次商业化使用和扩散。三是能弥补我国农业技术推广专业人才的不足。在实习期间，农学专业的学生相当于农业技术推广人员，他们推广自己所学的技术，由于他们具有较高的专业水平，其推广效果应该比一般推广人员高得多。历届学生保持动态衔接，则能在很大程度上弥补我国农业技术推广体系所存在的不足，尤其是弥补高素质推广人员的不足。

（2）调整硕士、博士培养方案。调整硕士、博士培养方案要做好以下工作：一是调整招生计划。为了加强农业高等院校之间的学术交流、互补和学术成果的共享，在硕士和博士招生方面，农学专业的本科毕业生不能报考本校的硕士，硕士毕业生也不能报考本校的博士，农业高等院校不能在本校毕业生中实行保送制。二是调整培养计划。硕士在校理论学习期为1年，博士为半年，其余时间深入农业生产实际，开始选题、实验或试验，以及毕业论文的撰写。三是调整毕业论文审核标准。一般高校对其硕士和博士毕业生的论文要求侧重于对学术水平的评价，农学专业硕士、博士的毕业论文审核应以其论文的实践使用价值为标准，即评价论文能解决农业生产的哪些实际问题，或其研究成果能在农业生产中产生怎样的效应。

通过上述调整，一方面能促进农业高等院校之间的学术交流、沟通和合作，增强农业技术发明主体的整体实力；另一方面能促进农业高等院校产出具有实际价值的高质量科研成果，避免农业技术供求脱节，从而使农业技术发明环节得以强化，农业技术发明主体能够成为农业技术创新链循环的"主心骨"。

（三）优化农业专业大学毕业生的配置机制

目前，我国政府主要通过大学毕业生与用人单位的双向选择，让大学毕业生实现自主择业，从而实现人才的合理配置。从理论上讲，这种人才配置机制对择业的大学毕业生和用人单位都十分有利。但从实际的角度看，这种人才配置机制容易导致大学毕业生转行（即从事与所学专业关联不强的工作），从而使他们就业后面临"学非所用，用非所学"问题，这是对人才资源的最大浪费。为避免农业专业人才转行所造成的人才浪费问题，建议对农业专业的大学毕业生实行计划分配与供求双向选择相结合，以计划分配为主的配置机制。同时，对完全实行计划分配的毕业生在工资、福利等方面给予特殊的政策，以保证农业专业人才不仅能够而且愿意"用其所学"。

二　有效供给农业科研和农业推广资金

从农业科研与农业推广的关系看，农业科研是农业推广的前提，没有农业科研成果的产出，农业推广就失去存在的意义；如果农业科研资金供给充足，而且分配合理，能保证产出适销对路的农业科研成果，那么，农业推广的实际意义也不大。农业推广组织实际上是农业技术扩散的中介组织，其作用主要是加速农业技术扩散。在农业技术适销对路时，农业技术的供求主体之间能够顺利进行农业技术交换，而无需中介组织的过多介入。从这一意义上讲，农业科研资金的有效供给，能够减少对农业推广资金的需求。因此，这里主要对农业科研资金的有效供给提出建议。

目前，我国农业科研资金主要来源于政府，由中央和地方政府分别承担部分农业科研经费，一般是中央决定按照 GDP 或农业总产值的一定比例支付农业科研经费，然后自己拿出一部分资金，其余部分由地方政府支付。至于采取多大的支付比例（农业科研资金占 GDP 或农业总产值的比例以及中央和地方政府各自支付的比例）完全由中央决定。这种农业科研资金支付方式所存在的问题主要有：一是我国政府对农业科研投资的总量不足，也不稳定；二是中央与地方承担经费支出的比例不合理（如 1996 年，我国农业科研经费支付总量中中央和地方政府承担的份额之比是 7:13，印度为 2:1，巴西为 5:2）①，地方政府承担的农业科研经费太多，使得经济欠发达地区的农业科研经费难以得到保障。从农业科研资金的分配上看，我国基本上是按照两种方式分配农业科研资源的。一是科研人员自己选题，然后向政府有关部门申报，政府发给资金；二是政府拟订课题，由农业科研人员申报，政府再支付经费。我国农业科研资源的分配权也掌握在政府手中。当然，政府在发放科研经费前，要组织有关人员对申报人员的申报材料加以评审，最后根据申报人员的经费预算予以支付，但评审人员在评审过程中不受任何约束，他们不必为评审结果负责，申报人员的经费预算越高，其最终获得的经费一般也越高。最终使获得政府支持的课题或项目不一定具有实际价值，而且成本很高，从而使有限的农业科研资源得不到有效利用。

基于以上分析，笔者对我国农业科研资金的筹措和分配制度提出以下优化方案：

（1）优化资金筹措方案。一是将农业科研投资资金的供给法制化，即通过立法，规定政府应该拿出多少资金用于农业科

---

① 黄季焜等：《中国农业科技投资经济》，中国农业出版社 2000 年版。

研，并规定中央与地方各自所承担的比重。二是开征农业科研税。资金总量不足是制约农业科研资金有效配置的重要因素，而单靠我国政府的现有财政实力，无法满足农业科研的资金需求。考虑到农业技术创新的最终受益者是消费者，建议在城市居民中开征农业科研税。这样就能够在一定程度上弥补我国政府财力的不足，保证农业科研资金的供给量。

（2）优化资金分配方案。一是选题要立足于农业生产的技术缺失，要有实际意义，切忌"空洞"和过于宏观。二是课题要有跨单位合作者，而且合作者一定要在课题中承担相应的任务，有相应的成果，并能从课题经费中获得一定的收益，以增强不同农业科研主体之间的合作。三是课题经费分两部分：一部分供完成课题，另一部分根据课题所产生的实际效应，作为奖励基金发放①，以对课题申报人员产生激励和约束的双重功效。当然，如果课题完成后的一定期限内，没有产生申报人所预期的效果，则这部分经费不能发放。为此，奖励资金的数额可以大一些。四是课题筛选要根据农业生产各部门的实际情况，兼顾农业生产的各个方面，不能顾此失彼，以便完成各种农业接口工程。同时，对课题评审人员要严格挑选，并通过适当的方式对他们进行激励，如可以在获准项目产生预期效果后，给予评审人员一定的奖励。五是建立农业技术创新链中各环节的风险保障基金。

三　优化农业科研和农业推广组织设置

优化农业科研和农业推广组织设置，关键在于：一是合理设置国家级、省级和地市级农业科研和推广机构，各类机构的数量要合适，并要定编定员。为此，要对现有农业科研和推广机构进

---

① 这部分资金对于自筹经费的课题也要支付。

行整合，该合并的合并，该撤销的撤销。同时，要根据人员编制对现有农业科研和推广机构中的非专业人员予以解聘，并由农学专业的各类毕业生来补缺。二是各级农业科研和推广机构要形成合理的分工。国家级农业科研和推广机构主要从事公益性或基础性课题的研究和推广工作；省级科研和推广机构主要从事应用研究或准公共农业技术的研究和推广工作；地市级农业科研和推广机构主要从事试验开发或具有私人物品性质的农业技术的研究和推广工作。三是重视对各级农业科研和推广机构的整合，以提高整个农业科研和推广体系的协同度。

第二节　增加农户技术需求的建议

农户的技术需求受农户收入水平、农村基础设施条件、农民自身素质等因素的影响，因此，增加农户的技术需求必须重点从增加农户收入、改善农村基础设施条件和提高农民自身素质等方面入手。其中，增加农户收入是关键，因为只有农户收入水平提高了，才有农业生产的主客观条件；才能进行农业生产投资，改善农村基础设施条件；才有人力资源投资的意愿和能力。增加农户收入应该"开源"与"节流"并举，以开源为主。政府除了继续实行"多予、少取、放活"的政策、措施之外，重点要做好以下工作。

一　促进农、牧、渔业之间的良性互动　增加农户收入

农户的技术需求与其总收入密切相关。一般来说，农户的收入水平高，其技术需求就强；反之，农户的技术需求就低，甚至不足。农户的收入主要来源于工资性收入和家庭经营收入中的农业、牧业和渔业收入；工资性收入、牧业收入和渔业收入是农户

相对增长率比较高的收入来源。

如图8—1所示，农业和牧、渔业的发展以及农村剩余劳动力转移之间是相互影响、相互作用的。由于它们分别对应于农户的农业收入、牧业收入、渔业收入和工资性收入，农户的不同收入来源之间也存在上述关系。这种关系既可能是相互促进的良性循环，又可能是相互制约的恶性循环。当农户的不同经济活动或不同收入来源之间形成良性互动关系时，农户的技术需求就会增加，而农户技术需求的增加则有利于促进农业技术创新链循环。

图8—1　农业、牧渔业和农村剩余劳动力转移之间的相互作用图

农户不同收入的优化组合，能使农户形成合理的收入梯度序列，进而刺激农户的技术需求。所谓合理的收入梯度序列，是指农户不同来源的收入沿着时间轴前后相继的序列。当农户的某一收入来源所对应的经济活动结束时，又有获取新收入的相关经济活动开始；当这一经济活动结束时，又有新的经济活动，依此类推，使农户的收入来源多样化，进而增加其总收入及其所引发的农业技术需求，并促进农业技术创新链循环。

（一）发展农业有利于实现农村剩余劳动力转移和促进牧、渔业的发展

从理论上讲，作为我国的基础产业，农业具有极大的"联系效应"。农业与农产品加工企业（即以农产品为原料的加工企业）有着极大的联系效应——前向联系；与农业生产资料生产企业也具有极大的"联系效应"——后向联系。在此，将与农业具有前、后向联系的企业分别称为前、后向型企业。

从前、后向型企业与农业的关系看，后向型企业是农业生产链条上的供应商，为农业发展提供相应的服务；农业是前向型企业价值链条上的上游环节，为前向型企业提供原材料；前向型企业是农业的延伸和深化，也是对农业的工业化。同时，随着前向型企业的发展，又会衍生出其自身的服务业。从某种意义上讲，前向型企业是从农业衍生出来的第二产业；后向型企业以及从前向型企业衍生出来的服务业都是从农业衍生出来的第三产业。根据配第—克拉克研究的结果，随着工业化的推进，三次产业产值的重心将会发生转移。首先是农业产值比例大幅度下降，工业产值大幅度提高，产业主体由农业转变为工业。其次是农业产值比例继续下降，工业产值比例也下降，而服务业产值的比例大幅度上升，产业主体逐步由工业转变为服务业。与此相对应，工业化过程中三次产业的就业人数比例也发生同样的演化[1]。因此，发展农业不仅能充分发挥其"联系效应"，促进其前、后向型企业的发展，而且能促进农村剩余劳动力在农业生产系统内部的转移，从而在避免农村剩余劳动力转移的负面影响的前提下，增加农民的工资性收入。此外，农业发展还能增加牧业和渔业产品的

---

① 龚福麒、付跃军：《产业结构演进过程不可逾越》，《宏观经济研究》2004年第9期。

饲料供给，促进牧、渔业的发展。

（二）牧、渔业的发展能增加农民总收入，改善其不同收入来源之间的关系

（1）牧、渔业的发展能增加农民的牧、渔业收入。牧业和渔业的发展涉及良种繁育、疾病防治、饲料加工、畜禽及水产品加工等。因此，发展牧、渔业能带动从良种繁育到产品加工的一系列相关产业的发展，而这些相关产业的发展能够孕育出相应的龙头企业。在龙头企业的带动下又能形成以牧业或渔业为主的主导产业，从而增加农民的牧、渔业收入。

（2）牧、渔业的发展能增加农民的工资性收入。牧、渔业的发展，不仅能创造大量的就业机会，而且能提高农民进城务工的机会成本，减少兼业性农村剩余劳动力总量，从而提高农村剩余劳动力的相对转移率，增加农民的工资性收入。

（3）牧、渔业的发展能增强农业的综合竞争力。农业、牧业和渔业之间具有密切的生态联系，它们的生产过程具有共生性和相互依赖性。如农业为牧业产品的生产提供"口粮"，牧业产品的粪便可以作为渔业产品的"营养源"，渔业产品的排泄物又可以作为农业产品生长的"激素"。牧业和渔业的发展能够增强农、牧、渔业之间的这种联系，促进生态农业的发展和增加"绿色食品"的供给量，从而增强农业的综合竞争力。

（4）牧、渔业的发展能改善农民不同经济活动之间的关系。发展牧、渔业在增加农民不同来源收入的基础上，能促进其相关经济活动的发展，改善它们之间的关系，从而促进农民不同经济活动之间的良性互动①。

---

① 卢东宁、侯军岐：《增加农民收入的长效机制研究》，《电子科技大学学报》（社会科学版）2007年第1期。

因此，政府要促进农业、牧业和渔业之间良性互动关系的形成，一方面，增加农户收入，另一方面，减弱农村剩余劳动力转移的负面影响，从而增加农户的技术需求。

二　改善农村基础设施条件　为农户采用技术提供必要的支撑要素

农村基础设施不仅影响农户的生活，关键是影响农户的生产。农业生产的发展是农户技术需求增加的重要拉动力。然而，农户技术需求的产生需要一定的支撑要素做后盾。

（1）保护和改良耕地，提高农业产出率。耕地既是农业生产资料，又是农业生产力。耕地质量的高低，直接影响农业生产的效率。耕地保护是关系到我国经济社会发展的战略问题，保护耕地就是保护农业乃至国民经济发展的生命线。我国人均耕地不及世界平均水平的1/3，然而，近年来，我国非农占用耕地现象十分突出，耕地破坏和污染问题也不容忽视。因此，保护耕地对增加农民收入，推动农业技术创新链循环具有十分重要的意义。同时，我国有一半以上的耕地属于中低产田，这对农业发展、农民增收和农户技术需求的增加极为不利。作为理性的经济人，农户投资于农业技术采用的目标也是"投入最小，产出最大"，即农户追求单位农业技术采用投入的产出价值最大化。耕地质量差，使得单位农业技术采用投资的产出价值不高，投资收益率低，对农户收入增加的贡献不明显，从而不利于增加农户的技术需求。据笔者调查，将45度以下坡耕地改为台地，即使农业生产资料投入不便，亩产也可增加70%以上。这能在一定程度上增加农户的技术需求。

因此，在促进农业技术创新链循环过程中，应该将保护和改良耕地并重。

（2）加强农村水利设施建设、维护、改造和管理。当前，我国农村水利建设存在的问题突出表现为：一是水资源不断减少，农业用水供给明显不足。我国水资源占有量仅为世界平均水平的1/4，而且水资源的时空分布极不均衡，区域性缺水和季节性缺水严重。农业生产用水供给不足已成为制约我国农业发展的"瓶颈"。二是农村水利基础设施老化问题突出。目前，全国还有近2/3的耕地没有灌溉设施。由于农村水利体制不顺、机制不活、管理粗放的状况还未能得到根本的扭转，水渠建设和维护严重滞后，沟渠渗漏严重，不少地区农村水利基础设施老化。三是节水灌溉工程和节水措施不多，水资源浪费严重，利用率较低。一方面，农村水利设施老化问题突出，使得供水渠道渗漏严重，浪费了农业用水；另一方面，由于推广应用节水技术和制定节水政策措施方面存在不足，农村普遍存在节水意识淡薄、浪费水较为严重的现象，从而使农业用水的效率较低。四是农村水利建设组织与管理方式不科学。农村水利建设是三分建七分管，建是基础，管是关键。但目前农村水利管理不到位的现象较为突出，甚至少数地方根本无人管理，从而缩短水利建设的循环周期，增加了水利建设的成本[①]。

水利是农业的命脉。然而，我国农业水利建设中存在的上述问题，严重制约了农业生产。试想，在这样的农业生产条件下，农户还能有采用其他农业技术的需求吗？因此，要加强农村水利设施建设、维护、改造和管理，在一定程度上改善农业生产的供水条件，从而增加农户的技术需求。

（3）增加农村公路建设投资，改善农村交通条件。良好的

---

① 陈述：《新农村建设背景下农村水利建设保障措施研究》，《消费导刊》2007年第9期。

交通设施条件，是农户降低农产品销售成本和农业生产资料购买成本，进而增加其总收入的有力保障。同时，这也有利于农户获取农业技术供给信息，传播自己的技术需求信息，从而增加农业技术的有效供给。目前，我国大部分地区农村的交通设施条件差，以土路为主，遇到雨季，这些路就成为"水泥"路。这对农业发展、农民增收和农户技术需求的增加形成制约。目前，我国农村公路建设中存在的最大问题是：政府资金供给能力不能满足农民群众的修路需求。因此，要增加农村公路建设投资，改善农村交通条件，以增加农户的技术需求。

目前，我国农村公路建设呈现出"工作力度大、投资增量多、建设速度快、完成里程长"的良好发展态势，但资金供给总量仍显不足。因此，要优化投资结构，突出建设重点，并在提高农村公路的质量上下工夫。

三 发展农村教育 提高农民的整体素质

农民的整体素质不高，不仅影响农户主导型农业技术创新链循环模式的运行，使该模式难以大范围应用，而且，在很大程度上对其他模式的运行也形成制约。农户在采用技术的决策过程中，既要考虑采用技术的预期收入大小，又要考虑取得预期收入的概率高低，而这些都与农户自身的素质密切相关。综合素质较低的农户对上述指标的估计值往往比较低，从而降低其技术需求。同时，采用农业技术需要农户承担一定的风险，而农户对待风险的态度，也与其综合素质密切相关。不同农户对待同一风险的态度是不同的，其决策结果也不同。一般来说，综合素质高的农户，其"冒险精神"比较明显。因此，要发展农村教育，尤其是农村成人教育，以提高农民的综合素质，重点是加强农民的科技教育培训工作，培育科技型农民，而农业技术创新链循环则提供了智力支撑和人才保障。

目前，我国农民的科技素质不高，主要与以下因素有关：一是农民文化水平较低，影响了对农业科技的接受能力。据统计，我国现有的农村劳动力中，真正受过专业技术培训的仅占 3% 左右。文化水平较低，影响了对新技术的理解和接受程度，影响了农业新技术的推广应用和农业科技成果的转化。二是农民获取农业科学技术的渠道不畅。实行家庭承包制以后，一家一户成了生产的主体，每项新技术的推广都涉及千家万户，难度加大了。而作为农民获取科技信息主渠道的农业物质推广体系，由于种种原因，能力却弱化了。其他渠道如龙头企业、农技协会、农科经济合作组织等还处于起步阶段，力量较弱，难以挑起农业技术推广的重任。因此，这在客观上使农民获取农业科技知识的难度加大，影响了农民科技素质的提高。三是农业科技培训跟不上。要提高农民的科技素质，不仅需要具体的技术指导，边干边学，学干结合，而且还需要系统的培训。通过系统培训，掌握一些农业基本知识，这样才能加深理解农业新技术，较好地掌握它并将之运用于实践。当前这方面非常薄弱。由于农民本身目前还不富裕，难以承受有偿培训的经济负担，而技术部门（农业科研和农技推广机构）没有经济能力来承办公益性的科技培训，政府部门专项经费投入又较少，无法满足农民科技培训的需要，这是影响农民科技素质提高的一个很重要的原因[①]。

因此，加强农业科技投入，全面培养懂科技、会生产、高素质的新型农民是社会主义新农村建设的重要环节。

建议采取以下措施提高农民的科技素质：一是因地制宜开展

---

① 王桂文、丁文禺：《如何提高农民科技素质》，《统计与咨询》2007 年第 1 期。

多层次、多形式、多渠道的农村适用技术培训。如根据农民发展商品生产的要求，办专题培训班；根据农业生产发展的需要，办专业培训班；在农业生产的关键季节办短期培训班或现场培训班；在农闲季节办综合素质提高培训班。二是深入开展科技、文化、卫生三下乡活动。深入持久开展科技、文化、卫生"三下乡"活动也是一条提高农民以科技素质和驾驭市场经济能力为主的综合素质的有效途径。如果将科技特派员制度与"三下乡"活动结合起来，则能收到更好的效果。三是推进信息化，以农村信息化带动农业现代化，带动农民素质的提高。面对日益严重的城乡"数字鸿沟"，电信运营企业必须认识到自身的责任和使命，推进通信普遍服务，不仅是实现行业协调发展的内在需要，而且是解决"三农"问题、促进社会和谐发展的战略要求。首先，电信企业要积极开拓农村市场，降低农村电信资费。其次，在农村信息化的推进过程中，利用日趋成熟的信息技术，降低信息化的建设成本，积极推进三网融合，实现农村信息化的跨越发展。最后，要实现农村信息化"最后一公里"的综合接入①。

第三节 提高主要农业技术创新链循环
模式运行效率的建议

一 有效发挥农民合作组织的技术扩散功能

农民合作组织作为农业技术扩散主体的优势主要在于它能有效地将农户组织起来，充当农户的"代言人"，能选择合适的技术加以推广等。然而，我国农民合作组织发展中存在规模小，行

---

① 王婧、王茜：《论提高农民素质的意义及措施》，《湘潮》（下半月）2007 年第 7 期。

业和区域覆盖面窄，整体竞争力不强等问题。造成上述问题的原因很多，在宏观政策方面，如没有配套法规，政府的扶持力度不够；在微观组织层面，如产权结构不合理，分配制度不合理等①。

（1）加快立法步伐，优化农民合作组织发展的法制环境。市场经济是法制经济，它要求市场主体的责任明确、法律形态清楚。因此，农民合作组织的组建、运营必须纳入法制化轨道，使农民合作组织能以合法的身份涉足不同领域，并使其运营能得到法律支持。

（2）规范和加强政府扶持，解决农民合作组织发展的资金供给不足问题。目前，我国农民合作组织发展的资金供给以农民自筹和各种形式的混合出资为主。一方面，我国农民的收入水平低、资金筹措能力弱，无法满足合作组织发展对资金的需求；另一方面，混合出资方提供资金后，必然要介入农民合作组织的发展运营环节，这在一定程度上不利于合作组织与农户的紧密结合，从而制约了农民合作组织的发展。农民合作组织自身的发展又影响其成员的稳定性和获取信贷支持的能力等，从而进一步增加其筹措资金的难度。农业是一个公共产业，政府对农业的支持资金应该向支持农民合作组织发展的方向倾斜，以降低农民合作组织的融资成本，满足其发展的资金需求。

此外，政府要推动和完善有利于农民合作组织发展的合作知识普及、农业技术推广等方面的制度，并为农民合作组织提供业务支持，扶持相关基础设施配套建设。同时，政府要依法行政，切忌在为农民合作组织提供支持过程中搭车收费。

---

① 赵佳荣：《农民专业合作经济组织发展绩效的制度性影响因子及其改进》，《农业现代化研究》2007年第3期。

（3）优化农民合作组织内部产权结构和分配机制，改善其运行的内部环境。优化农民合作组织内部产权结构和分配机制主要应该优化不同出资主体的股权结构和合理确定不同类型股份的利益分配制度。确保不同主体都能参与合作组织发展的民主决策。

二　增强龙头企业的技术原创能力

龙头企业是"公司＋基地＋农户"模式的核心主体，也是农产品加工技术和农业生产资料生产技术的发明和首次商业化使用主体，还是农产品生产和储存技术的重要扩散主体。因为只有通过扩散农产品生产和储存技术，它们所拥有的农产品加工技术和农业生产资料生产技术才能发挥功能，它们自身才有进行技术原创的动力。但龙头企业对农产品生产和储存技术的扩散功能直接受其农业技术原创能力的制约。

（1）保障龙头企业技术创新人才的供给。一方面，政府要重视对各类农业技术创新人才的有效培养，增加其供给数量，优化其供给质量；另一方面，对于聘用农业技术创新人才的龙头企业给予税收、耕地占用等方面的政策优惠，增加其人才引入的数量。

（2）加大对龙头企业技术创新投资的支持力度。龙头企业主要进行农业生产资料生产技术和农产品加工技术的创新，这些农业技术的有效供给不仅能提高农业的产出效率，而且能延长农业产业链，增加农产品的附加值，提高农民的收入水平，从而增加农户的技术需求，并通过农户技术需求的增加，拉动"公司＋基地＋农户"这一主要农业技术创新链循环模式的有效运行。但是，农产品加工技术和农业生产资料生产技术创新的投资高、风险大，而一般龙头企业的资金实力又不强。因此，政府应该加大对龙头企业技术创新投资的支持力度。

（3）优化农业技术创新的市场和制度环境，保证龙头企业的创新收益。一是健全和规范涉农产品的交易市场，严厉打击假冒伪劣产品，尤其要加大对假冒农业生产资料生产企业和伪劣食品生产企业的打击力度；二是加强涉农知识产权保护体系的建立、健全和完善工作。

（4）建立龙头企业技术创新风险保障机制，降低其技术创新的风险成本。建立和完善农业生产、农业技术发明、农业技术首次商业化使用和农业技术扩散的风险保障机制，以降低龙头企业技术创新的风险，从而对它们形成有效的激励机制。

（5）鼓励、支持龙头企业与农业科研组织的合作，实现它们的优势互补。从理论上讲，农业科研机构和农业高等院校作为农业技术创新主体，它们更清楚如何将其发明植入农业生产系统，也更能解决农业技术首次经济使用中的技术问题，但它们一般缺乏农业技术首次经济使用所需的资金，人力和市场开拓能力；农业企业一般缺乏农业技术原创实力，但它们在资金、人力和市场开拓等方面具有优势。因此，政府要创造条件，鼓励农业科研机构、农业高等院校与农业企业合作，通过产、学、研结合，使它们实现优势互补，形成强有力的农业技术创新主体系统。

三　积极探索更加有效的农业技术创新链循环模式

根据前文的分析，在我国现有的主要农业技术创新链循环模式中，农民合作组织主导模式的优点主要在于它是农户自己的组织，能为农户提供"适销对路"的技术和服务，其不足主要体现在合作组织的经济实力弱、技术创新能力弱、市场开拓能力不强、管理水平比较低等方面；公司主导模式的优势主要在于其资金实力、管理水平比较高、市场开拓能力等比较强，不足主要是农户与公司的地位不对等、公司的技术创新能力不强等；农业科教单位主导模式的优势在于其技术创新能力比较强，但资金实力、市场开拓能力等方面存在不足。因此，从理论上讲，"农业科教单位＋农民合作组织＋公司＋农户"能够实现上述三类模式中主体之间的优势互补，其运行效率应该比较高。但由于该模式涉及的主体类型多，主体之间的利益关系难以协调，实践中这类模式很少。建议政府创造相应的条件，推行这类模式，或者探索新的更加有效的农业技术创新链循环模式。

第四节　我国农业技术创新链循环导向的建议

前文的建议虽然能在一定程度上推动我国农业技术创新链循环，但是，农业技术创新链应该按照什么路径或模式循环，或者农业技术创新链循环应沿着怎样的轨道进行？这是推动我国农业技术创新链循环必须要解决的问题。所谓农业技术创新链循环导向，就是指通过农业技术创新链循环要将我国农业引向什么样的发展路径或模式。

2006 年中央一号文件《中共中央、国务院关于推进社会主义新农村建设的若干意见》提出：针对农业生产的迫切需要，加快农作物和畜禽良种繁育、动植物疫病防控技术的研发、推广；加快发展循环农业，要大力开发节约资源和保护环境的农业技术，重点推广废弃物综合利用技术、相关产业链接技术和可再生能源开发利用技术。因此，笔者认为，循环农业应该是我国农业技术创新链循环的理想模式。

图8—2描述的是一个以农业技术发明为基础、以 A、B、C三类农业企业和农户为主体，以农林业、牧渔业和生物技术产业

共同构成的农业生产体系为核心，以满足居民生活和消费对产品
和环境的需求或要求为目标的循环农业模式①。

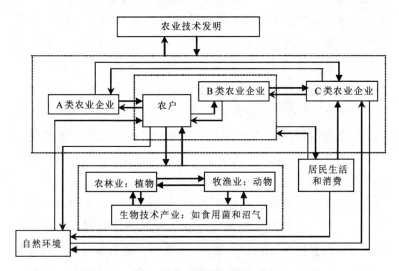

图8—2　农业技术创新链循环的循环农业模式

　　说明：图中A、B、C类农业企业分别指农业生产资料生产企业、农产品加工企业和农村环保企业；空心箭头指技术需求。

　　首先，农户和A、B、C三类农业企业分别向农业技术发明
主体提出其技术需求，促使后者根据"农业技术缺失"进行农
业技术发明；后者向前者提供技术支持，并由前者推动农业生产
的产业化和生态化，因此，农业技术发明是整个模式的基础。其
次，农户和A、B、C三类农业企业都是需求主体和供给主体的
统一，它们缺一不可。农户是农业生产资料的需求主体、农业生

---

　　①　De Souza, H. M., "Factors Influencing the Adoption of Sustainable Agricultural Technologies," *Technological Forecasting and Social Change*, 1999: 97-112.

产主体、居民生活和消费以及农产品加工企业所需农产品的供给主体、农业生产技术的需求主体和自然资源利用主体的统一体；A 类农业企业是农业生产资料的供给主体、农业生产资料生产技术的需求主体以及 C 类农业企业的资源供给主体的统一体；B 类农业企业是农产品加工主体、农产品加工技术需求主体、加工后农产品的供给主体和 C 类农业企业所需资源的供给主体的统一体；C 类农业企业不仅是农业技术（环保农业技术）需求主体和 A、B 两类农业企业废弃物的需求主体，以及农户生产和居民生活与消费所需自然环境的供给主体。它们共同作用于农业生产，使其实现产业化和生态化。再次，农林业、牧渔业和生物技术产业构成农业生产的循环经济模式，并成为整个循环农业的核心。从食物链的角度看，上述循环经济模式中，从农林业到牧渔业形成放牧（生食）食物链；从农林业或牧渔业到生物技术产业形成腐屑食物链（食物链条）。从循环农业的角度看，通过农业生物技术产业可以将农林业和牧渔业的废弃物再利用，并为农林业和牧渔业的发展提供再生资源，促进它们的再循环（减量化、再利用和再循环）；农林业、牧渔业和生物技术产业之间相互作用的结果是使上述循环经济模式提供初级绿色食品给居民或绿色原材料给 B 类农业企业，B 类农业企业根据居民生活和消费需求、环境保护要求对农户所供农产品进行清洁加工，生产出次级或高级绿色食品（即农产品的一次或多次加工产出物，绿色生产、干净消费）。同时，上述循环经济模式中相关主体对 A 类农业企业产品的需求促进了后者的发展，后者与 B 类农业企业的废弃物经 C 类农业企业加工、处理，减少了它们向自然环境的废弃物排放量（减量化和领域宽广）；农户和 B、C 两类农业企业共同向居民提供生活和消费所需的产品与自然环境，并以此求得各自的生存和发展（双赢皆欢）。可见，上述农业生产的循环经济模式体现了循环农业的所有特征，它是整个循环农业模式的核心。

上述模式符合现实国情，迎合了我国农业发展的总趋势，所以，建议政府采取有效措施，引导我国农业技术创新链循环围绕图8—2所示的模式进行。

结 束 语

本书将农业技术创新作为一个过程，把农业技术创新链作为其过程表现形态，以自组织超循环理论为主要分析工具，对农业技术创新链循环的机理、要素构件、机制和模式等问题进行了系统的研究，在此基础上，对我国农业技术创新链循环模式运行的效应进行了实证分析，并提出促进我国农业技术创新链循环的建议。上述研究得出以下观点或结论。

1. 农业技术创新是以现有农业知识和技术为基础，以农业技术发明、农业技术首次商业化使用和农业技术扩散为基本环节，通过基本环节之间的有机衔接，不断完成农业技术发明向成熟农业技术转化和成熟农业技术向农业生产系统的植入过程，进而实现农业技术进步和农村经济发展的技术、经济活动过程。

2. 农业技术创新链是围绕农业技术创新过程的某一个核心主体，以满足市场需求为导向，通过现有农业知识和技术的应用与转化、农业技术发明和成熟农业技术的形成以及成熟农业技术的扩散等将农业技术发明主体、农业技术首次商业化使用主体和农业技术扩散主体联结起来，以实现农业知识的经济化与农业技术创新系统优化目标的功能链结构模式，它是农业技术创新的过程表现形态。

3. 农业技术创新链循环的机理是同一农业技术创新链中每

一环节的反应循环，推动同一农业技术创新链中同一环节和不同农业技术创新链中同类环节之间的催化循环，再由催化循环推动农业技术创新链中各环节之间的超循环，并由超循环推动农业技术创新链循环。

4. 农业技术创新链中不同环节之间的超循环，能够促成"教育—科技—人才"超循环、"技术—产品"超循环和"技术—产业"超循环，乃至国民经济的超循环。

5. 农业技术创新链循环的主体要素，通过对支撑要素的整合，产出客体要素，并通过客体要素在它们之间的传播、转化和转移，实现它们之间的有机结合，进而推动农业技术创新链循环。

6. 农业技术创新链循环的机制不仅能优化主体要素，提高其对支撑要素的整合能力，而且能推动主宰农业技术创新链循环的"序参量"形成，并通过不同主体对"序参量"的"侍服"，保障农业技术创新链循环。

7. 我国农业技术创新链循环可以借鉴的模式主要有政府推动模式、农户主导模式、农民合作组织主导模式、公司主导模式等。其中，农户主导模式要着力培育，农民合作组织主导模式和公司主导模式要重点推行。

8. 我国农业技术创新链循环模式运行在增加农业总收入，增强农业与第二、三产业的关联度，以及改善农业生态环境方面具有显著的效果，但我国农业增长的科技贡献率和农业科技成果的转化率都远远低于发达国家的水平，这说明我国农业技术创新链循环模式运行的效果与发达国家的差距大。其原因主要在于农业科研机构和农业推广组织对农业技术的有效供给不足、农户的技术需求不足和主要农业技术创新链循环模式运行的效率不高。

9. 促进我国农业技术创新链循环首先要通过调整农业专业

人才培养计划、培养方案和配置机制，优化农业科研和农业推广资金的筹措和分配制度，以及农业科研和农业推广组织的设置等，保障农业科研机构和农业推广组织对农业技术的有效供给；其次要通过促进农业、牧业、渔业与农村剩余劳动力转移之间的良性互动，改善农村基础设施条件，发展农村教育等，增加农户的技术需求；再次，要通过扶持农民合作组织的发展，增强龙头企业的技术原创能力，积极探索农业技术创新链循环的新模式等，提高主要农业技术创新链循环模式的运行效率和效益，并引导我国农业技术创新链循环模式循着发展循环农业的方向运行。

虽然本书对农业技术创新链循环作了系统的研究，但由于个人能力、时间以及篇幅的限制，研究的范围比较狭窄、研究深度有些欠缺。如没有对农业技术创新链的辅助循环进行具体研究，没有对支撑要素作用于农业技术创新链循环的过程进行具体分析等。今后，笔者将继续对农业技术创新链循环的相关问题进行广泛、深入的研究和探讨。

参考文献

魏正果等：《农业经济学》，陕西科学技术出版社 1994 年版。

刘斌、张兆刚等：《中国三农问题报告》，中国发展出版社 2004 年版。

樊胜根、张林秀：《WTO 和中国农村公共投资》，中国农业出版社 2003 年版。

《马克思恩格斯全集》第 46 卷下，人民出版社 1979 年版。

《马克思恩格斯全集》第 47 卷，人民出版社 1963 年版。

《马克思恩格斯全集》第 49、3 卷，人民出版社 1972 年版。

Kenneth J. Arrow, The Economic Implications of Learning by Doing, *Review of Economic Studies*, 1962. 6, pp. 155-173.

Guido Reger and Dr. Ulrich Schmoch, *Organization of Science and Technology at the Watershed*, Physica-Verlag, Germany, 1996.

Roy Rothwell, Industrial Innovation, "Success, Strategy, Trends," Mark Dodgson and Roy Rothwell, *The Handbook of Industrial Innovation*, Edward Elgar, 1994.

范·杜因：《经济长波与创新》，上海译文出版社 1993 年版。

Mark Dodgson and John Bessant, *Effective Innovation Policy*,

International Thomson Business Press, 1996.

Richard, R., *Understanding Technical Change as an Evolutionary Process*, Elsevier Science Publishers, B. V., 1987.

郭剑雄:《二元经济与中国农业发展》,经济管理出版社 1999 年版。

西奥多·W. 舒尔茨著,梁小民译:《改造传统农业》,商务印书馆 1999 年版。

吴彤:《自组织方法论研究》,清华大学出版社 2001 年版。

约瑟夫·熊彼特: 《经济发展理论》,商务印书馆 1990 年版。

林晓言、王红梅:《技术经济学教程》,经济管理出版社 2002 年版。

Rothwell, R., Small and Medium Sized Firms and Technological Innovation, 1978.

Williamson, O., *Markets and Hierarchies*, Free Press, New York, 1975.

Donald Bowersox *et al.*, *Supply Chain Logistics Management*, McGraw Hill, 2002.

Morgan, J., Monczka, R. M., *Supplier Integration*: *A New Level of Supply Chain Management*, Purchasing, 1996.

迈克尔·波特:《竞争优势》,华夏出版社 1997 年版。

Porter, M., *The Competitive Advantage of Nations*, Macmillan, London, 1990.

H. 哈肯:《协同学》,上海科学普及出版社 1988 年版。

吴彤:《自组织方法论研究》,清华大学出版社 2001 年版。

朱希刚等:《技术创新与农业结构调整》,中国农业科学技术出版社 2004 年版。

Dosi, G., "Technological Paradigms and Technological Trafac-tories," *Research Policy*, 1982, 11.

雷家骕、程源等:《技术经济学的基础理论与方法》, 高等教育出版社 2005 年版。

蒋和平等:《农业科技园的建设理论与模式探索》, 气象出版社 2002 年版。

E. Mansfield., "Technical Change and the Rate of Imitation," *Econometrics*, 1961, 29.

Pasinetti, L., *Structural Change and Economic Growth*, London, Cambridge University Press, 1981.

桑赓陶、郑绍濂:《科技经济学》, 复旦大学出版社 1995 年版。

Rogers, E. M., *Diffusion of Innovation*, 3th ed., New York Press, 1983.

Reinganum, J. F., "Market Structure and the Diffusion of New Technology," *Bell Journal of Economics*. 1981, 12.

穆鸿铎:《价格机制论》, 重庆出版社 1991 年版。

申仲英、肖子健:《自然辩证法新论》, 陕西人民出版社 2000 年版。

马士华、林勇:《供应链管理》, 高等教育出版社 2003 年版。

钟甫宁、谭向勇:《农业政策学》, 中国农业大学出版社 2000 年版。

熊银解、傅裕贵:《农业技术:创新·扩散·管理》, 中国农业出版社 2004 年版。

康凯:《技术创新扩散理论与模型》, 天津大学出版社 2004 年版。

魏江：《产业集群——创新系统与技术学习》，科学出版社2003年版。

黄祖辉、胡豹、黄莉莉：《谁是农业结构调整的主体——农户行为及决策分析》，中国农业出版社2005年版。

Melissa A. Schilling 著，谢伟、王毅译：《技术创新的战略管理》，清华大学出版社2005年版。

杨公朴、王春晖、王玉、龚仰军：《产业经济学》，复旦大学出版社2005年版。

高启杰：《农业技术创新：理论、模式与制度》，贵州科技出版社2004年版。

肖焰恒、阎文圣：《可持续农业技术创新理论研究》，山东大学出版社2002年版。

曲断方、宜亚丽、曲志刚：《技术创新教程》，冶金工业出版社2005年版。

庄卫民、龚仰军：《产业技术创新》，中国出版集团东方出版中心2005年版。

许庆瑞：《研究、发展与技术创新管理》，高等教育出版社2000年版。

李南征、张伟、郭强：《技术创新与科技产业化》，中国经济出版社1999年版。

张耀辉：《技术创新与产业组织演变》，经济管理出版社2004年版。

宋凡、宋化民：《技术创新理论与实践》，中国地质大学出版社2001年版。

刘云：《技术创新整合战略》，西南财经大学出版社2002年版。

附　件

附表 1　1995—2004 年农业总收入、化肥、农药、农膜
施（使）用量和有效灌溉面积的相对值

（以 1991 年的相应值为 100%）

年份 \ 类别	农收 I	农肥 F	农药 G	农膜 P	灌溉 L
1995	230.93	128.12	142.84	142.52	103.05
1996	263.09	136.47	149.93	164.49	105.35
1997	269.17	141.91	157.03	181.00	107.14
1998	276.74	145.59	161.89	188.01	109.35
1999	274.10	147.03	172.40	196.11	111.16
2000	269.58	147.82	168.20	207.94	112.54
2001	281.03	151.65	167.54	225.70	113.44
2002	290.13	154.70	172.40	239.72	113.66
2003	288.94	157.28	174.11	247.98	112.95
2004	352.45	165.30	182.13	261.68	113.92

资料来源：根据《中国统计年鉴》（1995—2005）中相关数据计算所得。

附表2　1995—2004 年农业总收入与农业生产固定资产原值

及第二、三产业总收入　　　　　　　　　　亿元

年份 \ 类别	农业总收入 I	固定资产原值	第二产业 S	第三产业 T
1995	11884. 6	4861. 18	28537. 9	17947. 2
1996	13539. 8	6182. 84	33612. 9	20427. 5
1997	13852. 5	6483. 52	37222. 7	23028. 7
1998	14241. 9	6793. 22	38619. 3	25173. 5
1999	14106. 2	6940. 76	40557. 8	27037. 7
2000	13873. 6	8022. 20	44935. 3	29904. 6
2001	14462. 8	8658. 77	48750. 0	33153. 0
2002	14931. 5	9191. 41	52980. 2	36074. 8
2003	14870. 1	10296. 57	61274. 1	39188. 0
2004	18138. 4	8405. 37	72387. 2	43720. 6

资料来源:《中国统计年鉴》(1995—2005)。说明：表中农业生产固定资产原值是每年户均农业生产固定资产原值与同年农村总户数的乘积。

附表3　1995—2004 年农业生产固定资产原值与除涝面积、水土

流失治理面积以及它们与治碱面积三者之和的相对值

(以 1990 年的同类数据为 100%)

年份 \ 类别	农业生产固定资产原值	除涝面积	水土流失治理面积	治碱等三种面积之和
1995	232. 26	103. 76	126. 21	119. 47
1996	293. 44	104. 87	130. 87	123. 04
1997	308. 12	106. 15	136. 38	127. 27
1998	319. 13	106. 95	141. 63	131. 12
1999	324. 25	107. 76	146. 93	135. 06
2000	369. 52	108. 55	152. 84	139. 44
2001	394. 22	108. 71	153. 93	140. 11
2002	416. 13	109. 10	161. 24	144. 61
2003	461. 96	109. 10	161. 24	144. 61
2004	374. 42	109. 62	173. 68	154. 15

资料来源：根据《中国统计年鉴》(1995—2005) 中相关数据计算所得。说明：其中农业生产固定资产原值是户均农业生产固定资产原值的相对值。

致　谢

　　本书是在我尊敬的导师侯军岐教授精心指导下完成的。从著作的选题、研究计划的制定、结构的设计、思路与观点的凝练、资料的搜集整理，到书稿撰写、初稿修改、逻辑调整，一直到最后定稿，处处凝聚着导师的心血和汗水。恩师渊博的学识、扎实的理论功底、严谨的治学态度、豁达的处世方式、对学生无微不至的关怀和谆谆教导，对我影响至深，使我终生难忘。在著作出版之际，谨向我的导师侯军岐教授致以崇高的敬意和衷心的感谢！

　　在本书选题、论证和写作过程中，西北农林科技大学经济管理学院霍学喜教授、郑少锋教授、陆迁教授、贾金荣教授、王礼力教授、王青教授、李世平教授、姜志德教授和姚顺波教授等为我作了具体的指导。我的师兄张立勇、刘录明等为我调研和收集资料提供了许多方便；我的师妹李平，师弟费振国、计军恒、刘天军等，我的同学郭亚军、姬雄华、李瑜、冯飞、张晓等为我提出了不少具体的建议；中国农业科学院张社梅博士、赵之俊教授，西北大学经济管理学院惠宁教授、陕西师范大学国际商学院郭剑雄教授、延安大学教务处副处长武忠远教授等为我提了不少建设性的意见和建议；延安大学经济管理学院院长杨育民教授为我撰写论文提供了许多方便。在此，对他们的无私帮助表示衷心的感谢。

感谢我的妻子折振琴女士和儿子卢裕文。我的妻子折振琴除了操持家务，还在工作之余，为我搜集了不少资料。虽然她自己一个人带儿子很不容易，但她从未有过丝毫怨言。我的儿子每次打电话都说他的学习很好，没有什么困难，要我对自己有信心。同时，他每次都对我说，家里一切都好，不要想家，安心写书。正因为我的妻子和儿子为我提供了有力的后勤保障，我才得以全身心地投入本书的撰写中，最终完成这部著作。

谨向以上提到的老师、同学和亲人表示真诚的谢意和敬意！同时，也向那些未曾提到的但直接或间接地为本书写作提供过帮助的人致以衷心的感谢。

卢东宁

2008 年 5 月于延安大学